Autum Spice: Small Town Romance (Version Française)

Alice R.

Published by Alice R., 2024.

This is a work of fiction. Similarities to real people, places, or events are entirely coincidental.

AUTUM SPICE: SMALL TOWN ROMANCE (VERSION FRANÇAISE)

First edition. October 7, 2024.

ISBN: 979-8227527134

Written by Alice R..

Also by Alice R.

Bullets & Thorns: Mafia Romanze
Bullets & Thorns: Romance Mafieuse
Bullets & Thorns: Um Romance de Máfia
Vice & Virtue: Mafia Romanze
Vice & Virtue: Romance Mafieuse
Vice & Virtue: Um Romance de Máfia
Vice & Virtue: Romanzo di Dark Mafia
Vice & Virtue: Un Romance Mafia (Español)
Autumn Spice: Kleinstadtromanze
Autum Spice: Small Town Romance (Version Française)

Table des Matières

Je m'appelle Mia... Enfin, Mia Stewart. J'ai déménagé à Maple Ridge, Vermont, pour laisser mon passé derrière moi, mais certaines choses sont plus difficiles à fuir.

Après avoir perdu ma mère et traversé une rupture douloureuse, j'avais besoin d'un nouveau départ. Mon plan était simple : me concentrer sur mon art, éviter les complications et guérir. Mais ensuite, Jake Harper, mon voisin avec un sourire qui pourrait faire fondre même le cœur le plus dur, est entré dans ma vie.

Je ne suis pas venue ici en quête d'amour—surtout pas après tout ce que j'ai traversé—mais chaque moment passé avec Jake me fait remettre en question cette décision. Il est gentil, stable, et il y a quelque chose en lui qui me fait me sentir en sécurité d'une manière que je n'ai pas ressentie depuis des années.

Le problème? J'ai été blessée auparavant, et faire confiance à nouveau n'est pas facile. M'isoler dans le vieux cottage de ma mère est devenu mon échappatoire face au passé.

Mais peut-être, juste peut-être, il est temps de prendre un risque sur l'amour. Parce que la façon dont Jake me regarde... c'est différent. Cela semble réel.

Est-il possible de recommencer et d'ouvrir son cœur quand il a déjà été brisé?

Tout ce que j'ai à faire, c'est de ne pas tout gâcher. Comme d'habitude...

-

Ce roman d'amour est la vie de Mia, douce, maladroite, mais aussi sexy et épicée. L'art est sa passion, mais elle découvrira bientôt les merveilles d'une petite ville.

CHAPITRE 1

"Mia!"

J'ai toujours détesté le son de mon nom quand il est crié. La netteté de celui-ci tranche mes pensées comme un couteau, perturbant la paix que j'ai réussi à conserver dans mon esprit éparpillé. Et en ce moment, ce nom—mon nom—est crié à pleins poumons juste devant ma porte.

"Mia!"

Je m'agite, gémissant alors que je me tire du profond et réconfortant abîme du sommeil. Mon lit est un cocon chaleureux, mon refuge du monde. Je plisse les yeux devant les chiffres lumineux de mon réveil. 13h00. Mon cœur s'effondre. "Pas encore" je pense, me redressant sur un coude et frottant mes yeux. Comment ai-je laissé le matin s'échapper ainsi? Mon sens du temps est complètement déréglé depuis... eh bien, depuis que tout s'est effondré.

"Mia Stewart!" La voix appelle à nouveau, plus urgente cette fois, suivie du bourdonnement désagréable de la sonnette.

Le bruit racle mes nerfs déjà à vif, et je murmure une série de jurons sous ma respiration alors que je fais tomber mes jambes sur le côté du lit. Mes pieds touchent le sol en bois froid, envoyant un frisson le long de ma colonne vertébrale. Je tends la main vers mon téléphone sur la table de nuit, espérant trouver un message ou un appel manqué expliquant pourquoi quelqu'un est déterminé à briser les derniers vestiges de sommeil qu'il me reste. Mais il n'y a rien. Juste un rappel que j'ai manqué deux délais pour le travail et une douzaine de notifications des réseaux sociaux qui ne m'intéressent pas.

Je me traîne hors du lit, le poids du monde pesant sur mes épaules comme un fardeau invisible que je ne peux pas secouer. La pièce est sombre, les épais rideaux tirés à la hâte, bloquant tout indice de lumière du jour. C'est plus facile ainsi, se cacher du soleil et de toutes les attentes qui l'accompagnent. Mon petit appartement à Chicago, habituellement mon sanctuaire, ressemble ces jours-ci à une prison—un endroit où le temps s'arrête et où rien ne semble avoir d'importance.

“MIA!” Le cri est accompagné d'une autre sonnerie impatiente de la sonnette.

“J'arrive!” je réponds, bien que ma voix soit plus un croassement rauque qu'autre chose. Je me traîne jusqu'à la porte, mes pieds traînant sur le sol, mon corps lourd de la brume persistante du sommeil.

Quand j'atteins la porte, j'hésite un instant, jetant un coup d'œil par le judas. Nicole est là, bien sûr, son visage plissé par la frustration, ses cheveux blonds tirés en un chignon désordonné. Elle est habillée de son style habituel décontracté mais chic—leggings, un pull surdimensionné, et des baskets qui coûtent probablement plus cher que ma tenue entière combinée. Elle fait les cent pas devant la porte, les bras croisés sur sa poitrine, ses lèvres pressées en une ligne fine.

Je soupire, sachant qu'il n'y a pas moyen d'éviter cela. Nicole n'est rien si ce n'est persévérante, surtout quand elle pense qu'elle fait quelque chose pour mon propre bien. Avec un soupir résigné, je déverrouille la porte et l'ouvre.

“Mia!” La voix de Nicole s'adoucit légèrement alors qu'elle avance, son expression passant de l'irritation à l'inquiétude dès qu'elle me voit. “Qu'est-ce qui se passe? J'ai sonné à ta porte pendant environ cinq minutes. Pourquoi tu ne répondais pas?”

“Je dormais,” je marmonne, passant une main dans mes cheveux en désordre. “Il est quelle heure, au fait?”

Nicole lève un sourcil. “Il est 13h. Tu as dormi tout ce temps?”

“Apparemment,” je dis avec un léger haussement d'épaules, m'appuyant contre le chambranle de la porte. Ma voix est plate, même à mes propres oreilles, et je peux voir l'inquiétude dans les yeux de Nicole s'intensifier.

“Mia, ce n'est pas bon,” dit-elle, me poussant à entrer dans l'appartement sans attendre d'invitation. “Tu ne peux pas continuer comme ça—dormir toute la journée, rester éveillée toute la nuit, ignorer ta vie. Ce n'est pas sain.”

Je ferme la porte derrière elle, ressentant une pincée de culpabilité. Je sais qu'elle a raison. Je me suis cachée de tout, essayant d'échapper à la réalité que ma vie n'est plus ce qu'elle était. Mais je ne peux pas m'en empêcher. Chaque fois que j'essaie de faire face au monde, j'ai l'impression de suffoquer sous le poids de tous mes échecs et pertes.

“Je vais bien,” je mens, même si nous savons toutes les deux que c'est loin d'être la vérité.

Nicole laisse échapper un soupir exaspéré et se retourne pour me faire face. “Non, tu ne vas pas bien. Tu es loin d'aller bien, Mia. Tu es enfermée dans cet appartement depuis des semaines, et c'est comme si tu avais complètement abandonné ta vie. Je suis inquiète pour toi.”

Elle fait une pause un instant, comme si elle choisissait ses prochains mots avec soin. “Et ce n'est pas juste moi qui suis inquiète. Notre patron commence à s'inquiéter aussi. Tu as manqué un autre délai, Mia. Cette nouvelle commande de restauration—ce n'est pas juste un projet banal. Cela implique des contrats, des sérieux, et il y a des pénalités si nous ne livrons pas à temps. Tu ne peux pas te permettre de tout gâcher. Pas maintenant.”

Je sens un nœud se former dans mon estomac, le poids de ses mots s'enfonçant en moi. J'essaie tellement de repousser tout, de prétendre que je peux juste me cacher de tout, mais la réalité s'effondre autour de moi. Ce travail, la seule chose que j'étais si douée, m'échappe, et je ne suis pas sûre de comment le récupérer.

"Mia," dit-elle doucement, tendant la main pour toucher mon bras. "Tu n'as pas à traverser ça seule. Je suis là pour toi, mais tu dois me laisser entrer. Tu dois laisser quelqu'un entrer."

Je baisse le regard vers le sol, incapable de croiser ses yeux. Je ne veux pas parler de ça—pas maintenant, pas jamais. Mais Nicole est implacable, et elle ne va pas laisser tomber. Je peux sentir ses yeux me percer, cherchant un signe que je suis toujours la même Mia qu'elle a toujours connue, la Mia qui avait l'habitude d'avoir tout sous contrôle.

J'avale difficilement, ressentant la douleur familière des larmes dans mes yeux. Je ne veux pas pleurer. Je suis tellement fatiguée de pleurer. J'ai l'impression que c'est tout ce que j'ai fait depuis que tout s'est effondré—depuis la rupture, depuis la mort de ma mère, depuis que j'ai perdu tout sens de direction dans ma vie. Mais les mots de Nicole me frappent droit au ventre, et soudain, toutes les émotions que j'essaie de réprimer affluent à la surface.

"Je ne sais plus comment faire ça," j'admets, ma voix tremblante alors que je finis par la regarder. "Je ne sais pas comment être... bien."

Le visage de Nicole s'adoucit, et elle me prend dans ses bras, me serrant fort comme si elle pouvait d'une manière ou d'une autre extirper toute la douleur de moi. Je ferme les yeux et me laisse couler dans l'étreinte, sentant la chaleur de ses bras autour de moi, le battement régulier de son cœur contre le mien.

"C'est normal de ne pas aller bien," murmure-t-elle, sa voix douce. "Mais tu ne peux pas rester comme ça pour toujours. Tu dois recommencer à vivre, Mia. Tu dois trouver un moyen d'avancer."

"Je ne sais même pas par où commencer," je confesse, ma voix étouffée contre son épaule.

Nicole se retire légèrement, juste assez pour me regarder dans les yeux. "Un pas à la fois," dit-elle fermement. "Et le premier pas est de sortir de cet appartement et de faire quelque chose—n'importe quoi. Allons nous promener, respirer un peu d'air frais. Nous pouvons prendre un café, ou juste nous asseoir dans le parc et parler. Mais tu dois sortir d'ici."

J'hésite, mon instinct de me retirer dans mon cocon sombre et sûr luttant avec la partie de moi qui sait qu'elle a raison. Je ne peux pas continuer à me cacher du monde. Je ne peux pas continuer à laisser la vie me passer sous le nez.

"D'accord," je finis par dire, ma voix à peine un murmure. "Allons nous promener."

Nicole sourit, un soulagement se lisant sur son visage. "Bien. Va te préparer, et je vais attendre ici. Et Mia?"

"Oui?"

"Tu es plus forte que tu ne le penses," dit-elle, son ton sérieux. "N'oublie pas ça."

Je hoche la tête, bien que je ne sois pas sûre de la croire. Mais je me force à bouger, à retourner dans ma chambre et à me changer de mon pyjama froissé. Je mets une paire de jeans et un pull, passant une brosse dans mes cheveux et éclaboussant de l'eau sur mon visage dans une tentative de paraître quelque peu présentable.

Quand je retourne dans le salon, Nicole m'attend près de la porte, son téléphone à la main. Elle lève les yeux et me fait un signe d'approbation. "Prête?"

Nous sortons dans le couloir, et je suis frappée par la luminosité qui règne en dehors de mon appartement. Le soleil filtre à travers les fenêtres, projetant une lueur chaleureuse sur la moquette usée. Cela semble étranger, presque dur, après tant de jours passés dans les confinements sombres de ma chambre.

Nicole papote tout en marchant dans les escaliers et sur la rue animée, sa voix étant un bruit de fond réconfortant alors que je prends conscience de mon environnement. La ville semble différente, comme si je la voyais avec de nouveaux yeux—plus vibrante, plus vivante. C'est un contraste frappant avec les couleurs atténuées de mon existence récente, et pendant un moment, c'est écrasant.

Mais ensuite, Nicole enlace mon bras, me ancrant, et je prends une profonde inspiration. Nous marchons côte à côte, nous mêlant au flux des piétons, et lentement, je commence à ressentir une petite lueur de quelque chose que je n'ai pas ressenti depuis longtemps—l'espoir.

Peut-être, juste peut-être, je peux retrouver mon chemin.

CHAPITRE 2

Ma main plane au-dessus de la toile, pinceau prêt et en attente, mais ma concentration s'échappe plus vite que le sable à travers un sablier. La pièce que je restaure est un portrait du 18ème siècle, et j'ai passé ce qui semble être une éternité à travailler minutieusement pour correspondre chaque coup de pinceau à l'original. Chaque détail compte—chaque nuance de bleu, chaque ligne délicate du visage du sujet—mais mon cerveau est épuisé. J'ai fixé la même section pendant des heures, et c'est comme si la peinture commençait à se brouiller devant mes yeux.

"Allez, Mia, reprends-toi," je murmure pour moi-même, mais même mes encouragements sont à moitié sincères ces jours-ci. Je me penche en arrière dans ma chaise et étire mes bras au-dessus de ma tête, essayant de chasser l'épuisement qui s'est installé dans mes os.

Ce travail—cette seule pièce d'art—est le dernier fragment d'ordre dans ma vie chaotique. Si je peux juste le terminer à temps, peut-être, juste peut-être, je convaincrai tout le monde, y compris moi-même, que je ne suis pas complètement en train de sombrer. Mais la pression me ronge, et mes astuces habituelles pour rester concentrée ne suffisent tout simplement pas ce soir.

Je jette un coup d'œil à l'horloge. 23h47. Je laisse échapper un long soupir, sachant que je suis partie pour une autre nuit blanche. Je me pousse loin du bureau et me dirige vers le frigo, priant pour qu'il reste au moins une boisson énergisante. C'est la seule chose qui va me permettre de tenir pendant les prochaines heures.

Heureusement pour moi, il y a une canette solitaire sur l'étagère, coincée entre une pomme triste et un pot de yaourt qui a probablement vu des jours meilleurs. Je saisis la boisson et l'ouvre, le sifflement de la carbonatation résonnant trop fort dans le silence de mon appartement.

“À de mauvais choix de vie et aux crises nocturnes,” je trinque à personne, prenant une longue gorgée de ce liquide trop sucré et artificiellement parfumé. C'est terrible, mais c'est le genre de terrible qui fait le job. Je retourne à mon poste de travail, la canette dans une main, mon pinceau dans l'autre, prête à m'attaquer à nouveau au portrait.

Mais alors que je me réinstalle dans ma chaise et fixe la toile, mes pensées commencent à vagabonder. C'est comme si mon cerveau avait décidé que c'était le moment parfait pour plonger dans l'abîme de la sur-analyse. Super. Juste ce dont j'avais besoin.

Je sens la spirale familière commencer—celle où je réanalyse chaque décision que j'ai jamais prise, menant à une véritable crise mentale. Pourquoi ai-je laissé les choses devenir si mauvaises? Pourquoi ai-je laissé ma vie se transformer en ce désordre? Comment ai-je pu passer d'une personne qui avait tout sous contrôle à quelqu'un qui peut à peine fonctionner sans une canette de boisson énergisante toxique et une série de choix de vie discutables?

Je pose le pinceau et me frotte les tempes, essayant de repousser le mal de tête imminent. Cela ne m'aide pas. Plus je pense à tout, plus je me sens mal, et plus je me sens mal, plus je pense. C'est un cycle vicieux que je ne semble pas pouvoir briser.

Laissez tomber. J'ai besoin d'une pause.

Je pousse mon bureau et file vers la salle de bain. Peut-être qu'une douche m'aidera à clarifier mes idées. Au moins, cela me donnera quelque chose d'autre sur quoi me concentrer à part ma crise nerveuse imminente.

La salle de bain est petite, comme tout le reste dans cet appartement, mais c'est mon petit sanctuaire. Je me déshabille et entre dans la douche, laissant l'eau chaude couler sur moi. Pendant quelques minutes, je reste juste là, les yeux fermés, essayant de laisser la vapeur et la chaleur faire leur effet.

Alors que l'eau tombe sur mon dos, je commence à sentir un peu de la tension s'échapper. Peut-être que Nicole avait raison. Peut-être que je dois vraiment me reprendre en main. Je ne peux pas continuer à vivre ainsi—à peine fonctionnelle, constamment sur les nerfs, piégée dans ce cycle de dépression et de doute de soi.

La vérité est que j'ai remis tout à plus tard. Pas seulement la restauration d'art ou le retour au travail, mais ma vie entière. Je suis coincée dans ce schéma d'attente, trop effrayée pour avancer, trop effrayée pour affronter ce qui se passe vraiment dans ma tête. Mais je ne peux pas continuer à l'ignorer. Je ne peux pas continuer à prétendre que tout va bien quand ce n'est clairement pas le cas.

Je prends une profonde inspiration et incline la tête en arrière, laissant l'eau cascader sur mon visage. Je sais ce que je dois faire, mais la pensée de vraiment le faire me terrifie. Thérapie. Je l'ai évitée si longtemps, mais peut-être qu'il est temps. Non, corrigez cela—il est définitivement temps.

Je soupire et attrape le shampoing, le faisant mousser dans mes cheveux alors que j'essaie d'accepter ce que je viens de décider. La thérapie signifie admettre que je ne vais pas bien, que j'ai besoin d'aide, que je ne peux pas tout réparer toute seule. Cela signifie faire face à toutes les choses que j'ai fuyies—le chagrin, la solitude, la peur de l'avenir. Mais peut-être que les affronter est le seul moyen pour moi d'aller mieux.

Quand j'ai fini de me laver les cheveux, je m'assois sur le sol de la douche, laissant l'eau couler sur moi. Je sais que ce n'est pas la chose la plus hygiénique à faire, mais en ce moment, j'ai juste besoin d'un moment pour rassembler mes pensées. Le carrelage frais contre ma peau me ramène à la réalité, et je ferme les yeux, essayant de laisser la paix que je commence à ressentir s'installer.

Je ne peux pas continuer à m'isoler comme ça. J'ai construit ces murs autour de moi—littéralement et figurativement—mais tout ce qu'ils ont fait, c'est me piéger dans ma propre misère. Il est temps de me libérer, de commencer à prendre des décisions qui vont réellement me faire avancer au lieu de me maintenir coincée dans cette boucle sans fin de désespoir.

Une de ces décisions concerne la cabane. Celle du Vermont que ma mère m'a laissée. J'ai pensé à la vendre, à laisser partir ce morceau d'elle parce que c'est juste trop douloureux à gérer. Mais peut-être que je regarde tout cela de la mauvaise manière. Peut-être que la cabane n'est pas quelque chose à éviter ou à oublier. Peut-être que c'est une chance de recommencer, de trouver un peu de paix, de me reconnecter avec qui je suis en dehors de tout ce chaos et de ce chagrin.

Je pense au Vermont—le calme, la nature, la façon dont la vie semble y avancer à un rythme plus lent. C'est le contraire complet de ma vie à Chicago, mais peut-être que c'est exactement ce dont j'ai besoin. Un nouveau départ. Un nouveau commencement. Un endroit où je peux laisser le passé derrière moi et commencer à construire quelque chose de nouveau.

Au moment où je ferme l'eau de la douche et m'enveloppe dans une serviette, j'ai pris ma décision. Je ne vais pas vendre la cabane. Je vais y déménager. Je vais quitter Chicago et tous ses mauvais souvenirs, et je vais recommencer au Vermont. C'est une idée folle, mais cela me semble juste. Pour la première fois depuis longtemps, quelque chose semble juste.

DEUX SEMAINES PLUS TARD

Je suis assise dans un petit bureau confortable qui sent légèrement la lavande et quelque chose d'agrumé. Les murs sont d'une teinte bleue apaisante, décorés de peintures abstraites censées être apaisantes mais qui me font surtout me demander ce que l'artiste avait en tête. Je viens ici tous les quelques jours, et bien que je me sente toujours comme une épave émotionnelle, il y a une petite partie de moi qui commence à se sentir... mieux? Peut-être?

Louise, ma thérapeute, est assise en face de moi dans un fauteuil confortable, son bloc-notes reposant sur son genou. Elle a cette façon de me regarder—comme si elle essayait de voir à travers toutes les couches dans lesquelles je me suis enveloppée, jusqu'au cœur de qui je suis. C'est déstabilisant, mais aussi un peu rassurant, comme si elle allait m'aider à retrouver les morceaux de moi que j'ai perdus en chemin.

"Alors, Mia," commence Louise, sa voix stable et calme, "tu as beaucoup parlé de ta décision de déménager au Vermont et de recommencer. Mais je suis curieuse—vois-tu ce déménagement comme un moyen de vraiment repartir à zéro, ou penses-tu qu'il y a une partie de toi qui fuit?"

Je me tortille mal à l'aise dans mon siège, ressentant le poids de sa question. "Je veux dire... n'est-ce pas les deux?" dis-je, essayant de garder un ton léger. "Un nouveau départ implique généralement de laisser quelque chose derrière soi, non? Donc, oui, je passe à autre chose. Je choisis de laisser le passé où il appartient."

Louise hoche la tête, mais je peux dire qu'elle ne va pas me laisser m'en tirer aussi facilement. "On dirait que tu es consciente que tu laisses quelque chose derrière toi, mais qu'est-ce que c'est exactement que tu laisses? Est-ce juste la ville, ton travail, les souvenirs de ta mère? Ou est-ce quelque chose de plus profond—quelque chose que tu n'as pas encore complètement affronté?"

Je prends une profonde inspiration, essayant de formuler une réponse qui ne semble pas complètement ridicule. "Je suppose... que je laisse derrière moi la partie de moi qui était bloquée. La partie qui n'a pas pu avancer après la rupture, qui n'a pas pu gérer la perte de ma mère. J'ai besoin de m'éloigner de tous les rappels, de tout ce qui me retient."

Louise se penche légèrement en avant, son expression pensive. "Et que se passe-t-il si ces rappels te suivent au Vermont? Que se passe-t-il si tu te retrouves face aux mêmes luttes, aux mêmes peurs, juste dans un cadre différent? Comment vas-tu gérer cela?"

La question me frappe comme une tonne de briques. Je n'y avais pas vraiment pensé—à la possibilité que mes problèmes me suivent, peu importe la distance que je cours. "Je... je ne sais pas," admettais-je, ma voix plus faible maintenant. "Je suppose que j'ai juste supposé qu'un changement de décor m'aiderait à tout laisser derrière. Mais maintenant que tu en parles... peut-être que c'est juste un souhait."

Louise me fait un petit sourire encourageant. "C'est naturel de vouloir fuir, Mia. Mais il est important de reconnaître que la distance physique seule ne résoudra pas les problèmes émotionnels que tu traverses. Tu as mentionné vouloir un nouveau départ, mais je veux te défier de réfléchir à ce que cela signifie vraiment. S'agit-il d'éviter ton passé ou de l'affronter de front et d'apprendre à vivre avec?"

Je sens une boule se former dans ma gorge, la sensation familière de vouloir éviter quelque chose de trop douloureux à penser. "Je ne veux pas continuer à vivre dans le passé," dis-je, ma voix tremblante. "Mais je ne sais pas comment... comment faire face à tout cela sans avoir l'impression que je vais me noyer dedans."

Louise hoche la tête, son regard stable et compatissant. "C'est un processus, Mia. La guérison ne se fait pas du jour au lendemain, et cela ne se fait certainement pas juste parce que tu as changé d'environnement. Tu dois être prête à faire le travail difficile—ici et maintenant—pour aborder la douleur que tu portes. Sinon, cela va se manifester au Vermont, ou partout ailleurs où tu iras."

Je déglutis difficilement, sentant que je suis sur le point de pleurer. "Mais je ne sais pas si je suis assez forte pour faire ça. Pour vraiment faire face à tout ça."

"Tu l'es," dit Louise fermement, se penchant un peu plus en avant. "Mais tu dois croire que tu l'es. Et une partie de cette force vient de la reconnaissance de tes schémas—surtout en ce qui concerne les relations. Tu as mentionné auparavant que tu avais des difficultés avec la codépendance dans le passé. Déménager au Vermont pourrait sembler un moyen d'échapper à cela, mais es-tu sûre de ne pas te préparer à répéter les mêmes schémas avec de nouvelles personnes?"

Je mords ma lèvre, la vérité de ses mots me frappant comme une éclaboussure d'eau froide. J'ai toujours eu tendance à trop compter sur les autres, à me perdre dans les relations et à oublier qui je suis en dehors d'elles. C'est l'une des raisons pour lesquelles ma rupture a été si dévastatrice—ce n'était pas seulement de le perdre, c'était de perdre l'identité que j'avais construite autour de lui.

"Je ne veux pas tomber à nouveau dans ce piège," dis-je doucement. "Mais j'ai peur de le faire. Je ne sais pas comment ne pas faire ça."

Louise se penche en arrière dans son fauteuil, son expression sérieuse mais aimable. "La première étape est la prise de conscience, et tu l'as déjà faite. La prochaine étape consiste à établir des limites—pas seulement avec les autres, mais avec toi-même. Tu dois te compromettre à ta propre croissance, à découvrir qui tu es et ce que tu veux, indépendamment des autres."

"Je ne sais même pas par où commencer," admettais-je, ressentant un mélange de frustration et de désespoir. "J'ai passé tellement de ma vie à me définir par mes relations—d'abord avec ma mère, puis avec lui. Comment puis-je découvrir qui je suis sans eux?"

"Ça commence par de petites étapes," dit Louise doucement. "Prends le temps d'explorer tes intérêts, tes passions. Redécouvre les choses qui te rendent joyeuse, les choses qui te font te sentir comme toi. Et souviens-toi, il est normal d'être seule. En fait, c'est essentiel. Apprendre à être à l'aise dans ta propre compagnie est l'une des compétences les plus importantes que tu puisses développer."

J'acquiesce lentement, essayant d'absorber ce qu'elle dit. "Je suppose que c'est pourquoi le Vermont me semble être le bon choix. C'est une chance d'être seule, de me concentrer sur moi-même pour une fois. Mais j'ai aussi peur de finir par m'isoler encore plus, que je me retire si loin dans mon propre monde que je ne pourrai pas en sortir."

Les yeux de Louise s'adoucissent avec compréhension. "C'est un équilibre délicat, Mia. Déménager peut te donner l'espace dont tu as besoin pour guérir, mais il est important de ne pas te couper complètement. Reste en contact avec les gens qui te soutiennent, et fais un effort pour établir de nouvelles connexions saines au Vermont. Tu n'as pas à faire cela seule, même si tu es physiquement seule."

"Je sais," dis-je, bien qu'il y ait encore une partie de moi qui se demande si je ne me trompe pas. "C'est juste... tant de choses se sont passées, et je ne suis pas sûre de pouvoir me faire confiance pour faire les bons choix à nouveau."

"Tu as traversé beaucoup de choses," convient Louise. "Mais cela ne signifie pas que tu es incapable de prendre de bonnes décisions. Cela signifie simplement que tu dois te donner du temps—pour guérir, pour réfléchir et pour grandir. Tu ne vas pas avoir toutes les réponses tout de suite, et c'est normal. Ce qui compte, c'est que tu prennes des mesures dans la bonne direction, même si elles sont petites."

Je laisse échapper un long soupir, sentant une partie de la tension dans ma poitrine commencer à s'apaiser. "Je suppose que je dois juste prendre ça un jour à la fois."

"Exactement," dit Louise avec un sourire rassurant. "Un jour à la fois. Et rappelle-toi, tu n'es pas seule dans ce processus. Tu as des gens qui se soucient de toi, qui veulent te voir réussir. Et tu as la force en toi pour faire cela, même si cela ne semble pas toujours être le cas."

J'acquiesce, ressentant un mélange d'émotions—peur, espoir, incertitude, et peut-être, juste peut-être, un peu de détermination. "Merci, Louise. Je pense... je pense que j'avais besoin d'entendre ça."

"Je suis contente," dit-elle, son ton chaleureux et encourageant. "Et souviens-toi, c'est un voyage. C'est normal de trébucher, d'avoir des revers. Ce qui est important, c'est que tu continues à avancer, même si c'est à ton propre rythme."

Je me recule dans mon fauteuil, laissant ses mots s'imprégner. Ça ne va pas être facile, mais peut-être que c'est correct. Peut-être que les choses qui valent la peine—les choses qui comptent vraiment—sont celles pour lesquelles il faut se battre, celles qu'il faut traverser la douleur pour atteindre.

Alors que je quitte le bureau de Louise et que je sors dans l'air frais de l'après-midi, je prends une profonde inspiration et me dis "C'est parti".

CHAPITRE 3

Le bus rumble jusqu'à un arrêt, et je sors dans l'air frais du Vermont, serrant mes deux sacs comme s'ils étaient les seules choses qui me reliaient à ce monde. L'air sent différent ici—plus pur, plus frais, comme des pins et de la terre. Je prends une profonde inspiration, essayant de chasser l'épuisement du long voyage. Maple Ridge, Vermont, est aussi pittoresque que je l'avais imaginé, avec ses charmants vieux bâtiments et ses rues bordées d'arbres. Et maintenant, me voici, juste deux sacs et un rêve, espérant que cet endroit sera le nouveau départ dont j'ai tant besoin.

Je jette un coup d'œil autour de moi, essayant de me repérer. La cabane de ma mère est censée être à proximité, mais je n'ai pas été ici depuis des années, et ma mémoire est floue au mieux. La première chose que je dois faire est de récupérer les clés. Je les ai laissées à Nick, l'agent immobilier qui était censé vendre l'endroit après le décès de ma mère. À l'époque, j'étais convaincue que je ne mettrais jamais les pieds au Vermont à nouveau. Étrange comme les choses changent.

Repérant une petite épicerie juste au bout de la rue, je décide de commencer par là. C'est l'un de ces endroits pittoresques et anciens avec un panneau en bois grinçant à l'extérieur, du genre que l'on ne voit que dans les petites villes. Je pousse la porte, et une petite cloche sonne au-dessus de moi, annonçant mon arrivée.

À l'intérieur, le magasin est confortable et encombré, avec des étagères pleines de tout, des conserves aux bougies faites à la main. L'odeur du café frais flotte dans l'air, et je repère un homme au fond du magasin, travaillant sur une armoire en bois. Il est grand, avec des cheveux foncés et une barbe ébouriffée, portant une chemise à carreaux avec les manches retroussées jusqu'aux coudes. Ses mains bougent avec une aisance expérimentée, ponçant le bois lisse tout en fredonnant une mélodie pour lui-même.

"Excusez-moi," dis-je, m'approchant de lui un peu hésitante.

Il lève les yeux, et pendant un instant, ses yeux marron profonds se fixent sur les miens. Il y a une chaleur dans son regard, comme s'il était vraiment content de voir un autre être humain. "Salut," dit-il, sa voix riche et amicale. "Puis-je vous aider avec quelque chose ?"

"Oui, en fait," répondis-je, me sentant un peu plus à l'aise. "Je cherche cette adresse." Je sors un morceau de papier avec les instructions griffonnées que Nick m'avait données. "Je suis censée récupérer des clés."

Il s'essuie les mains sur un chiffon et s'approche pour examiner le papier. "Ah, je connais cet endroit," dit-il en hochant la tête. "Tu es presque là. Il suffit de descendre deux pâtés de maisons, puis de tourner à gauche. Tu verras un panneau rouge—c'est le bureau immobilier. L'endroit de Nick."

"Merci," dis-je, soulagée de ne pas être trop loin. "J'ai voyagé toute la journée, et je suis juste prête à y arriver et à me reposer."

Il me fait un sourire sympathique. "Je parie. Le Vermont est un bel endroit pour se détendre, tu vas aimer ici."

"J'espère," réponds-je, offrant un petit sourire en retour. "Merci encore."

"Pas de problème," dit-il, reprenant déjà son travail. "Bonne chance."

Je quitte le magasin et suis ses indications, mon cœur battant d'anticipation. C'est étrange d'être ici, dans la ville où ma mère vivait, où elle louait cette vieille cabane. Je n'avais jamais vraiment visité beaucoup après avoir grandi, toujours trop occupée avec ma vie à Chicago. Et maintenant, me voici, sur le point de récupérer les clés de l'endroit que je pensais ne jamais revoir.

Le bureau immobilier est facile à repérer, avec son panneau rouge vif suspendu au-dessus de la porte. Je pousse la porte, et une petite cloche sonne tout comme elle l'avait fait au magasin. Le bureau est petit, avec quelques bureaux et un tableau d'affichage couvert de photos de propriétés à vendre. Nick est derrière l'un des bureaux, tapotant sur son ordinateur. Il lève les yeux quand j'entre, son expression passant d'affaire à compatissante en un instant.

"Mia, n'est-ce pas?" dit-il, se levant et venant autour du bureau pour me saluer. "Je suis Nick. Bienvenue au Vermont."

"Merci," dis-je, "j'apprécie tout ce que vous avez fait, en essayant de vendre l'endroit et tout ça."

Nick hoche la tête, compréhensif. "Ce n'est pas du tout un problème. La cabane est un bel endroit. Je suis juste désolé que cela ait dû être dans de telles circonstances."

J'hésite un instant, ne sachant pas comment lui annoncer la nouvelle. "En fait... j'ai changé d'avis," je commence, mordant ma lèvre. "Je suis vraiment désolée pour les problèmes que cela cause, mais j'ai décidé de ne pas vendre la cabane. Du moins pas pour l'instant. Je pense... je pense que j'ai besoin d'y rester, de réfléchir à moi-même."

L'expression de Nick ne change pas ; il hoche simplement la tête, comme s'il s'y attendait. "Je comprends tout à fait," dit-il doucement. "C'est une grande décision. Et c'est ta maison, après tout. Si tu as besoin de quoi que ce soit, n'hésite pas à me contacter."

Je laisse échapper un souffle que je ne réalisais pas que je retenais. "Merci, Nick. J'apprécie vraiment cela."

Il se dirige vers un petit meuble de rangement et sort un trousseau de clés. "Les voici," dit-il, me les tendant. "L'endroit a été bien entretenu. J'en ai pris soin. Il y a un peu de bois de chauffage empilé à l'extérieur pour les nuits plus fraîches, et les essentiels devraient tous y être."

Je prends les clés, sentant leur poids dans ma main, la réalité de cette décision s'installant enfin. "Merci encore. Pour tout."

Nick sourit, ses yeux chaleureux de compréhension. "Prends ton temps, Mia. Le Vermont a une façon d'aider les gens à trouver ce qu'ils cherchent."

J'acquiesce, ne me faisant pas confiance pour parler, et me tourne pour quitter le bureau. Dehors, le soleil commence à plonger derrière les montagnes, projetant de longues ombres sur la ville. Je jette un coup d'œil aux clés dans ma main, ressentant un mélange de nerfs et de soulagement. C'est ça—le début de quelque chose de nouveau. Quelque chose qui, pour une fois, semble être exactement ce dont j'ai besoin.

Au moment où j'atteins la cabine, mes mains me font mal d'avoir traîné mes bagages depuis le bureau immobilier. Les sangles se sont enfoncées dans mes paumes, laissant des marques rouges qui pulsent à chaque pas. Je lève les yeux vers le petit bâtiment usé devant moi—la cabine de ma mère, ma cabine maintenant, je suppose. Elle ressemble exactement à ce dont je me souviens des quelques fois où j'ai visité étant enfant, bien qu'elle semble plus petite, d'une certaine manière. Plus fragile.

Alors que je m'approche de la porte d'entrée, je remarque une silhouette se déplaçant du coin de l'œil. Je me retourne pour voir une femme âgée debout sur le porche de la maison voisine, me regardant avec des yeux curieux. Elle a ce regard—comme si elle attendait ce moment, comme si toute la ville bourdonnait de nouvelles concernant mon arrivée.

Elle me fait un signe de tête, poli mais distant, et je me force à hocher la tête en retour. Mais honnêtement, toute ma politesse est partie à ce stade. Je suis épuisée, émotionnellement drainée, et la dernière chose pour laquelle j'ai de l'énergie en ce moment est une petite conversation avec un voisin qui a probablement déjà informé la moitié de la ville des derniers potins à mon sujet.

Au lieu de cela, je lui offre un sourire faible—plutôt un rictus, en réalité—et je tourne à nouveau mon attention vers la cabine. La clé tremble légèrement dans ma main alors que je la glisse dans la serrure, le métal froid contre ma peau. La porte s'ouvre avec un grincement, comme si elle n'avait pas été utilisée depuis des lustres, et je pénètre à l'intérieur, laissant mes bagages tomber sur le vieux plancher en bois.

L'intérieur est exactement tel que je l'avais imaginé—cossu, un peu poussiéreux, mais avec une chaleur qui semble à la fois familière et étrange. Les meubles sont vieux mais solides, le genre de pièces qui ont vu des années d'utilisation mais qui tiennent toujours le coup. Quelques bibelots qui appartenaient à ma mère sont éparpillés dans la pièce—une vieille horloge sur la cheminée, un tapis tissé qu'elle a probablement acheté lors d'une foire artisanale locale. On dirait que je fais un retour dans une partie de ma vie que j'avais presque oubliée, une partie qui attendait mon retour.

Je ferme la porte derrière moi et m'appuie contre elle, me permettant enfin d'expirer. Le poids des dernières semaines me frappe d'un coup, et je me sens comme si je m'enfonçais dans le sol. Mon corps est fatigué, si fatigué, de toute cette tension, de toutes ces émotions qui tourbillonnent en moi. Les hauts et les bas ont été implacables, comme une tempête dont je ne peux pas m'échapper, et maintenant que je suis ici, debout dans cette cabine silencieuse, c'est comme si toute l'énergie s'était évaporée de moi.

Je me force à bouger, à faire quelques pas plus loin dans la pièce, mais chaque partie de moi veut juste s'effondrer. J'ai besoin de m'allonger, de fermer les yeux et d'essayer de reprendre mon souffle. Ce déménagement, ce changement brusque, était censé m'aider à trouver un peu de paix, mais en ce moment, tout ce que cela fait, c'est me montrer à quel point je suis usée.

J'atteins le canapé et tombe pratiquement dessus, laissant les coussins doux me rattraper. Mes muscles me font mal, mon esprit est un tourbillon de pensées que je ne peux pas démêler, et tout ce que je veux, c'est fermer les yeux et m'évader un peu. Juste une sieste, je me dis. Juste assez pour atténuer la pression, pour me laisser réinitialiser avant d'avoir à faire face à quoi que ce soit d'autre.

Je me blottis sur le canapé, tirant une couverture sur moi, et laisse mes paupières se fermer. La cabine est silencieuse, ce genre de silence qui semble presque trop calme, trop parfait, après le bruit constant de la ville. C'est troublant, d'une certaine manière, mais c'est aussi exactement ce dont j'ai besoin en ce moment. Une pause de tout. Une chance de juste... être.

Mais même alors que je m'endors, mon esprit ne veut pas complètement lâcher prise. La tension persiste, une pression dans ma poitrine qui refuse de s'apaiser. C'est comme si mon corps retenait tout le stress, toute la peur, et aucune quantité de respiration profonde ne va y changer quoi que ce soit. J'ai fait ce grand saut, cette décision de tout recommencer, mais les doutes sont toujours là, tapis sous la surface.

Et si cela ne fonctionnait pas ? Et si je fuyais juste, comme l'a dit Louise ? Et si je n'étais pas assez forte pour faire face à tout ce qui m'attend ici ?

Je serre les yeux, voulant que les pensées s'arrêtent. Je ne peux pas me permettre de penser comme ça—pas maintenant, pas après avoir parcouru tout ce chemin. Je dois croire que c'est le bon choix, que venir ici était le premier pas vers quelque chose de mieux. Quelque chose qui pourrait vraiment m'aider à guérir.

Mais alors que mon corps s'enfonce plus profondément dans le canapé, et que l'épuisement commence enfin à m'engloutir, je ne peux m'empêcher de sentir que la véritable bataille ne fait que commencer. Et je ne suis pas sûre d'être prête à cela.

...

Je me réveille au bruit aigu et incessant des aboiements de chiens dehors, suivi du battement frénétique des oiseaux prenant leur envol. Mes yeux s'ouvrent brusquement, et pendant un moment désorientant, j'oublie où je suis. Les sons inconnus me tirent complètement de mon sommeil embrumé. Il est bien trop tôt pour ce genre de chaos.

"Quel cauchemar," je grogne, me frottant les yeux et me redressant. La pièce est baignée par la douce lumière du matin, mais tout ce sur quoi je peux me concentrer est le vacarme à l'extérieur. Les aboiements sont incessants, comme une alarme que je ne peux pas éteindre. Je grogne en balançant mes jambes sur le côté du canapé, mon corps protestant à chaque mouvement. La paix que j'espérais trouver dans cette cabine tranquille est déjà brisée par la réalité de la vie rurale.

À contrecœur, je me lève et traîne jusqu'à la fenêtre. Le plancher en bois craque sous mes pieds, le bruit étonnamment fort dans le silence de la pièce. En tirant le rideau, je suis accueillie par la vue de mes nouveaux voisins, déjà dehors. L'un d'eux promène une paire de chiens enthousiastes, leurs laisses s'emmêlant dans les mains du propriétaire alors qu'ils tirent vers une volée d'oiseaux effrayés. Un autre voisin, une femme avec un chapeau de jardinage, s'occupe des fleurs devant son porche, les mains profondément enfouies dans la terre.

Avant que quiconque ne me remarque, je lâche rapidement le rideau et recule de la fenêtre, une vague d'anxiété m'envahissant. Mon cœur bat la chamade dans ma poitrine, un rappel physique de combien je me sens encore comme une étrangère ici. Je ne suis pas prête pour les petites conversations ou les présentations, pas prête à répondre aux questions sur pourquoi j'ai déménagé ici ou à entendre leurs commentaires polis sur la façon dont je "tient le coup." J'ai juste besoin d'espace, de temps pour m'adapter à cette nouvelle vie avant d'avoir à faire face à qui que ce soit d'autre.

Je me détourne de la fenêtre, me retirant dans la sécurité de ma nouvelle maison. Il est trop tôt pour ça. Trop tôt pour les conversations, pour les sourires forcés, pour faire semblant que tout va bien.

Avant que je puisse vraiment me retirer dans le confort de ma solitude, la sonnette retentit, coupant le silence comme une lame aiguisée. Je me fige, chaque muscle de mon corps se tendant au son. Pendant une seconde, j'envisage d'ignorer cela, de faire semblant de ne pas être chez moi, mais je sais que ce n'est pas une option. Ils m'ont probablement vue à la fenêtre.

"Bon sang!" je jure entre mes dents, détestant le fait que je dois me forcer à entrer dans une situation sociale pour laquelle je ne suis pas prête. Mon cœur s'enfonce alors que je réalise qu'il n'y a pas d'échappatoire. "Pourquoi ai-je dû regarder par la fenêtre?" je grogne, laissant échapper un rire amer. "Bien sûr qu'ils m'ont vue. Bienvenue dans la vie de petite ville, Mia."

Résignée à mon sort, je me pousse loin de la table et me dirige vers la porte, mes pas lourds et réticents. À chaque pas, je me prépare aux politesses forcées que je m'apprête à endurer, déjà épuisée à l'idée de sourire et de faire la conversation.

Quand j'ouvre la porte, je suis accueillie par la vue d'un couple âgé se tenant sur mon porche, tous deux arborant des sourires chaleureux et accueillants. L'homme est grand et légèrement courbé avec une épaisse chevelure blanche, et la femme à ses côtés est plus petite, ses cheveux argentés soigneusement rangés sous un foulard fleuri. Entre eux, ils tiennent un grand panier en osier rempli de ce qui semble être des produits faits maison—du pain fraîchement cuit, des pots de confiture et un bouquet de fleurs.

"Bonjour!" dit l'homme, sa voix pleine de gentillesse. "Nous voulions juste venir vous accueillir à Maple Ridge."

Je force un sourire, ressentant le poids de la situation se poser sur mes épaules. "Merci," je réponds, essayant de garder un ton poli et stable.

Les yeux de la femme s'adoucissent alors qu'elle me regarde, son sourire tendre. "Êtes-vous la fille d'Elizabeth?" demande-t-elle, sa voix teintée de curiosité et de quelque chose d'autre—de la sympathie, peut-être.

Je hoche la tête, avalant la boule qui se forme dans ma gorge. "Oui, c'est moi. Je suis Mia."

Une vague de compréhension passe entre le couple, et l'homme s'avance légèrement, son expression devenant solennelle. "Nous sommes tellement désolés pour votre perte," dit-il doucement. "Elizabeth était une femme merveilleuse, et elle comptait beaucoup pour nous."

"Elle était spéciale pour tout le monde dans cette ville," ajoute la femme, sa voix tendre. "Elle nous a même laissé séjourner dans la cabine une fois lorsque nous avions des réparations à faire sur notre maison. Nous voulions vous apporter quelque chose en guise de bienvenue—et pour vous faire savoir que si vous avez besoin de quoi que ce soit, nous sommes juste à côté."

Je regarde le panier qu'ils tiennent, le poids de leur gentillesse pesant sur moi. C'est accablant, cet afflux soudain de chaleur et de soutien de la part d'inconnus qui connaissaient ma mère mieux que je ne l'ai jamais fait. Pendant un moment, je lutte pour trouver les mots justes, mes émotions enchevêtrées dans un fouillis de gratitude et de chagrin.

"Merci," je parviens à dire, ma voix à peine un murmure. "C'est... vraiment gentil de votre part."

La femme tend la main et me serre doucement la main, son contact réconfortant. "Vous n'êtes pas seule ici, Mia. Si jamais vous avez besoin de parler ou juste de quelqu'un avec qui être, nous sommes là."

Je hoche la tête, ma gorge se serrant alors que je lutte pour retenir les larmes qui menacent de couler. "J'apprécie cela. Vraiment, je le fais."

Ils sourient tous les deux, et l'homme me tend le panier. "Nous ne vous retiendrons pas longtemps, mais nous voulions juste nous assurer que vous sachiez que vous êtes la bienvenue ici."

"Merci," je répète, ressentant un mélange de soulagement et d'inconfort face à la véritable attention qu'ils me portent.

Alors qu'ils s'apprêtent à partir, la femme se retourne et me regarde. "Et rappelez-vous, Mia—si vous avez besoin de quoi que ce soit, n'hésitez pas à venir. Nous serons ravis d'aider."

Sur ce, ils me font un dernier sourire chaleureux avant de retourner vers leur maison. Je reste dans l'embrasure de la porte, serrant le panier contre ma poitrine, et les regarde s'éloigner. Une fois qu'ils sont hors de vue, je ferme la porte et m'appuie contre elle, expirant longuement.

"Eh bien, c'était... quelque chose," je murmure pour moi-même, essayant de digérer la rencontre. Autant je détestais l'idée d'interagir avec quiconque, je ne peux pas nier que leur gentillesse a laissé une petite lueur chaleureuse dans ma poitrine.

Peut-être que cet endroit ne sera pas si mal après tout.

Je ferme doucement la porte et jette immédiatement un coup d'œil par le judas, mon cœur battant encore de l'interaction inattendue. Je vois le couple s'éloigner, leurs silhouettes se faisant de plus en plus petites alors qu'ils rentrent chez eux. Une partie de moi déteste admettre cela, mais ce sont vraiment de gentilles personnes, qui se donnent la peine de m'accueillir de cette manière. Mais même alors que je reconnais leur gentillesse, une pointe amère persiste en moi, une rage persistante qui me garde enfermée loin du monde. C'est comme si quelque chose de profond en moi s'accrochait encore à la douleur, refusant de lâcher prise, me rendant indisponible à la vie qui se déroule en dehors de ces murs.

Je m'apprête à m'éloigner de la porte quand un mouvement attire mon attention. Le gars de tout à l'heure—celui qui m'a donné des directions—descend la rue, sa grande silhouette vêtue d'une chemise à carreaux rouges. Il tient quelques sacs de courses, et il y a quelque chose dans sa façon de se déplacer, si décontractée et à l'aise, qui éveille ma curiosité. Mes yeux se plissent légèrement alors que je l'observe, me demandant où il va.

Il passe devant ma maison et monte les marches du même porche que le vieux couple vient de quitter. Mon souffle se bloque légèrement alors que je réalise qu'il pourrait aussi y vivre. Pendant un moment, je reste figée sur place, mes pensées tourbillonnant de questions. Vit-il avec eux? Est-il un parent, ou juste quelqu'un qui aide?

Je le regarde ouvrir la porte et disparaître à l'intérieur, la lourde porte en bois se fermant derrière lui avec un doux claquement. Mon esprit s'emballe, essayant de rassembler ce nouvel élément d'information. Il semble que chaque nouveau détail sur cette ville et ses habitants m'attire plus profondément dans une toile de curiosité et de connexions que je ne m'attendais pas à trouver.

Je recule de la porte, l'image de l'homme à la chemise à carreaux rouges restant ancrée dans mon esprit. Je ne peux m'empêcher de me demander quelle est son histoire—comment il s'intègre dans la vie des gens ici, et pourquoi, pour une raison quelconque, il a réussi à attirer mon attention plus que quiconque que j'ai rencontré jusqu'à présent.

Mais avant que je ne puisse trop m'attarder là-dessus, je secoue la tête, essayant de clarifier mes pensées. J'ai assez de choses à gérer sans ajouter plus de mystères à la liste. Pourtant, même alors que je me dis de laisser tomber, une petite partie de moi ne peut s'empêcher de ressentir une curiosité—une attirance vers la vie que j'essaie si fort de garder à distance.

CHAPITRE 4

Le réveil de Mia sonna bruyamment à côté de son lit, la tirant d'un sommeil rempli de rêves dans l'air frais du matin de Maple Ridge. Elle resta un moment allongée, emmêlée dans ses draps, les vestiges de ses rêves flottant comme des filaments de brouillard. Aujourd'hui était son premier jour à la Galerie de Maple Ridge, et le battement de papillons dans son ventre la fit hésiter avant de finalement balancer ses jambes hors du lit.

Elle s'habilla en jeans confortables et un doux pull qui la réchauffait contre le froid d'automne qui s'infiltrait à travers les murs de sa cabane. Prenant une profonde inspiration, elle attrapa son sac, son carnet de croquis dépassant—une habitude d'une vie passée qu'elle n'avait pas tout à fait laissée derrière elle.

La galerie était à une courte distance de marche de sa cabane, nichée au cœur du centre-ville de Maple Ridge. Alors que Mia s'approchait, ses yeux s'imprégnèrent des présentations vibrantes à travers les larges fenêtres avant—des peintures abstraites se heurtaient à des paysages sereins, et des sculptures qui semblaient tordre la réalité avec leurs courbes et angles. C'était comme entrer dans un autre monde, un monde bien plus coloré et audacieux que celui qu'elle avait connu à Chicago.

Je suis entrée dans la Galerie de Maple Ridge, et le mélange éclectique de couleurs et de textures a immédiatement attiré mon attention. C'était mon premier jour, et le battement dans mon ventre ressemblait à un essaim de papillons essayant de s'échapper.

"Bienvenue, Mia! Oh, je suis si heureuse que tu sois là. Il y a quelque chose de magique à ajouter un nouveau coup de pinceau à notre petite toile de communauté," s'exclama Lila, ses bras balayant l'air comme si elle peignait les mots dans l'espace autour de nous.

"Merci de m'accueillir, Lila. C'est un endroit vraiment inspirant que vous avez ici," répondis-je, ma voix teintée de l'excitation nerveuse de commencer un nouveau chapitre.

Lila éclata de rire, un son aussi léger et engageant que le tintement des clochettes du vent. "Oh, chérie, 'inspirant' n'est que le début. Viens, laisse-moi te montrer les lieux. Il y a un cœur qui bat dans cet endroit, un rythme auquel tu danseras bientôt aussi."

Alors que nous parcourions la galerie, Lila me montra diverses œuvres—des abstractions qui attiraient le regard dans des tourbillons de couleur, des portraits en noir et blanc saisissants qui semblaient scruter l'âme, et des sculptures qui tordaient le métal et le verre en formes impossibles.

"Chaque pièce raconte une histoire, tu sais," continua Lila, s'arrêtant devant une peinture vibrante qui attira mon attention. "Comme celle-ci. L'artiste a commencé à peindre après une décennie dans un emploi de bureau banal. Il disait que l'art était sa façon de crier sans faire de bruit."

Je me suis sentie attirée par les tourbillons tumultueux de la peinture, ressentant une parenté avec le désir tacite de l'artiste. "C'est incroyable," murmurai-je.

"N'est-ce pas? Mia, as-tu déjà essayé l'art? Tes yeux me disent qu'il y a un puits d'histoires attendant d'être révélé."

Hésitante, mes expériences passées avec l'art étaient un mélange d'expérimentation juvénile et de résignation adulte. "Je dessinais beaucoup. Et je peignais un peu. Mais cela fait des années que je n'ai rien fait de sérieux."

Lila s'arrêta et me fit face, son expression sincère. "Pourquoi ne pas recommencer? Ici, avec nous? Il n'y a pas de meilleur endroit pour redécouvrir ta passion, et pas de meilleur moment que maintenant."

L'idée était à la fois terrifiante et tentante. "Je ne saurais même pas par où commencer," avouai-je, sentant les vieilles insécurités remonter à la surface.

"Commence au début. Ici, laisse-moi te montrer quelque chose." Lila m'a conduite vers un petit coin ensoleillé de la galerie que je n'avais pas remarqué auparavant. Contre le mur du fond se tenait un chevalet avec une toile blanche, une palette de couleurs attendant à côté.

"Tu vois ça? C'est à toi si tu le veux. Pense à ça comme à ton terrain de jeu. Pas de règles, pas d'attentes. Juste toi et quelques éclaboussures de peinture inoffensives."

Je fixai la toile blanche, symbole à la fois d'opportunité et d'incertitude. "Je ne sais pas, Lila. Ça fait si longtemps. Et si je ne pouvais rien créer de valable?"

Lila plaça une main sur mon épaule, son toucher léger mais rassurant. "L'art n'est pas une question de valeur, Mia. C'est une question d'expression. C'est prendre ce qui est à l'intérieur et le laisser sortir de la manière la plus colorée, chaotique ou calme possible. La valeur, c'est pour les critiques et nous ne sommes pas des critiques ici. Nous sommes des créateurs."

Ses mots, simples mais profonds, éveillèrent quelque chose en moi. Peut-être était-ce la sincérité de sa voix ou le léger coup de pouce qu'elle me donnait, mais quelque chose me poussa à m'approcher de l'atelier.

"D'accord," dis-je, un sourire hésitant se formant. "D'accord, je vais essayer."

"C'est l'esprit!" s'exclama Lila, en applaudissant avec délice. Elle me tendit un pinceau, ses yeux pétillants d'encouragement. "Lâche prise, Mia. Danse avec les couleurs. Il n'y a pas de bon ou de mauvais ici."

Alors que je trempais le pinceau dans la première couleur—une teinte de bleu audacieuse et sans excuses—je sentis une vieille porte en moi s'ouvrir en grinçant. Le pinceau semblait étranger dans ma main, mais au moment où il toucha la toile, un sentiment de justesse m'envahit.

Lila observa un moment, puis dit, "Je te laisse faire. Crie si tu as besoin de quoi que ce soit. Et souviens-toi, tout cela t'appartient à explorer."

Laissant seule avec la toile, je laissai le pinceau vagabonder, chaque coup lissant les années de négligence. Les couleurs se mêlaient sur la toile—les bleus aux verts, les rouges aux violets. À chaque minute, mes coups devenaient plus audacieux, plus confiants.

Des heures semblèrent passer en un clin d'œil. J'étais si absorbée par ma peinture que je n'entendis pas Lila revenir.

"Regarde-toi, Mia! C'est absolument merveilleux. Comment te sens-tu?" La voix de Lila brisa ma concentration.

Je reculai, observant le chaos de couleurs et de formes que j'avais créées. Ce n'était pas un chef-d'œuvre, mais c'était le mien. "Je me sens... libérée, je suppose. Comme si je retenais ma respiration et que je ne le savais pas jusqu'à maintenant."

"C'est la puissance du lâcher-prise, ma chère. Tu as débloqué quelque chose aujourd'hui. Garde cette clé près de toi; tu ne sais jamais quand tu en auras besoin à nouveau," dit Lila, sa voix douce, son conseil voilé de mystère mais clair dans son intention.

Je hochai la tête, ressentant une profonde gratitude pour ce curieux coup du sort qui m'avait conduite à cette galerie, à Lila, et de retour à une partie de moi que je pensais avoir perdue pour toujours.

"Merci, Lila. Pour cette chance," dis-je, ma voix chargée d'émotion.

"Oh, Mia, merci de l'avoir embrassée. Continue, continue d'explorer. Qui sait où ce voyage te mènera?" Les mots de Lila étaient une bénédiction, un envoi vers de nouveaux royaumes de possibilités.

Alors qu'elle me laissait avec mes pensées et ma toile, je réalisai qu'aujourd'hui n'était pas seulement une question de raviver un ancien hobby; c'était une question de récupérer une partie de mon âme. La galerie, avec ses innombrables formes et couleurs, semblait être une carte, et je venais de faire mon premier pas dans un nouveau monde.

Avec l'odeur des peintures encore dans l'air et mon cœur battant d'une nouvelle excitation, je continuai à explorer les coups qui semblaient venir plus naturellement maintenant. Alors que la lumière de l'après-midi commençait à décliner, Lila revint, portant deux tasses de thé fumant. Elle en posa une à côté de moi sans perturber ma concentration.

"Tu sais, Mia, c'est ainsi que commencent les nouveaux voyages," commença Lila, en sirotant son thé tout en regardant la toile évoluer. "Avec un seul pas, ou dans ton cas, un coup de pinceau."

Je ris légèrement, posant le pinceau un moment. "Ça fait étrange, comme rencontrer un vieil ami que je n'ai pas vu depuis des années. Je ne suis pas sûre de quoi dire, ou s'ils m'aimeraient encore."

"C'est la beauté de l'art, Mia. Il est toujours prêt à t'accueillir à nouveau, sans jugements." Le ton de Lila était réconfortant, renforçant le sanctuaire que j'avais commencé à ressentir dans la galerie. "Dis-moi, qu'est-ce qui t'a fait arrêter de peindre avant?"

La question me fit hésiter, les vieux doutes revenant. "La vie, je suppose. J'ai commencé à croire que je n'étais pas assez bonne, et puis... c'était plus facile de ne pas faire face à cet échec."

Lila hocha la tête avec compréhension. "La peur de l'échec est un puissant silencieur. Mais regarde-toi maintenant, faisant face à ces peurs. Ce n'est pas juste de la peinture; c'est combattre des dragons."

L'image me fit sourire. "Des dragons, hein? Ça semble juste."

Lila se pencha plus près, sa voix tombant dans un murmure conspirateur. "Chaque artiste les combat. Mais voici un secret : chaque coup de pinceau est un coup d'épée. Tu ne fais pas que créer; tu conquiers."

Ses mots éveillèrent quelque chose en moi, une étincelle de défi contre les doutes et les dragons. "J'aime ça. Peindre comme une forme de bataille."

"Oui, et chaque bataille a besoin d'une stratégie. As-tu pensé à ce que tu voudrais essayer ensuite?" La question de Lila redirigea mes pensées vers des projets futurs, vers des possibilités.

J'y réfléchis, mon regard dérivant sur les couleurs. "Peut-être quelque chose de plus grand. J'ai l'impression d'avoir commencé quelque chose ici que je ne devrais pas laisser inachevé."

"Alors tu auras ta toile, guerrière," déclara Lila, se levant pour chercher une toile plus grande. Elle revint avec une toile substantielle, la penchant contre le mur. "Voici, un nouveau champ de bataille."

Se tenir devant la toile plus grande semblait différent, intimidant mais excitant. "C'est intimidant," avouai-je, touchant la surface blanche.

"La plupart des défis qui en valent la peine le sont." L'affirmation de Lila était une poussée, me poussant à entrer dans l'arène. "Pourquoi ne pas commencer par quelque chose de ton cœur? Quelque chose de personnel?"

Mes pensées vacillèrent entre souvenirs, idées, émotions—tous les ingrédients d'un art significatif. "Je pense que je vais essayer un paysage," dis-je enfin. "Un qui combine des éléments de mon passé avec les textures de mon présent."

"Choix magnifique," approuva Lila, tirant un tabouret pour s'asseoir à mes côtés. "Commence par des coups larges. Pose la scène, établis les fondations, puis nous ajouterons les détails."

Alors que je mélangeais les premières teintes, Lila continuait de me guider, sa présence à la fois un bouclier et un catalyseur. "Pense aux couleurs de ton passé, Mia. Quelles teintes utiliserais-tu?"

"Des gris et des bleus, je suppose," commençai-je, mon pinceau hésitant juste au-dessus de la toile. "Elles étaient des couleurs calmes, quelque peu mélancoliques."

"Et maintenant? Quelles couleurs représentent ton présent?"

Je trempai mon pinceau dans des tons plus chauds—un doux orange, un vert vibrant. "Ce sont de nouveaux commencements, de la croissance, et de la chaleur."

"Tu vois, tu ne peins pas juste un paysage, Mia. Tu racontes ton histoire." L'observation de Lila rendait le processus encore plus significatif.

Les heures glissèrent alors que nous parlions et peignions. Lila partagea des histoires d'autres artistes qui avaient parcouru des chemins similaires, de triomphes et d'échecs, de retraites et de retours. Chaque conte tissé dans le tissu de l'histoire de la galerie, et maintenant, dans la mienne.

"Et pour l'avenir, Mia?" demanda Lila alors que le paysage commençait à prendre forme, le passé et le présent se fondant en un tableau vivant.

Je marquai une pause, réfléchissant à sa question. "Je pense que j'utiliserais des couleurs plus vives, audacieuses et pleines d'espoir. Peut-être que c'est ce que l'avenir réserve."

"Ajoute-les," encouragea Lila, pointant vers un spectre de peintures brillantes. "Laisse le futur infuser ton présent. L'art est intemporel de cette manière."

Alors que j'incorporais le futur dans mon paysage, la toile ne semblait plus juste un morceau de tissu mais un portail, un aperçu d'un voyage de redécouverte. La présence de Lila, son mentorat, transformait l'expérience en quelque chose d'à la fois sacré—un rite de passage de retour dans le monde de la créativité que j'avais laissé derrière mais que je récupérais maintenant.

"Tu as fait quelque chose de merveilleux aujourd'hui, Mia," dit Lila alors que nous reculerions pour voir le travail presque terminé. "Pas seulement pour cette toile, mais pour toi-même."

Ses mots, simples mais profonds, cimentèrent un sentiment d'accomplissement en moi. J'avais franchi une frontière que je pensais perdue, guidée par une mentor qui voyait en moi ce que j'avais cessé de voir en moi-même.

"Merci, Lila. Pour tout." Ma gratitude était profonde, sincère.

"Oh, le plaisir est pour moi," répondit Lila avec un sourire. "Et ce n'est que le début. Qui sait ce que tu vas créer ensuite?"

Alors que la journée touchait à sa fin, et que les ombres s'allongeaient sur le sol de la galerie, je rangeai mes pinceaux, le paysage peint étant un témoignage d'une bataille menée et gagnée. Lila avait raison; ce n'était que le début. Le voyage de retour vers moi-même, vers mon art, avait encore de nombreuses toiles à remplir, de nombreux dragons à conquérir. Mais pour l'instant, j'avais fait le premier pas crucial.

Alors que je quittais la galerie ce soir-là, mes pas semblaient plus légers, comme si je flottais légèrement au-dessus du sol. L'air autour de moi, habituellement frais alors que le crépuscule s'installait, semblait plus chaud, chargé d'un potentiel qui électrisait mes sens. Les images des peintures de la journée tourbillonnaient dans mon esprit—un kaléidoscope de couleurs vives, de formes audacieuses et de lignes émouvantes, toutes encourageant un sentiment de courage naissant en moi.

Le chemin vers ma cabane serpentait à travers les rues pittoresques de Maple Ridge, le coucher de soleil peignant le ciel en coups d'orange et de rose. Chaque coup de pinceau de nuage semblait faire écho à l'art que j'avais laissé derrière dans la galerie. Les mots de Lila se répétaient comme un mantra apaisant, renforçant la confiance qui avait été méticuleusement tissée dans ma psyché tout au long de la journée. La voix autrefois redoutable de la peur murmurait maintenant doucement en arrière-plan, noyée par le chœur résonnant de mon nouveau courage.

Alors que je tournais la clé et entrais dans ma cabane, l'odeur familière de chez moi m'accueillit—un mélange de vieux bois et la légère trace de lavande d'une bougie que j'avais brûlée la nuit précédente. L'espace était douillet, un refuge personnel qui semblait maintenant appeler à de nouvelles possibilités. Au lieu de m'installer dans ma routine habituelle du soir, je me sentais énergisée, incapable de résister à l'appel du carnet de croquis qui reposait sur mon petit bureau encombré.

En m'asseyant, je retournai la couverture. Les pages étaient remplies de gribouillis et de dessins, les échos d'une passion qui avait été dormante mais jamais vraiment oubliée. Je me tournai vers une page vierge, la surface blanche et propre me regardant comme un défi. Ma main ne tremblait pas comme elle aurait pu le faire quelques jours auparavant. Au contraire, elle se sentait stable, renforcée par les révélations et les accomplissements de la journée.

Avec un crayon, je commençai à esquisser. Les lignes jaillissaient de ma main sans effort, comme si elles étaient guidées par une force au-delà de ma propre compétence nouvellement acquise. Je tirais de la mémoire de l'art de la journée, laissant chaque ligne être influencée par les coups audacieux d'un peintre que j'avais admiré ou par l'ombrage subtil d'une sculpture qui avait attiré mon attention. Mon propre style commençait à émerger, une synthèse de mes observations et de ma créativité intrinsèque.

Alors que le croquis prenait forme, je me rendis compte que je conceptualisais au-delà de simples lignes. Et si cela pouvait être plus qu'un simple dessin? Et si cela pouvait se transformer en une peinture pour l'exposition à venir? La pensée était à la fois excitante et terrifiante. Pourtant, la peur était maintenant un aiguillon, m'incitant à avancer plutôt qu'à me retenir.

Le croquis représentait une scène de Maple Ridge—la vue depuis la fenêtre de la galerie où le monde moderne à l'extérieur contrastait avec l'âme ancienne de l'art à l'intérieur. Des bâtiments rendus avec une précision presque architecturale, juxtaposés à des rendus impressionnistes tourbillonnants de la vie de rue vibrante. Cela symbolisait mon propre voyage—structuré mais chaotique, émergeant d'une confluence d'influences passées et présentes.

Alors que je continuais à ajouter des détails, la pièce autour de moi semblait s'estomper, ne laissant que le monde lumineux de mon imagination. J'étais absorbée, perdue dans l'acte de création, chaque coup étant un mot dans une histoire visuelle que je ne faisais que commencer à raconter.

Les heures passèrent sans que je m'en rende compte. La seule indication que le temps passait était la lumière changeante alors que le soleil plongeait sous l'horizon, remplacé par la douce lueur de ma lampe de bureau. Lorsque le croquis fut terminé, je m'installai dans ma chaise, un étirement satisfaisant soulageant la raideur de mes épaules. Le dessin sur la page me regardait, une manifestation tangible d'un changement intérieur.

Mais un croquis n'était que le début. Demain, je commencerais à peindre. La pensée déclencha un frisson d'excitation mêlé d'anticipation nerveuse. Pourrais-je traduire la vivacité de mon dessin en peinture? Des doutes persistaient, mais ils étaient désormais des défis à surmonter, non des barrières insurmontables.

Cette nuit-là, avant d'aller me coucher, je notai tout dans mon journal—la peur, le frisson, les triomphes discrets et les moments de doute. J'écrivis sur le mentorat de Lila, ses mots encourageants, et la façon dont la galerie avait semblé être un nouveau chez-soi. Je notai les idées pour ma peinture, spéculant sur des techniques et des couleurs.

Mettant de côté mon carnet de croquis et les pensées sur le défi de peinture de demain, je ressentis le besoin d'un acte simple et ancrant—faire du thé. C'était un rituel qui apportait toujours du réconfort, la chaleur de l'eau, le doux arôme des feuilles de thé infusées. C'était une fin appropriée à une journée marquée par la régénération et de nouveaux commencements. Dans la cuisine, je remplis la bouilloire et la mis sur le feu, regardant les flammes lécher le fond et envoyer de petits sons dans la pièce calme.

Alors que l'eau chauffait, je me promenai dans le petit espace, mes doigts traçant les bords pittoresques et légèrement usés du comptoir. Tout dans cette cabane parlait d'une vie à la fois simple et profondément texturée. La bouilloire siffla sa préparation, et je versai l'eau bouillante sur les feuilles, l'arôme herbacé s'élevant pour me rencontrer. Posant la tasse sur la table pour refroidir, je décidai qu'il était temps de me détendre complètement.

Dans ma chambre, mon lit m'accueillit avec son étreinte familière et réconfortante. Je sortis mon pyjama, doux et usé par de nombreuses nuits d'utilisation, et commençai à me changer, chaque mouvement inconscient et routinier. Juste au moment où je mettais mon haut de pyjama, un mouvement dehors attira mon attention. Curieuse, je jetai un coup d'œil par la fenêtre, ne m'attendant pas à grand-chose d'autre qu'à voir la ville endormie se préparer à la nuit.

Là il était, pourtant—l'homme à qui j'avais demandé des directions l'autre jour, quand je m'étais aventurée pour la première fois dans le cœur de Maple Ridge. Le souvenir de son comportement chaleureux et amical traversait mon esprit alors que je l'observais maintenant, inconscient et se déplaçant dans sa chambre. Il était torse nu, changeant de vêtements avec les rideaux largement ouverts sur le monde—ou du moins sur ma vue accidentelle.

Il était plus musclé que je ne l'avais prévu pour quelqu'un d'une si petite ville, ses épaules larges et bien définies sous la douce lumière de la chambre. Une surprenante quantité de poils couvrait sa poitrine, ajoutant à l'image robuste qui semblait en désaccord avec la personnalité raffinée qu'il projetait. Dans un petit mouvement gêné, je trébuchai en arrière, heurtant légèrement le mur. Une chaleur d'embarras inonda mes joues, reconnaissante qu'il n'ait pas vu mon espionnage maladroit.

Malgré moi, la curiosité me poussa à jeter un coup d'œil une fois de plus. Prudemment, à peine en train de respirer, je me glissai de nouveau vers la fenêtre, juste à temps pour le voir se retourner. Nos yeux se rencontrèrent, et je restai figée, horrifiée. Un rire gêné et respectueux s'échappa de lui alors qu'il attrapait rapidement une chemise et la tirait sur sa tête, ses yeux pétillants d'amusement.

"Oh, bien sûr, tu es idiote, Mia," murmurai-je pour moi-même, me reculant de la fenêtre avec un bruit de finalité contre le sol. "Tu ne devrais pas te ridiculiser à cette heure tardive."

La chambre était soudain trop petite, les murs témoins de ma ridicule situation. Je descendis en courant, ma tranquillité précédente remplacée par un embarras piquant et rampants. Mon thé, maintenant parfaitement refroidi, restait oublié sur la table alors que je faisais les cent pas, essayant de chasser l'image de son rire et le fait humiliant qu'il m'avait surprise à le fixer.

Incapable de rester immobile, je saisis le thé et en bus quelques gorgées, espérant que le mélange herbal calmerait mes nerfs. Ça ne marcha pas. Mon esprit s'emballait avec chaque scénario possible pour notre prochaine rencontre. Allait-il mentionner ce moment gênant? Devrais-je m'excuser, ou cela empirerait-il les choses?

Avec un profond soupir, je remis la tasse sur la table, le liquide débordant légèrement sur les côtés. Le sommeil était un rêve lointain maintenant, mon embarras alimentant une énergie agitée qu'aucune quantité de thé ne pouvait apaiser. J'avais besoin d'air, d'une brise nocturne pour rafraîchir mes joues échauffées et peut-être restaurer une partie de ma dignité perdue.

Enfilant une paire de chaussures, j'ouvris discrètement la porte arrière et sortis dans la fraîcheur de la nuit. Le jardin était baigné de clair de lune, chaque plante projetant des ombres étranges sur le sol. Je marchai sans but parmi les parterres de fleurs, l'air nocturne frais contre ma peau.

L'espace physique aida à démêler mes pensées. Ce n'était qu'un moment, raisonnai-je, une petite bévue qui ne signifiait rien dans le grand schéma des choses. Il avait ri de cela, et moi aussi. D'ici demain, ce serait un léger rougissement dans ma mémoire, une histoire de plus à ajouter à la toile de ma vie ici à Maple Ridge.

CHAPITRE 5

JAKE HARPER

Après le travail de la journée, le calme apaisant du soir était exactement ce dont j'avais besoin. Les muscles de mon dos faisaient mal à cause de la construction au centre communautaire, une bonne douleur honnête qui me disait que j'avais fait une journée de travail complète. Il y a une simplicité dans la vie à Maple Ridge qui apaise l'âme, un éloignement de la vie trépidante de la ville que j'avais laissée derrière.

J'enlevai ma chemise de travail, prévoyant une douche rapide avant de me coucher. Ma chambre, éclairée par la lumière déclinante du crépuscule et la douce lueur d'un lampadaire à proximité, était mon refuge. Alors que je m'étirais, essayant de soulager la tension de mes épaules, je me dirigeai vers la fenêtre pour un peu d'air frais avant de la fermer pour la nuit. C'est alors que je remarquai un mouvement de l'autre côté de la rue.

Me penchant en avant, je vis que c'était cette femme, celle qui avait demandé des directions l'autre jour. Mes grands-parents avaient mentionné une nouvelle fille en ville, probablement la même personne. Elle semblait regarder directement ma fenêtre, son expression passant d'une curiosité légère à une surprise soudaine.

Réaliser que j'étais là, à moitié habillé, une rapide rougeur d'embarras traversa mon visage. C'était une erreur honnête, commune dans l'ouverture décontractée de notre ville, mais malgré tout, cela semblait un peu gênant d'être surpris dans un moment si dénudé. Je pris ma chemise et la tirai rapidement sur ma tête, espérant me couvrir vite et lui épargner tout embarras supplémentaire.

Elle sembla soudain se rétracter, reculer de la fenêtre avec ce qui ressemblait à un mélange de choc et d'embarras. Je ne pus m'empêcher de laisser échapper un léger rire—non pour me moquer, mais en reconnaissance de ce petit moment étrange que nous venions de partager. À Maple Ridge, on apprend vite que chacun a une histoire, et que des rencontres inattendues comme celles-ci deviennent souvent les premiers fils de nouvelles amitiés.

Je ne connaissais pas encore son nom, ni ne pouvais entendre ce qu'elle pouvait murmurer pour elle-même à cette distance, mais la scène ressemblait à une comédie silencieuse se déroulant juste avant l'heure du coucher. Secouant la tête avec un sourire, je décidai de lui faire un signe amical et un petit coucou, signifiant qu'il n'y avait pas de mal fait.

Après l'embarras fugace d'avoir été aperçu à moitié habillé par une voisine, je l'ignorai et me dirigeai vers la salle de bain pour une douche bien méritée. Le doux filet d'eau était un répit bienvenu, lavant les restes d'une longue journée et la brève interaction légèrement gênante d'il y a quelques instants.

Sous le jet d'eau chaude, mes pensées dérivaient inévitablement vers la rencontre. Ce n'était pas tant à propos de la femme que j'avais vue à la fenêtre—c'était plus à propos de ce que de tels moments signifiaient. Cela faisait quelques mois depuis ma rupture, et bien que la solitude ait été un baume, ces petites perturbations servaient de rappels que je m'ajustais encore à la vie de célibataire dans une petite ville où la vie privée était une douce illusion.

Maple Ridge était calme, le genre d'endroit où tout le monde connaissait vos affaires que vous le vouliez ou non. C'était à la fois une malédiction et un réconfort, la proximité de la communauté contrastant fortement avec l'agitation impersonnelle de la vie citadine que j'avais laissée derrière. Ici, un aperçu accidentel à travers une fenêtre pouvait devenir le sujet de conversation de la semaine. Je n'étais pas prêt à être le sujet des commérages locaux, ni désireux de m'engager dans quoi que ce soit ressemblant à une nouvelle relation.

Je me concentrai sur la sensation de l'eau, la laissant clarifier mon esprit. Les résidus physiques de ma journée—la poussière du chantier, la sueur de l'effort—se lavaient, mais les vestiges psychologiques persistaient. Je n'étais pas réellement seul. J'étais dans une phase de redécouverte, apprenant qui j'étais en dehors du contexte d'un partenariat qui avait défini une grande partie de ma vie récente.

En éteignant la douche, l'air frais de la salle de bain m'enveloppa, me ramenant au présent. Je me séchai, m'habillai de vêtements confortables, et jetai un coup d'œil à mon reflet dans le miroir. Mon visage me renvoyait un regard un peu fatigué, un peu usé, mais plus fort pour cela.

Sortant de la salle de bain, je décidai de renoncer à tout autre potentiel échange de fenêtres pour la nuit. La cuisine semblait une destination plus sûre et moins mouvementée. J'avais besoin d'une boisson—une bière fraîche pour conclure la journée semblait tout à fait approprié. Alors que je descendais silencieusement les escaliers vers la cuisine, je réfléchissais aux dynamiques de la petite ville. Tout le monde ici semblait entrer et sortir de la vie des autres avec une telle aisance, mais je trouvais encore mes repères.

Dans la cuisine, je pris une bière dans le réfrigérateur et m'appuyai contre le comptoir, savourant la première gorgée froide. Le silence de la maison m'enveloppait, un rappel frappant de la solitude que j'avais appris à apprécier. Je n'étais pas antisocial pour autant, mais après ma rupture, le calme était devenu un compagnon nécessaire.

Je pensais à la femme, non pas avec un intérêt particulier, mais plutôt comme une partie de cette nouvelle tapisserie de la vie à Maple Ridge dont je devenais lentement partie intégrante. Peut-être demain, je la verrais en ville, peut-être offrirais-je un signe d'acquiescement—un accord silencieux d'embarras mutuel et le pacte tacite des résidents de petites villes qui savaient involontairement un peu trop les uns sur les autres.

Après avoir fermé la porte du réfrigérateur avec un léger clic, bière à la main, je remontai à l'étage. La maison était silencieuse, le genre de silence qui amplifie chaque petit bruit—le tic-tac de l'horloge, l'aboiement lointain d'un chien, le grincement des escaliers en bois sous mes pieds. Je me dirigeai vers ma chambre, un espace encore imprégné des vestiges de ma vie passée, d'une existence partagée qui s'était terminée non pas avec un fracas, mais un murmure.

Assis au bord de mon lit, je pris une longue gorgée de la bière froide, ressentant l'amertume sur ma langue et le froid alors qu'elle descendait dans ma gorge. C'était rafraîchissant, mais cela ne faisait guère pour effacer le poids qui s'était installé en moi. Mon regard erra dans la chambre, finissant par se poser sur la table de nuit où un seul cadre photo était posé—le dernier que je n'avais pas rangé.

C'était une photo de moi et mon ex, prise lors d'une vacance que nous avions faite l'année dernière sur la côte. Nous souriions, le décor océanique parfait, le soleil se couchant juste comme il le fallait. C'était une bonne journée, un bon voyage même. À ce moment-là, figés dans le temps, nous avions l'air du couple idéal, débordant de potentiel et de promesses.

Je tendis la main vers le cadre, traçant la ligne de son visage souriant avec mon doigt. "Elle me manque..." murmurai-je à la chambre silencieuse, ma voix teintée de tristesse pour ce qui avait été perdu. Mais alors que je fixais plus longtemps, la réalité s'infiltra, colorant le souvenir avec la vérité de notre effondrement qui avait suivi. "Eh bien, ce que je pensais que nous étions," me corrigeai-je, posant le cadre avec un clic décisif.

La chambre sembla soudain plus petite, comme si les murs se rapprochaient, remplis des échos de ce qui aurait pu être. Je pris une autre gorgée, la bière moins satisfaisante maintenant. C'était vrai—je manquais la compagnie, l'intimité et les projets partagés. Mais me manquait-elle, vraiment elle? Pas la version idéalisée qui hantait parfois mes rêves, mais la véritable, humaine, imparfaite avec qui j'avais partagé ma vie?

"Tout ce qui aurait pu être et ne l'était pas," continuai-je, parlant maintenant à son image dans la photo comme si j'attendais qu'elle réponde. "Mais je ne la manque pas, pas vraiment. Nous n'étions pas faits l'un pour l'autre après tout." C'était une vérité durement acquise à travers des nuits solitaires et des journées vides, à travers le démantèlement douloureux d'une vie partagée et la lente construction minutieuse de la mienne, seul.

La bière désormais finie, je posai la bouteille vide sur la table de nuit à côté de la photo. Le désordre physique et émotionnel semblait se refléter l'un l'autre—des vestiges d'un passé qui devait être dégagé. Il était temps, peut-être passé le temps, de vraiment faire de cet espace le mien.

La rupture avait été amicale en surface, mais sous les échanges polis et les accords mutuels de "rester amis", il y avait un courant d'allégement de ma part, un sentiment que je pouvais enfin respirer, m'étendre dans des espaces que je n'avais même pas réalisé étaient restreints. Nous avions essayé, tous les deux, de nous mouler en partenaires parfaits, mais les formes que nous avions prises avaient laissé peu de place pour qui nous étions vraiment.

Allongé sur mon lit, regardant le plafond, mes pensées luttaient avec les échos d'une relation passée et le silence de ma vie actuelle. La photo, cet instant figé d'un temps plus heureux—ou du moins, tel qu'il semblait—reposait sur la table de nuit, un témoignage de ce qui avait été. Lentement, je tendis la main et la pris à nouveau, non pas pour me remémorer, mais pour prendre une décision qui était longtemps overdue.

Alors que je tenais le cadre entre mes mains, je le retournai, le plaçant face vers le bas sur la table de nuit. Le geste semblait symbolique, comme tourner une page dans un livre que j'avais trop lu. C'était un petit acte, mais significatif. Ce n'était pas seulement à propos de passer à autre chose après un amour passé ; c'était à propos de reconnaître que j'avais vécu une vie façonnée par les attentes des autres, en particulier celles de mes grands-parents.

Ils l'avaient adorée, peut-être même plus que je ne l'avais fait. Leur attachement à elle avait été profond, enraciné dans un désir de me voir installé et heureux. Ils avaient vu en elle la fille qu'ils n'avaient jamais eue, et dans notre union, une continuité de la famille, un héritage. Lorsque nous nous étions séparés, je savais que leurs cœurs s'étaient peut-être brisés encore plus violemment que le mien. Depuis lors, chaque décision, chaque pas que je prenais était invisiblement lié à leurs espoirs et à leur approbation.

Allongé là, avec la photo hors de vue mais pas hors d'esprit, je confrontai une vérité que j'avais évitée : je n'étais jamais vraiment heureux dans cette relation. C'était une performance, un rôle que je jouais selon les attentes des autres, pas seulement les siennes mais de tous ceux qui regardaient nos vies se dérouler. La pression de maintenir cette image, d'être le petit-fils qui rendait tout le monde fier en restant avec la "fille parfaite", avait été étouffante.

Mes grands-parents avaient souffert, oui, et je les aimais profondément pour leur souci et leur soutien inconditionnel. Mais vivre une vie pour prévenir leur déception à leur âge n'était pas une vie du tout. C'était un désavantage pour eux et pour moi. Ils avaient souffert davantage de la rupture parce qu'ils avaient été plus investis dans l'idée de nous que même nous ne l'avions été. La réalisation était douloureuse, mais elle portait en elle les graines de la libération.

Dans mon rêve, me tenant là par la fenêtre, un léger sourire jouait sur mon visage alors que je croisais le regard de la nouvelle voisine de l'autre côté de la rue. Il y avait quelque chose d'intrigant à être observé, surtout quand on est pris au dépourvu et moins que totalement vêtu. C'était une excitation, une petite aventure qui rompait la monotonie de ma routine habituelle du soir.

Elle se penchait légèrement en avant depuis sa fenêtre, son expression mêlant surprise et quelque chose que je ne pouvais pas tout à fait saisir à cette distance. Peut-être de la curiosité, peut-être de l'amusement—il était difficile de dire dans la faible lumière. Mais il y avait un intérêt indéniable dans ses yeux qui piquait le mien.

Je ne détournai pas le regard, ni ne ressentis le besoin de le faire. Au contraire, je me retrouvai à jouer dans le moment, un léger rire s'échappant de mes lèvres alors que je m'appuyais négligemment contre le cadre de la fenêtre, les bras croisés. C'était un défi tacite, une reconnaissance ludique de notre rencontre silencieuse.

Dans le rêve, je ressentais un sens de bravoure, une aisance avec l'interaction inattendue. Il n'y avait pas de gêne, juste une simple connexion confiante. Son regard continuait de suggérer qu'elle n'était pas dérangée par la situation. Si quoi que ce soit, cela semblait retenir son attention, déclenchant un dialogue silencieux fait uniquement de regards et de l'air calme de la nuit entre nous.

L'excitation du moment remplissait le rêve, l'animant d'un courant d'anticipation. Ce qui était une soirée banale s'était transformé en une scène chargée de potentiel, quelque chose qui n'était pas défini par les normes habituelles de l'étiquette voisine, mais par l'interaction spontanée et audacieuse de deux individus lors d'une nuit tranquille.

Alors que je restais là, l'air épais de possibilités inexprimées, je me demandais quelle serait sa prochaine action. Allait-elle sourire, faire un signe de la main, ou peut-être tirer le rideau pour mettre fin à notre petit jeu? L'incertitude ajoutait une tension à la rencontre, une tension ludique qui rendait le moment plus exaltant.

Le rêve ne s'est pas précipité vers une conclusion. Au lieu de cela, il a persisté dans cet espace de possibilités non concrétisées. Nous n'étions que deux personnes, momentanément connectées par les circonstances et la curiosité, appréciant l'interaction silencieuse que la nuit nous avait imprévisiblement apportée.

Alors que le rêve continuait de se déployer, sa logique se tordait de cette manière unique que seuls les rêves peuvent avoir. Un instant, j'étais appuyé contre le cadre de ma fenêtre, l'instant d'après, je clignai des yeux, et la scène changea dramatiquement—je n'étais plus dans ma chambre mais avais, d'une manière ou d'une autre, atterri dans la sienne. Le changement soudain était désorientant mais se sentait étrangement naturel dans le contexte du rêve, comme si de tels changements imprévisibles étaient à attendre.

Elle était là, désormais vêtue d'une tenue indéniablement plus provocante que son look décontracté précédent. Ce changement était saisissant, mais il ajoutait une couche d'intimité intense au rêve. La chambre était faiblement éclairée, des ombres dansant sur les murs, projetant des motifs doux qui tourbillonnaient tranquillement autour de nous.

Le silence entre nous s'approfondissait, rempli d'une tension palpable et d'anticipation. Dans un mouvement qui semblait à la fois audacieux et inévitable, je tendis la main, nos yeux se verrouillant l'un sur l'autre, communiquant un consentement mutuel qui n'avait besoin de mots. D'un geste délicat, je dégrafa son soutien-gorge, l'action fluide comme si elle était répétée, révélant plus d'elle qui était auparavant caché à la vue.

L'atmosphère dans le rêve était maintenant chargée, épaisse de mots non dits et lourde de désir. Elle avait l'air incroyable, sa confiance n'étant pas ternie par la vulnérabilité, un équilibre frappant qui faisait battre mon cœur même dans le rêve. C'était comme si chaque désir caché que j'avais, chaque fantasme non exprimé, avait trouvé son chemin dans ce paysage onirique, se manifestant en détails vifs.

Ce moment était révélateur à plus d'un titre. Il ne s'agissait pas seulement de la physicalité de la scène, mais de découvrir les désirs plus profonds, souvent non reconnus, que j'avais. Mon inconscient peignait un tableau des désirs bruts, non filtrés, qui se trouvaient sous mon extérieur quotidien. Ce n'était pas juste un fantasme ; c'était une exploration de désirs que je me permettais rarement de reconnaître dans le monde éveillé.

Au fur et à mesure que le rêve progressait, la pièce autour de nous semblait s'effacer, concentrant tous mes sens sur l'ici et le maintenant. Chaque détail était intensifié—la douceur de sa peau, le parfum subtil dans l'air, la façon dont la lumière tamisée caressait ses courbes. C'était une surcharge sensorielle, mais sous-tendant tout cela, il y avait un profond sentiment de connexion, une communication silencieuse qui en disait long.

Dans cet espace, éloigné des jugements et des conséquences de la réalité, je me permis de ressentir pleinement le poids et la chaleur de mes désirs. C'était libérateur, cette liberté d'explorer sans frontières, de se connecter à un niveau purement instinctuel.

Dans la chambre faiblement éclairée de mon rêve, après le silence rempli d'actions non dites, les premiers mots émergèrent enfin, doux et hésitants, flottant entre nous comme les fils délicats d'une nouvelle toile tissée en temps réel.

"Tu n'es pas ce à quoi je m'attendais," dit-elle, sa voix basse et rauque, portant un poids qui suggérait des couches de sens plus profondes.

Je marquai une pause, la simplicité de ses mots éveillant quelque chose d'inattendu en moi. "Et à quoi t'attendais-tu?" demandai-je, ma propre voix à peine au-dessus d'un murmure, comme si le fait de parler trop fort pouvait briser l'atmosphère fragile qui nous entourait.

Elle sourit, une courbe lente et pleine de savoir de ses lèvres qui semblait suggérer qu'elle détenait des secrets seulement insinués dans les profondeurs de ses yeux. "Je ne sais pas. Peut-être quelqu'un de moins observateur. La plupart des gens ne voient pas vraiment, tu sais?"

"J'aime observer," confessai-je, ressentant une étrange honnêteté s'emparer de moi—une liberté peut-être accordée uniquement dans les rêves. "Ce sont les petites choses qui racontent les vraies histoires."

"Alors que disent mes petites choses?" interrogea-t-elle, son ton enjoué masquant l'ardeur dans son regard.

"Elles disent que tu es forte," répondis-je pensivement, notant comment la douce lumière jouait sur ses traits, mettant en avant sa force plutôt que de l'atténuer. "Et pas parce que tu essaies de le montrer, mais parce que tu ne peux pas t'en empêcher."

Ses yeux tenaient les miens, une myriade d'émotions scintillant à travers eux si rapidement que je ne pouvais pas toutes les saisir. "La plupart ne regardent pas assez longtemps pour voir cela," murmura-t-elle.

"Peut-être qu'ils ne regardent pas les bonnes choses," rétorquai-je doucement.

Un silence confortable s'installa alors entre nous, rempli du genre de compréhension qui surgit parfois de manière inattendue entre deux personnes, même dans les rêves. Puis, rompant le calme, elle demanda, "Et toi? Que disent tes petites choses?"

"Elles pourraient dire trop de contradictions," riais-je légèrement, réalisant la vérité de cela plus que jamais en ce moment. "Je veux la liberté, mais je désire la connexion. Je cherche la paix, mais je m'épanouis dans le chaos."

"Cela semble humain," dit-elle, sa voix chaleureuse et accueillante. "Nous sommes tous des contradictions ambulantes, n'est-ce pas?"

"Oui," acquiesçai-je, ressentant un sentiment de soulagement me traverser, une acceptation qui semblait profonde même dans les limites nébuleuses de ce rêve. "Mais c'est beau, n'est-ce pas? D'être si complexe?"

"C'est le plus beau," hocha-t-elle la tête, son expression s'adoucissant encore.

Après avoir réajusté les oreillers et fait un peu de conversation sur le confort du lit, il y eut un léger changement dans l'atmosphère. La douce lumière de la lampe de la chambre projetait une lueur chaleureuse, et le silence semblait chargé d'une énergie différente, laissant entrevoir la possibilité de quelque chose de plus.

Elle se déplaça légèrement sur le lit, se tournant pour me faire face, ses jambes frôlant les miennes. Le contact était léger, presque accidentel, mais il dura plus longtemps que nécessaire. Je répondis en posant ma main légèrement sur sa jambe, une question non dite flottant dans l'air entre nous. Elle ne se retira pas ; au contraire, elle sourit, une approbation tacite qui ressemblait à une invitation.

Encouragé, je me rapprochai, ma main voyageant de sa jambe pour se poser doucement à la base de son cou. Sa peau était chaude sous ma touche, et je pouvais sentir le pouls de son cœur, rapide et léger. Elle inclina légèrement la tête en arrière, exposant plus de son cou, et je me penchai, mes lèvres effleurant doucement sa peau à cet endroit. C'était un baiser tendre, exploratoire et délicat.

Elle répondit en levant la main et en passant ses doigts dans mes cheveux, me tirant plus près. Nos visages étaient maintenant à quelques centimètres l'un de l'autre, notre souffle se mêlant, ses yeux rivés sur les miens avec une intensité qui correspondait à la mienne. Il y avait une compréhension mutuelle, un désir communiqué sans mots.

Lentement, délibérément, nos lèvres se rencontrèrent. Le baiser était doux au début, prudent, comme si nous n'étions pas encore sûrs de la distance que ce rêve pourrait nous faire parcourir. Mais à mesure que l'hésitation initiale passa, le baiser s'approfondit, devint plus assuré. Nos mouvements étaient lents, décontractés, explorant le nouveau terrain de cette intimité inattendue.

Le monde autour de nous semblait s'effacer, ne laissant que la sensation de ses lèvres sur les miennes, ses mains dans mes cheveux, et la douceur du lit sous nous. Le baiser était un feu lent, s'intensifiant progressivement, alimenté par le langage silencieux du toucher et de la réponse.

Alors que nos baisers s'approfondissaient, l'atmosphère dans la chambre s'épaississait d'une chaleur tangible. Chaque toucher et chaque souffle semblaient nous rapprocher, brouillant les frontières entre rêve et réalité. Ses doigts traçaient des chemins le long de mes bras, allumant des traînées de picotements qui suscitaient des désirs encore plus profonds.

Je répondis à son toucher en explorant les contours de sa taille et de ses hanches, la sentant se pencher dans chaque caresse. Nos mouvements étaient fluides, chacun menant naturellement au suivant. Je la soulevai doucement, la tirant plus près de moi, si bien qu'elle était partiellement au-dessus de moi, son poids une présence réconfortante qui s'ajustait parfaitement à mon corps.

La chaleur de son souffle contre mon cou me fit frissonner alors qu'elle déposait de doux baisers le long de ma mâchoire, chacun plus affirmé que le précédent. Je pouvais sentir son cœur battre contre ma poitrine, rapide et rythmique, correspondant au rythme de notre excitation croissante.

Me tournant légèrement, je me positionnai pour l'embrasser plus profondément, mes mains se déplaçant pour soutenir son dos et la rapprocher encore plus. Nos souffles étaient rapides et superficiels, mêlés à de doux gémissements qui remplissaient la pièce silencieuse. La sensation de sa peau contre la mienne était enivrante, me poussant à explorer davantage.

Ses mains n'étaient pas inactives non plus ; elles parcouraient mon dos, me tirant vers elle, s'assurant qu'il n'y avait plus d'espace entre nous. L'intensité de notre connexion était palpable, chaque terminaison nerveuse semblait s'éveiller à la fois. Nous bougions ensemble dans une danse lente et rythmée qui était autant une question de ressenti que de mouvement.

Dans la pièce faiblement éclairée, les légers changements de notre proximité semblaient plus prononcés. Alors que je m'approchais, je pouvais sentir la chaleur émaner d'elle, m'attirant.

"Ça va pour toi?" murmurai-je, nos visages à quelques centimètres l'un de l'autre, l'air entre nous chargé d'anticipation.

"Oui," répondit-elle, sa voix stable mais douce, portant avec elle une invitation. Ses yeux, rivés sur les miens, confirmaient ses mots, rayonnant de confiance et de consentement.

Je hochai la tête, respectant le rythme avec lequel elle était à l'aise, et notre connexion s'approfondit. Doucement, je plaçai une main sur son épaule, sentant le tissu doux de sa chemise sous mes doigts. D'un toucher hésitant, je traçai une ligne le long de son bras, la sentant frémir légèrement au contact.

Elle se pencha en avant, fermant le petit espace entre nous, et ses lèvres rencontrèrent à nouveau les miennes. Cette fois, le baiser était plus affirmé, alimenté par l'accord silencieux qui avait passé entre nous quelques instants auparavant.

Alors que notre baiser s'approfondissait, elle se détacha un moment, respirant lourdement. "Je ne m'attendais pas à cela," murmura-t-elle, une trace d'émerveillement dans sa voix.

"Moi non plus," admis-je, souriant légèrement. "Mais je suis content que cela se produise."

Ses mains trouvèrent leur chemin jusqu'à ma taille, me tirant plus près. Les barrières physiques entre nous fondaient alors que nous bougions en synchronisation avec nos désirs respectifs. Son toucher était exploratoire mais confiant, reflétant le courage émotionnel qu'elle projetait.

"Nous devrions faire attention," dit-elle, une note joueuse mais prudente dans sa voix.

"Je suis d'accord," répondis-je, mes mains s'arrêtant dans leur exploration. "Ne précipitons pas les choses."

"Bien," répondit-elle, son sourire revenant. "Profitons juste de ce moment."

Nous reprîmes notre étreinte, maintenant plus attentifs au rythme, veillant à ce que nos actions restent une véritable réflexion de notre confort et de notre désir mutuels. Notre conversation continua entre les pauses, chaque mot ponctué d'un toucher ou d'un baiser, approfondissant notre connexion.

"Comment te sens-tu?" demandai-je après un moment, curieux de connaître son expérience.

"Surprise," confessa-t-elle, ses yeux pétillants d'amusement et de quelque chose de plus profond. "Surprise mais heureuse."

"Ça fait deux de nous," dis-je. "C'est agréable, tu sais, de ressentir cette... connexion."

"Oui," acquiesça-t-elle, sa main serrant doucement la mienne.

Nous continuâmes à explorer les limites de notre nouvelle intimité avec un respect à la fois ludique et profond l'un pour l'autre. La pièce autour de nous semblait enfermée dans une bulle que nous avions créée, isolée du monde extérieur, remplie de la musique silencieuse d'un début.

"Tu es sûre?" murmurai-je contre son oreille, ma voix basse, m'assurant que chaque étape était consensuelle.

"Oui, je suis sûre," chuchota-t-elle, ses mains me guidant doucement, affirmant sa préparation et son désir.

Le moment semblait suspendu dans le temps, comme si le monde extérieur avait cessé d'exister, ne laissant que nous deux. J'avançai lentement, attentif à ses réactions, ressentant la chaleur et la proximité alors que nous trouvions un rythme partagé. La sensation était écrasante, une profonde connexion qui allait au-delà du physique.

Elle gémit doucement, un son qui semblait vibrer dans l'air, remplissant la pièce d'une nouvelle intensité. Ses doigts s'enfonçaient légèrement dans mon dos, me tirant plus près, son corps bougeant en synchronisation avec le mien. Le son n'était pas seulement un de plaisir mais aussi de profonde connexion, résonnant avec l'intimité émotionnelle qui se construisait entre nous.

"Ça va?" demandai-je, marquant une pause, regardant dans ses yeux pour tout signe d'inconfort.

"Oui, ne t'arrête pas," souffla-t-elle, sa voix teintée d'un mélange de besoin et d'assurance. Sa réponse me poussa à continuer, sa confiance et son ouverture alimentant mes mouvements.

Le buzz brutal de mon réveil me tira des profondeurs du rêve. Pendant un moment, j'étais désorienté, pris entre les souvenirs vifs du rêve et la dure réalité de ma chambre. Alors que mes yeux s'ajustaient à la lumière du matin, un lourd sentiment de confusion m'envahit. Mon cœur battait encore la chamade, et les images du rêve s'accrochaient à mon esprit comme les derniers murmures d'un profond secret.

Au fur et à mesure que je prenais conscience de mon environnement, je réalisai que la preuve physique de mon rêve était indéniable. Le lit était humide, un résultat tangible des fantasmes intenses qui s'étaient déroulés dans mon subconscient. Pendant un moment, je restai là, figé, alors que le premier frisson de satisfaction provenant des passions du rêve cédait la place à un sentiment croissant de honte. Il était rare pour moi d'avoir des rêves si vifs et sans inhibition, et encore plus rare pour eux d'avoir un tel effet physique.

Une partie de moi ressentait un sentiment de satisfaction ; le rêve avait été incroyablement réel, rempli d'émotions et de sensations que je ne m'étais pas permis de ressentir depuis longtemps. Pourtant, une autre partie de moi se rétractait face au désordre, embarrassée par l'aspect primal de mes escapades nocturnes. C'était comme si le rêve avait déverrouillé quelque chose en moi que je gardais habituellement sous contrôle.

Me redressant, j'éteignis le réveil et balançai mes jambes sur le côté du lit, mes mains enfouies dans mon visage alors que j'essayais de rassembler mes pensées. La pièce autour de moi semblait étrangement silencieuse, comme si elle retenait son souffle, attendant que je réagisse. Je pris quelques profondes respirations, essayant de chasser les images et sensations persistantes du rêve.

Ce n'était pas seulement le désordre physique qui me dérangeait ; c'était la réalisation à quel point mes désirs étaient profonds, combien j'avais supprimé ou ignoré mes propres besoins. Le rêve avait été une libération, une évasion des contraintes que je m'étais imposées consciemment ou inconsciemment. Mais maintenant, à la dure lumière du jour, je me sentais exposé, comme si mes désirs les plus profonds et les plus privés avaient été révélés.

Je savais que je devais nettoyer, effacer les souvenirs physiques de mon rêve, mais une partie de moi voulait préserver le sentiment de libération qu'il avait apporté. Avec des émotions mêlées, je déshabillai le lit, empilant les draps dans un panier. Chaque mouvement était mécanique, mon esprit toujours en train de traiter les complexités de ce que j'avais vécu.

La douche aida, l'eau chaude ruisselant sur ma peau, lavant les derniers vestiges de l'embarras. Je laissai l'eau couler longtemps et chaudement, espérant qu'elle clarifierait mon esprit autant que mon corps. Alors que je me tenais là, laissant la vapeur m'envelopper, je réfléchissais à la dualité de mes sentiments. Pourquoi la satisfaction devait-elle s'accompagner de honte? N'était-il pas humain d'avoir des désirs, de rêver d'intimité et de connexion?

Au petit-déjeuner, la cuisine était remplie de l'arôme réconfortant du café et du pain grillé. Alors que je m'assis à la table, mes grands-parents étaient déjà plongés dans leur routine matinale, mon grand-père lisant le journal et ma grand-mère occupée à la cuisinière. Je me servis une tasse de café et décidai d'évoquer le nouveau voisin, abordant le sujet avec une curiosité désinvolte.

"Hé, vous deux, avez-vous remarqué de l'activité au chalet qui est à vendre? Je pensais avoir vu un mouvement là-bas la nuit dernière," commençai-je, essayant de paraître aussi détaché que possible.

Mon grand-père regarda par-dessus le bord de ses lunettes, un léger sourire jouant sur ses lèvres. "Oh, ce vieux bâtiment? Je pensais qu'il hanterait le quartier avec son panneau "À vendre" pour toujours," plaisanta-t-il, repliant son journal et le mettant de côté.

"Oui, c'était presque une fixture permanente. Je m'étais un peu habitué à l'idée d'avoir des voisins fantômes," rigolai-je, jouant le jeu.

Ma grand-mère se retourna de la cuisinière, une assiette d'œufs et de bacon à la main, et la posa sur la table avant de s'asseoir avec nous. "Eh bien, il semble que les fantômes soient partis. Ce chalet a enfin de vrais occupants vivants," dit-elle, une lueur dans les yeux.

"Vraiment? Je commençais à apprécier le calme," dis-je, feignant la déception. "Savez-vous qui a emménagé?"

"C'est en fait la fille d'Elizabeth," répondit ma grand-mère, se versant du café. "La pauvre Liz est décédée il y a quelque temps, vous vous en souvenez. La fille n'était pas intéressée à garder l'endroit au départ ; elle a dit qu'elle n'avait aucun lien ici et que la maison était juste vide."

Mon grand-père hocha la tête, ajoutant, "Oui, mais je suppose qu'elle a changé d'avis. Elle est revenue la semaine dernière, a commencé à rénover l'endroit. On dirait qu'elle prévoit de rester après tout."

“La fille d'Elizabeth, hein?” dis-je à voix haute, essayant de me souvenir si je l'avais déjà rencontrée. “Je ne pense pas l'avoir jamais vue. Quel est son nom?”

“Mia,” répondit ma grand-mère. “Une charmante fille. Elle venait ici souvent quand elle était enfant mais a déménagé en ville pendant des années. Ça doit être tout un changement pour elle, j'imagine, de revenir dans cette petite ville tranquille après si longtemps.”

“C'est intéressant,” dis-je, sirotant mon café. “Ça doit être un peu choquant, de passer de la vie citadine à ici. J'espère qu'elle trouve ce qu'elle cherche à Maple Ridge.”

“C'est bon pour le vieux chalet aussi,” intervint mon grand-père. “C'est agréable de voir un peu de vie à nouveau. Ces murs attendaient une famille.”

Alors que la conversation se poursuivait, ils proposèrent de l'inviter à dîner. Je me sentis légèrement mal à l'aise. L'idée d'amener Mia dans un cadre social si tôt après son arrivée—et après la vivacité de mon rêve—me laissait un peu appréhensif. Ce n'était pas seulement le rêve qui me rendait hésitant ; c'était aussi la pensée de la pousser trop rapidement sous les projecteurs de la communauté.

“En fait, peut-être devrions-nous lui laisser un peu d'espace au début,” interjectai-je, posant ma tasse de café avec un léger tintement. “Elle doit encore s'adapter à son retour, et un dîner pourrait être trop, trop tôt.”

Mes grands-parents me regardèrent, un peu surpris par mon changement de ton soudain. “Tu penses ça?” demanda ma grand-mère, son front plissé par une légère inquiétude. “C'est juste un dîner amical, rien de trop fancy ou accablant.”

Je hochai la tête, essayant d'exprimer mes sentiments sans mentionner le rêve qui avait tant remué en moi. “Oui, je sais. Mais revenir ici après la mort de ta mère... ça doit être difficile. Elle pourrait avoir besoin de temps pour elle, pour s'installer sans avoir l'impression qu'il y a des attentes."

Mon grand-père se pencha en arrière dans sa chaise, réfléchissant à mes mots. "C'est un point de vue valable," concéda-t-il. "Nous ne voulons pas la mettre sous pression. Peut-être que tu pourrais juste passer, te présenter en tant que voisin. Voir comment elle va, évaluer un peu la situation."

"Ça semble plus gérable," acquiesçai-je, soulagé par la suggestion. "Une approche décontractée pourrait être mieux. Je peux lui faire savoir que la communauté est là quand elle est prête, sans que cela ne semble une obligation."

Ma grand-mère hocha lentement la tête, son enthousiasme initial tempéré par ma prudence. "D'accord, cela semble sensé. Nous pouvons toujours planifier quelque chose plus tard, une fois qu'elle sera plus installée."

"Exactement," dis-je, me sentant plus à l'aise avec ce plan. Cela me permettrait de rencontrer Mia sans le contexte d'un rassemblement formel, ce qui, étant donné la vivacité de mon rêve, semblait être un terrain plus sûr et plus neutre pour commencer.

"Je vais juste m'assurer qu'elle sache qu'elle est la bienvenue ici, selon ses propres termes," ajoutai-je, réfléchissant à la manière de me présenter sans attirer trop d'attention sur son récent déménagement ou ses circonstances personnelles.

"Bon garçon," sourit ma grand-mère, son expression s'adoucissant. "Il est important d'être réfléchi à propos de ces choses. Tu gères ça comme tu penses que c'est le mieux."

Le petit-déjeuner se termina par d'autres échanges légers, mais mes pensées restaient en partie sur Mia. Juste au moment où nous nettoyions la vaisselle du petit-déjeuner, un coup à la porte interrompit la routine matinale. Je m'essuyai les mains sur un torchon et me dirigeai vers la porte d'entrée, mes pensées tournant encore autour de Mia et de la manière dont je pourrais l'approcher. En ouvrant la porte, je fus pris au dépourvu de voir Mia elle-même se tenir sur le seuil.

"Salut, je suis Mia," dit-elle avec un léger sourire, tendant la main en signe de salutation. "Je viens d'emménager dans le chalet à côté."

Je pris sa main, me sentant soudain maladroit et trop conscient de mes propres mouvements. "Oh, salut. Je suis Jake," réussis-je à répondre, espérant que ma surprise n'était pas trop évidente. "Bienvenue dans le quartier."

"Merci," répondit-elle chaleureusement. "En fait, je voulais remercier votre famille pour le panier de bienvenue. C'était une belle surprise et cela a beaucoup aidé après mon emménagement."

Alors qu'elle parlait, elle se retourna pour prendre un panier derrière elle, le tendant vers moi. Son geste était fluide et confiant, mais ma réponse était tout le contraire. Dans ma hâte de le prendre, peut-être à cause de l'awkwardness persistante de mon rêve, mes mains trébuchèrent, et le panier glissa, s'écrasant au sol entre nous.

Nous nous penchâmes instinctivement pour le ramasser, nos têtes se frôlant presque. Un rire échappa de nous deux face à la maladresse du moment, brisant la tension. "Je suis désolé," riant, je récupérai le panier et le remis droit. "Je ne savais pas qu'ils t'avaient envoyé un panier. Honte à moi de ne pas avoir fait partie de ça."

Mia sourit, s'essuyant les mains. "Pas de souci. C'est l'intention qui compte, non? Et c'était vraiment réfléchi."

“Oui, ils sont bons pour ça,” dis-je, me sentant un peu plus à l'aise après notre rire partagé. “Je suis content que cela ait aidé.”

“Ça l'a fait, merci. Et s'il te plaît, dis à tes grands-parents que j'ai vraiment apprécié,” ajouta Mia, reculant légèrement, me faisant un signe de remerciement.

“Je le ferai,” lui promis-je, tenant le panier un peu plus fermement cette fois. “Et si tu as besoin de quoi que ce soit d'autre ou si tu as des questions sur la région, n'hésite pas à demander. Nous sommes juste à côté.”

“Merci, Jake. Je pourrais bien accepter ton offre,” dit-elle, me lançant un dernier sourire avant de se retourner pour retourner à son chalet.

CHAPITRE 6

Alors que je marchais vers la galerie Maple Ridge, la rencontre de ce matin avec Jake se rejouait dans ma tête. Je ne pouvais m'empêcher de sourire en me remémorant le moment où il avait laissé tomber le panier, son visage un mélange de surprise et d'embarras. On aurait dit qu'il pourrait être un peu nerveux autour de moi, ce qui était à la fois amusant et touchant d'une certaine manière. Cependant, malgré la charmante awkwardness de mon nouveau voisin, mon attention était fermement tournée vers d'autres choses—à savoir, mon intérêt grandissant pour la scène artistique locale.

En tournant un coin, je décidai sur un coup de tête de m'arrêter à la petite boulangerie que j'avais remarquée quelques jours auparavant. L'odeur du pain frais et des pâtisseries était trop tentante pour être ignorée, et un petit plaisir semblait juste pour marquer le début de mon nouveau chapitre ici.

En entrant, l'arôme chaud et levuré m'enveloppa, rendant instantanément l'endroit accueillant. "Bonjour!" salua la femme derrière le comptoir, son comportement joyeux ajoutant à l'ambiance chaleureuse.

"Bonjour!" répondis-je, mes yeux parcourant l'étalage de produits de boulangerie affichés. "Tout a l'air si délicieux ; c'est difficile de choisir."

"Si c'est votre première fois, je recommande vivement nos roulés à la cannelle. Ils sont un favori parmi les habitants," suggéra-t-elle avec un sourire complice.

"Ça sonne parfait, j'en prendrai un et une tasse de café, s'il vous plaît," décidai-je, impatient de goûter la saveur locale.

Alors qu'elle préparait ma commande, mon esprit vagabondait vers mes plans pour la journée. La visite à la galerie était plus qu'un simple intérêt occasionnel ; c'était un pas vers la reconnexion avec ma passion pour l'art, quelque chose qui avait pris un siège arrière dans le tourbillon de la vie citadine et des bouleversements personnels. Ce déménagement à Maple Ridge n'était pas seulement une échappatoire au passé ; c'était une redécouverte de parties de moi-même que j'avais négligées.

"Voici," dit la femme, me sortant de mes pensées en me tendant une tasse de café fumante et une assiette avec un roulé à la cannelle de taille généreuse. "Profitez-en!"

"Merci, je suis sûr que je vais apprécier," répondis-je, emportant mes douceurs à une petite table près de la fenêtre.

Assise là, sirotant le café chaud et riche, savourant la pâtisserie sucrée et collante, je ressentis un sentiment de paix. C'était la bonne décision de venir ici, pensai-je. La vie en ville avait ses avantages, mais elle portait aussi un poids que je n'avais pas pleinement reconnu jusqu'à présent—la course constante, les exigences sans fin, les engagements sociaux superficiels qui souvent me laissaient me sentir plus isolée que connectée.

Alors que je poussais les portes vitrées de la galerie Maple Ridge, je balançais deux tasses de café et une boîte de pâtisseries variées de la boulangerie locale—une petite friandise pour commencer ce qui promettait d'être une journée chargée. La galerie, baignée de lumière matinale filtrant à travers de grandes fenêtres, vibrait de l'énergie tranquille de l'anticipation.

Lila, profondément absorbée dans sa tâche, ajustait une sculpture près de l'entrée. "Bonjour, Lila!" appelai-je, espérant que l'arôme du café fraîchement préparé servirait d'introduction.

Elle leva les yeux, son attention passant de l'œuvre d'art à l'étalage de petit-déjeuner que je portais. “Bonjour, Mia! Qu'est-ce que tout ça?” sourit-elle, s'essuyant les mains avec un torchon avant de venir m'aider avec le plateau.

“Juste un peu de carburant pour nous. Je pensais que nous pourrions bien commencer la journée,” répondis-je, posant le plateau sur une table à proximité débarrassée de catalogues d'art et de morceaux de tissu.

“Tu connais le chemin vers mon cœur,” rit Lila, prenant une tasse. “D'accord, quel est le programme pour aujourd'hui ? Je suis prête à tout avec ça dans mon système.”

“Nous avons le nouvel aménagement pour le hall et quelques consultations avec des clients plus tard dans l'après-midi,” répondis-je, me servant une tasse et prenant une bouchée d'une pâtisserie.

“Commençons par l'installation. Je veux avoir ton avis sur la disposition avant de finaliser quoi que ce soit,” proposa Lila, sirotant son café.

Ensemble, nous marchâmes vers la série de grandes toiles qui devaient être arrangées. L'espace du hall était grand et bien éclairé, parfait pour les pièces abstraites vibrantes que nous allions accrocher.

“Que dirais-tu de commencer par la pièce de Marquez là-bas?” dis-je en pointant une toile particulièrement audacieuse, ses tourbillons de couleur attirant instantanément le regard.

“Bon choix,” acquiesça Lila. “C'est une forte ouverture pour l'exposition. Ça attire immédiatement.”

Nous passâmes les deux heures suivantes à mesurer des espaces, marquer des murs, et accrocher soigneusement chaque pièce. La physicalité de la tâche était un changement bienvenu par rapport aux aspects plus cérébraux du travail en galerie, et je trouvai un rythme dans le processus, appréciant les résultats tangibles de nos efforts.

Une fois que nous avions arrangé les pièces à notre satisfaction, nous reculâmes pour examiner notre travail. "Ça a l'air fantastique, Mia. Ton œil pour le design donne vraiment vie à ces pièces," complimenta Lila, son regard appréciatif.

"Merci, Lila. C'est génial de voir tout ça se mettre en place comme ça," répondis-je, ressentant une montée de fierté.

Alors que nous admirions notre travail, le carillon de la porte d'entrée annonça l'arrivée de notre premier client de la journée. Je jetai un coup d'œil et vis un couple d'âge moyen entrer, leurs expressions curieuses et expectantes.

"C'est l'heure," murmura Lila, posant sa tasse de café. "Accueillons-les."

Nous nous approchâmes du couple avec des sourires. "Bonjour! Bienvenue à la galerie Maple Ridge. Je suis Mia, et voici Lila. Comment pouvons-nous vous aider aujourd'hui?" Je nous présentai, me sentant confiante sur ce terrain familier du service client.

Le couple, intéressé par l'achat d'une pièce pour leur nouvelle maison, était impatient d'être guidé. Nous les emmenâmes à travers la galerie, discutant de divers artistes et de leurs œuvres, évaluant les réactions du couple et adaptant nos suggestions à leurs réponses.

La consultation se déroula sans accroc, et au moment où ils partirent, promettant de revenir après avoir réfléchi à leurs options, je ressentis une profonde satisfaction face au bon début de notre journée.

"Super travail, Mia. Tu as un don pour ça," dit Lila alors que nous retournions au bureau d'accueil.

"Merci, Lila. C'est agréable de faire partie de tout ça," répondis-je, énergisée par les succès de la journée.

Alors que Lila et moi rangions après une journée chargée à la galerie, le téléphone sonna, tranchant à travers le doux bourdonnement de l'après-midi. Lila s'excusa pour répondre, me laissant réorganiser quelques pièces qui avaient été déplacées au cours des consultations de la journée.

Lila termina son appel et revint vers moi où j'étais occupée à ranger. Son expression était un mélange d'urgence et d'excitation, illuminée encore plus par la lumière naturelle qui inondait la galerie.

"Ils apportent en fait les meubles aujourd'hui," dit Lila, regardant sa montre. "Nous avons environ une heure pour nous préparer."

"Aujourd'hui? C'est vraiment rapide!" répondis-je, surpris par ce changement de programme soudain.

"Oui, c'était un appel de dernière minute de leur part, mais ça fonctionne parfaitement. Nous pouvons tout installer tout de suite," expliqua Lila alors qu'elle commençait à déplacer quelques meubles actuels pour dégager de l'espace.

Je me joignis à elle pour l'aider, déplaçant des pièces et repensant la disposition de la pièce. "Quel type de meubles apportent-ils?" demandai-je, curieuse du style et du design des articles à venir.

Le visage de Lila s'illumina alors qu'elle décrivait les pièces. "Quelques pièces maîtresses—une table basse magnifiquement fabriquée et des chaises qui sont de véritables œuvres d'art. Elles sont toutes en bois récupéré, donc chaque pièce est non seulement chic mais aussi durable."

“Ça a l'air fantastique,” dis-je, impressionnée par l'initiative. “J'adore que ce soit à la fois de l'art fonctionnel et un moyen de redonner à la communauté.”

Lila hocha la tête avec enthousiasme. “Le gars qui gère le projet au centre communautaire fait ça depuis des années. Il prend des matériaux jetés et les transforme en pièces magnifiques et utiles. C'est tout au sujet des secondes chances et de la nouvelle vie, ce qui est vraiment spécial.”

J'acquiesçai, ressentant une connexion avec la philosophie du projet. “C'est incroyable de voir de vieux matériaux réutilisés comme ça. C'est créatif et réfléchi—le genre d'approche qui change la manière dont on voit les objets du quotidien.”

Alors que nous continuions notre travail, nous réussîmes à dégager une zone significative au centre de la galerie. Lila recula pour évaluer notre arrangement et semblait satisfaite de nos efforts. “Ça a l'air bien. Cela devrait nous donner suffisamment d'espace pour mettre en valeur tout ça.”

“Moment parfait,” commenta-t-elle alors qu'une camionnette se garait devant la galerie.

Alors que les portes de la camionnette s'ouvraient et que l'équipe commençait à décharger, je restais concentrée sur la mise en place de l'exposition, bien que des bribes de conversation flottent depuis l'entrée où Lila accueillait joyeusement l'équipe de livraison de meubles.

“Bienvenue! Par ici, nous avons dégagé un grand espace pour ces pièces”, la voix de Lila résonnait à travers la galerie, remplie de son enthousiasme habituel et contagieux.

“Désolé d'être un peu plus tard que prévu”, répondit une voix profonde alors que des pas lourds accompagnaient le déplacement des meubles.

"Nous avons eu quelques arrêts à faire cette semaine—aidant une famille de la communauté. Leur petit a décidé d'arriver en avance!"

Le rire de Lila résonna dans la galerie. "C'est tout à fait acceptable! Ce que vous faites est si important—aider comme ça, c'est juste merveilleux. Comment ça va pour tout le monde?"

"Ils vont merveilleusement bien, heureusement!" répondit l'homme. "C'est chargé, mais c'est le bon genre de chargé où l'on finit par se sentir que ça en vaut la peine."

"Oh, absolument!" approuva Lila. "Et regardez ces pièces! Elles sont encore plus belles en personne. Vous apportez vraiment quelque chose de spécial à tout ce que vous touchez."

"Merci, Lila. C'est toujours un plaisir de voir où mon travail se retrouve, surtout dans un endroit aussi inspirant que celui-ci", dit-il, sa voix chaleureuse de sincère appréciation.

Leur conversation était remplie de rires et du son du déballage, la voix de Lila s'élevant périodiquement d'excitation sur la qualité et la beauté des meubles. "Ce ne sont pas juste fonctionnels ; ce sont des œuvres d'art en soi! Ils vont transformer cet espace!"

"C'est le plan", plaisanta légèrement l'homme. "Tout est question d'améliorer les espaces, de la manière dont nous le pouvons."

"En parlant de transformer des espaces", continua Lila, son ton devenant plus professionnel mais toujours pétillant d'enthousiasme, "j'ai hâte que vous voyiez ce que nous avons prévu pour la galerie. Ça va être fantastique, une vraie synthèse de forme et de fonction!"

J'écoutais, intriguée par la chaleur et la camaraderie dans leur échange, et curieuse au sujet de l'homme dont l'artisanat était visiblement si apprécié. Son rire, profond et résonnant, semblait remplir la galerie, se mêlant aux tons plus clairs de Lila pour créer une atmosphère vivante qui piquait encore plus ma curiosité.

"Vous savez toujours comment faire un impact avec votre travail. C'est pourquoi nous aimons avoir vos meubles ici", dit Lila, sa voix teintée de respect et d'admiration.

"Merci, Lila. Je suis juste content de contribuer à une communauté aussi dynamique. Ce sont des projets comme ceux-ci qui me rappellent vraiment pourquoi j'ai commencé à faire cela en premier lieu", répondit-il.

"Mia, pourrais-tu venir ici un instant?" La voix de Lila perça ma concentration alors que j'ajoutais délicatement les dernières touches à une pièce dans laquelle j'étais absorbée depuis toute la matinée.

Posant à contrecœur mon pinceau, je jetai un coup d'œil à la peinture inachevée, ses couleurs vibrantes dansant encore dans ma vision alors que je me dirigeais vers l'avant de la galerie. Je m'essuyai les mains sur un chiffon, essayant de déplacer mon esprit de l'acte solitaire de peindre à l'interaction sociale qui m'attendait.

En m'approchant, je vis l'homme parler avec animation avec Lila. Il me fallut un moment pour que la reconnaissance se fasse, mais quand elle le fit, mon cœur fit un bond. C'était Jake—Jake, mon voisin, le même que lors de la rencontre maladroite juste ce matin. Mes pas faiblirent légèrement, et je sentis une chaleur soudaine me monter au cou.

Juste à ce moment-là, Jake se tourna, ses yeux rencontrant les miens. La surprise était évidente sur son visage alors qu'il laissait tomber involontairement la pile de papiers et un stylo qu'il tenait. Ils se dispersèrent sur le sol dans un tourbillon de désordre.

"Oh!" s'exclama-t-il, et il se pencha immédiatement pour ramasser les objets tombés. Ses mouvements étaient précipités, un signe clair de son propre inconfort, qui reflétait mes propres sentiments.

Je restai figée une seconde, incertaine de savoir si je devais l'aider ou rester là. Avant que je ne puisse décider, Jake avait déjà récupéré ses papiers et son stylo, se redressant avec une expression composée collée sur son visage, comme s'il essayait de masquer son choc initial.

Lila, insouciante des tensions sous-jacentes, rayonnait à nous deux. "Mia, voici Jake! C'est l'artisan derrière ces merveilleux meubles que nous venons de recevoir. Jake, voici Mia, notre nouvelle recrue dans l'équipe de la galerie."

Nous parvînmes tous deux à un sourire poli, tendant nos mains pour une brève poignée de main, quelque peu maladroite. C'était un de ces moments où les formalités d'une introduction professionnelle entraient en collision avec des histoires personnelles, aussi brèves et inconfortables soient-elles.

Lila continua avec enthousiasme, inconsciente de notre malaise. "Jake fait un travail incroyable avec des matériaux récupérés. Vraiment, ses pièces sont plus comme de l'art que des meubles. Nous avons tellement de chance d'avoir son travail ici."

"Merci, Lila", dit Jake, parvenant à retrouver son calme. "C'est formidable d'être impliqué avec la galerie. Et ravi de te rencontrer, Mia", ajouta-t-il, sa voix stable, bien que ses yeux clignotèrent brièvement avec la même awkwardness que je ressentais.

"Ravi de te rencontrer aussi", répondis-je, gardant un ton professionnel. Nous jouions tous deux bien nos rôles, prétendant que c'était notre première rencontre, ne voulant pas faire entrer notre rencontre précédente dans ce nouveau contexte.

À ce moment-là, Lila jeta un coup d'œil à son téléphone. “Oh, je dois passer quelques appels à des clients potentiels au sujet d'un rendez-vous. Mia, pourrais-tu s'il te plaît aider Jake à placer les meubles ? Je t'en serais reconnaissante.”

“Bien sûr”, répondis-je, ma voix un peu trop aiguë dans ma tentative de paraître imperturbable. Alors que Lila s'éloignait, composant des numéros sur son téléphone, je me tournai vers Jake avec un sourire forcé.

“Alors, euh, commençons par les grandes pièces, peut-être ?” suggérai-je, menant le chemin vers la zone désignée que nous avions préparée plus tôt.

Jake acquiesça, me suivant avec la première des pièces de meubles à la main. “Ça me semble bien”, dit-il, sa voix neutre, le choc précédent maintenant remplacé par un comportement professionnel.

Malgré le début hésitant, nous parvînmes à trouver un rythme, communiquant sur le placement et les ajustements avec une facilité croissante. Le travail était une distraction bienvenue, aidant à dissoudre une partie de la tension alors que nous appréciions tous deux l'artisanat de chaque pièce de mobilier.

Au moment où nous avions positionné la dernière chaise, l'inconfort précédent semblait avoir été rangé comme le papier d'emballage que nous avions jeté. Nous reculai pour examiner notre travail, et je ressentis un véritable sentiment d'accomplissement—non seulement pour les meubles magnifiquement agencés, mais pour avoir navigué à travers les défis personnels inattendus de la journée.

Alors que nous plaçions la chaise finale, l'atmosphère entre nous s'était considérablement apaisée. Jake semblait plus à l'aise, la maladresse initiale se dissipant alors que nous tombions dans un rythme de travail régulier.

"Tu sembles vraiment connaître ton chemin dans l'art et le design", commenta Jake, prenant un pas en arrière pour évaluer la disposition que nous avions arrangée. "Qu'est-ce qui t'a amenée à travailler ici, si ça ne te dérange pas de demander?"

Je repoussai une mèche de cheveux de mon visage, me tournant vers lui avec un léger sourire. "J'ai toujours aimé les arts. Je travaillais comme restauratrice d'art à Chicago, en fait. Mais j'avais l'impression d'avoir besoin d'un changement de décor, tu sais? Un nouvel environnement."

"Chicago, hein?" Les sourcils de Jake se haussèrent, et un sourire joueur étira ses lèvres. "Grande ville à petite ville—c'est un sacré changement. Tu devais être fatiguée de tout ce vent qui décoiffe."

Je ris, appréciant la légèreté de sa blague. "Un peu ça. Bien que je pense que c'était plus pour chercher un endroit plus tranquille, un espace où je pourrais me reconnecter à l'art d'une manière différente. Pas juste la restauration, mais faire partie d'une communauté qui l'apprécie et la vit."

Jake hocha la tête, son expression devenant pensive. "Ça a du sens. Il y a quelque chose dans les petites villes et la façon dont elles rassemblent les gens autour de choses comme l'art. C'est plus personnel, n'est-ce pas?"

"C'est vraiment le cas", acquiesçai-je, ressentant un nouveau sens de l'objectif dans mon choix de déménager à Maple Ridge. "Ici, l'art semble faire partie de la vie quotidienne, pas juste quelque chose que l'on va voir dans un musée."

Alors que nous parlions, je remarquai que Jake semblait plus à l'aise, sa posture plus détendue et son sourire plus fréquent. Il s'appuyait contre une table nouvellement placée, croisant les bras de manière décontractée. “Donc, des galeries de grandes villes à une galerie de petite ville, tu dois voir beaucoup de différences dans le fonctionnement des choses?”

“Définitivement”, répondis-je, me penchant contre un comptoir. “C'est moins mouvementé ici, pour commencer. Le rythme te donne de l'espace pour respirer et vraiment t'engager avec le travail et les gens qui viennent le voir. De plus, la connexion que tu crées avec les visiteurs est plus directe—tu n'es pas juste un membre du personnel ; tu fais partie de leur expérience.”

Jake semblait sincèrement intéressé, hochant la tête en accord alors que je parlais. “Ça a l'air rafraîchissant. Et en parlant d'expériences, comment trouves-tu Maple Ridge jusqu'à présent? En dehors de la galerie, je veux dire.”

“Ça a été génial, en fait”, dis-je, ressentant une chaleur à cette pensée. “Les gens ici sont amicaux, et il y a un sens de communauté qui est très accueillant. C'est différent de la précipitation de Chicago, mais dans un bon sens.”

“Content de l'entendre”, sourit Jake. “Et il semble que tu es exactement là où tu dois être—aidant à façonner cet endroit en un hub pour les amateurs d'art.”

“J'espère bien”, lui répondis-je en souriant, la conversation s'écoulant plus librement maintenant, se sentant comme si nous dépassions enfin la maladresse initiale de nos rencontres précédentes.

Juste à ce moment-là, Lila réapparut, sa conversation téléphonique apparemment terminée. “On dirait que vous avez été occupés tous les deux”, remarqua-t-elle joyeusement, jetant un coup d'œil autour des meubles nouvellement arrangés et de nos postures détendues. “J'espère que Jake ici ne t'a pas ennuyée avec ses discours de contracteur.”

Jake rit, se redressant. “Je pense que nous avons surtout parlé d'art plus que de quoi que ce soit d'autre.”

Lila rayonna à nous deux. “Parfait! Jake, merci d'avoir livré ces pièces fantastiques. Elles perfectionnent vraiment l'espace.”

Jake tendit les documents de livraison à Lila avec une aisance pratiquée, scrutant brièvement la pièce alors qu'il parlait. “Pourrais-tu signer ces documents avant que je parte?”

Lila prit rapidement les papiers et un stylo sur la table, ses mouvements précis et efficaces. “Bien sûr, laisse-moi voir... D'accord, ici et ici, n'est-ce pas?”

“Oui, c'est ça. Merci”, répondit Jake, sa voix stable alors qu'il récupérait les documents signés et remettait à Lila une copie pour ses dossiers. “J'ai tout réglé maintenant.”

“Super”, répondit Lila, feuilletant les papiers dans sa main. Elle jeta un coup d'œil à moi, occupée à ranger quelques brochures à travers la pièce. “Mia, pourrais-tu accompagner Jake à la sortie? J'ai besoin de classer ça.”

“Bien sûr, Lila”, répondis-je, ma voix portant une note de réticence que je masquai par un sourire poli. Je m'approchai de Jake, lui faisant signe vers l'entrée de la galerie. “Par ici, Jake.”

Alors que nous marchions vers la porte, l'atmosphère était polie, chargée de l'inconfort non dit de nos récentes rencontres. Soudain, le téléphone de Jake sonna, tranchant à travers le bruit discret de ses clés alors qu'il se préparait à partir.

“Excuse-moi”, dit-il, sortant le téléphone de sa poche. Je hochai la tête, me décalant alors qu'il répondait à l'appel. J'attrapai des bribes de sa conversation, des mots comme "bientôt" et "en route" flottant dans l'air.

"Je serai là dans quelques minutes", dit Jake au téléphone, son ton changeant pour quelque chose de plus urgent. Il termina l'appel et remit le téléphone dans sa poche, rencontrant mes yeux alors qu'il le faisait.

"Merci de me raccompagner", dit-il, passant par la porte que je tenais ouverte. Il s'arrêta, se retourna légèrement et tendit sa main. Je la pris, ma prise ferme, m'attendant à l'habituel au revoir. Au lieu de cela, Jake se pencha en avant et déposa un rapide baiser inattendu sur ma joue.

Une vague d'embarras me monta aux joues. Je ne m'attendais pas à un tel geste ; nos interactions n'avaient jamais franchi le seuil d'un professionnalisme poli—jusqu'à maintenant.

"Euh, de rien", parvins-je à balbutier, mes yeux écarquillés de surprise. Je regardai Jake me donner un petit sourire quelque peu gêné avant de se tourner pour marcher sur le chemin menant à la rue.

Je ne pouvais m'empêcher de me demander où il se dirigeait si rapidement, la curiosité me rongeant. Cependant, je me rappelai rapidement que ce n'était pas mes affaires. Secouant légèrement la tête, je me retournai et rentrai dans la galerie.

CHAPITRE 7

Alors que le soleil du matin projetait une lueur dorée sur la charmante rue principale de Maple Ridge, je me sentais attirée par le doux parfum des produits de boulangerie fraîchement cuits flottant dans l'air. La source était une petite boulangerie pittoresque, son enseigne accueillante lisant "Boulangerie d'Emma". Avec un mélange de curiosité et un estomac vide, je poussai la porte, accueillie instantanément par le joyeux carillon de la cloche d'entrée.

À l'intérieur, la boulangerie était un chaos douillet de couleurs pastel et de décorations chaleureuses, avec des étagères alignées d'une gamme invitante de délices cuits. Derrière le comptoir se tenait une femme avec un large sourire et un tablier saupoudré de farine, qui m'accueillit chaleureusement. "Bonjour! Bienvenue chez Emma. Je suis Emma. Que puis-je vous servir en cette belle journée?"

J'étais immédiatement charmée par son attitude joyeuse et l'atmosphère accueillante de la boulangerie. "Tout a l'air si tentant. Que recommandez-vous?" demandai-je, mes yeux scrutant l'affichage.

"Oh, vous devez essayer les roulés à la cannelle ; ils sont un favori ici. Préparés avec une touche de miel local", suggéra Emma, ses yeux pétillant de fierté.

Alors qu'elle préparait ma commande, plaçant un roulé à la cannelle chaud sur une assiette, je pris place à une petite table près de la fenêtre. Le roulé était parfait—moelleux, sucré, avec une riche saveur de cannelle qui fondait délicieusement dans ma bouche. "Cet endroit semble être le cœur de la ville", remarquai-je, profitant de la chaleur à la fois de la nourriture et de l'environnement.

Emma rit, sa voix aussi douce que les confiseries qu'elle cuisinait. “J'aime penser que cela adoucit la vie ici. Alors, qu'est-ce qui vous amène à Maple Ridge ? Je ne vous ai jamais vue en ville avant.”

“Je travaille à la galerie locale”, expliquai-je, mon intérêt pour la ville grandissant à chaque interaction amicale. “J'espère trouver de l'inspiration et de la paix ici.”

“Eh bien, j'espère que vous trouverez la ville aussi douce que ce roulé”, dit Emma, s'appuyant sur le comptoir, impatiente de discuter. “Maple Ridge a beaucoup de charme si vous cherchez à vous détendre et à trouver de l'inspiration.”

Ses mots étaient réconfortants, renforçant ma décision de déménager ici. Alors que je terminais ma friandise et remerciais Emma pour son hospitalité, je ressentis une connexion non seulement avec la boulangerie, mais aussi avec Maple Ridge elle-même. C'était le début de quelque chose de nouveau et de merveilleux.

Alors que je m'installais dans un coin douillet de la Boulangerie d'Emma, je composai le numéro de Nicole. L'appel vidéo se connecta presque instantanément, révélant le visage familier de Nicole encadré par le désordre de l'atelier de restauration d'art où nous avions passé tant d'heures ensemble.

“Salut, Nicole!” dis-je, ma voix vibrante d'excitation à l'idée de renouer le contact.

“Mia! C'est si bon de te voir”, répondit Nicole, son sourire aussi chaleureux que je me souvenais. “Les choses vont bon train comme toujours. Nous sommes en fait débordés. L'atelier n'est pas le même sans toi, cependant. Comment ça se passe pour toi ?”

Je regardai autour de l'espace accueillant de la boulangerie, ses murs étant une étreinte réconfortante de teintes pastel et l'arôme de la cannelle remplissant l'air. "Maple Ridge est merveilleux," partageai-je, ressentant un véritable sentiment de paix. "Je suis en fait assise dans cette adorable petite boulangerie que j'ai découverte. On dirait qu'elle pourrait devenir mon nouveau refuge."

"Ça a l'air charmant. Tu as toujours eu le don de trouver les endroits les plus douillets," dit Nicole, son ton mêlant bonheur pour moi avec une pointe de nostalgie. "Je suis contente que tu trouves tes marques. Tu nous manques vraiment ici."

Je pris une gorgée de mon café, laissant la chaleur se répandre en moi avant de répondre. "Vous me manquez aussi, tous. Mais honnêtement, Nicole, j'avais vraiment besoin de ce changement. J'avais l'impression de flotter dans la vie là-bas, sans vraiment vivre."

Nicole hocha la tête avec compréhension. "Il est important de trouver son propre chemin, Mia. J'espère que Maple Ridge te donnera ce dont tu as besoin."

"Ça commence déjà," dis-je avec un sourire. "Il y a un sens de la communauté ici qui est très rafraîchissant. Et le travail à la galerie est stimulant d'une toute nouvelle manière."

"Parle-moi de la galerie," insista Nicole, se penchant comme si nous étions assises l'une en face de l'autre dans notre ancien café plutôt que de parler à travers des écrans.

"C'est un petit espace mais plein de potentiel. J'aide à curer des expositions et je m'implique même dans certains projets artistiques communautaires," expliquai-je, l'enthousiasme s'insinuant dans ma voix en parlant de mon nouveau rôle.

"Ça a l'air parfait pour toi," dit Nicole, sa voix chargée de fierté. "Tu étais toujours destinée à faire plus que simplement restaurer ; tu étais destinée à créer."

Nicole se déplaça légèrement, le désordre de l'atelier derrière elle semblant refléter la complexité de notre conversation. "Tu sais, le patron était vraiment satisfait du travail que tu faisais, même si tu l'as laissé inachevé," commença-t-elle, son ton prudent mais honnête. "J'ai pu continuer avec la même précision que celle que tu avais commencée. C'était un défi au début, mais je pense que je commence à m'en sortir."

Je ressentis une pointe de culpabilité mêlée de fierté. C'était réconfortant de savoir que mes efforts avaient été appréciés et que Nicole prospérait en mon absence, bien que cela soit doux-amer de penser aux projets que j'avais laissés derrière.

"Je suis contente de l'entendre," répondis-je sincèrement. "Cela signifie beaucoup pour moi de savoir que j'ai laissé les choses en bonnes mains. Comment as-tu géré la charge de travail supplémentaire?"

Nicole rit, un son court et vif qui semblait libérer une certaine tension. "C'est délicat, je ne vais pas mentir. Certains jours, j'ai l'impression de jongler avec plus que je ne peux gérer. Mais c'est aussi gratifiant. J'ai beaucoup appris—probablement plus ces derniers mois que durant l'année précédente. Je suppose que j'avais besoin d'un coup de pouce."

Au fur et à mesure que notre conversation se poursuivait, l'expression de Nicole s'adoucit un peu, laissant entrevoir un sujet plus sensible sur le point de se dévoiler. Elle prit une profonde inspiration avant de parler, choisissant soigneusement ses mots.

"Tu sais, quand tu es partie, ça a été un peu un choc pour tout le monde, surtout pour le patron," commença Nicole, sa voix teintée d'empathie. "Elle s'est sentie un peu offensée au début, je pense. C'est difficile de ne pas le prendre personnellement quand quelqu'un d'intégral à l'équipe décide de partir."

Je hochai la tête, ressentant le poids de ses mots. Cela avait été l'une des parties les plus difficiles de ma décision—laisser une équipe qui était devenue comme une famille.

"Mais," continua Nicole, "elle a fini par comprendre, finalement. Nous avons tous compris. Il était clair que tu avais besoin d'un changement, de quelque chose de différent. Et honnêtement, en voyant à quel point tu te portes bien maintenant, il est évident que partir était le meilleur choix pour toi. C'est juste..."

Nicole s'arrêta, cherchant les bons mots. "C'est juste que c'est difficile quand le changement se produit si soudainement, tu sais? Mais elle est vraiment fière de toi, Mia. Nous le sommes tous. C'est juste qu'il a fallu un moment pour dépasser la surprise et un peu de douleur."

Entendre cela apporta un mélange de soulagement et de tristesse. Ce n'était pas facile de penser à l'inconfort que mon départ avait causé, mais savoir qu'il y avait encore du soutien et de la compréhension de la part de mon ancien patron et de mes collègues était réconfortant.

"Merci, Nicole, de me dire cela," répondis-je sincèrement. "J'étais inquiète de la façon dont les choses s'étaient terminées là-bas. Je ne voulais pas laisser de ressentiments."

Nicole sourit chaleureusement, de manière rassurante. "Mia, ça va. Tout le monde voit à quel point tu es plus heureuse maintenant, et c'est ce qui compte vraiment. Le patron a toujours voulu ce qu'il y a de mieux pour nous, pour notre croissance, même si cela signifie nous aventurer dans de nouveaux endroits. Tu as toujours été ambitieuse et déterminée dans ton travail, et elle admirait cela chez toi. Nous te manquons juste, c'est tout."

"Ça signifie beaucoup pour moi, Nicole," dis-je, ressentant un sentiment de clôture et de paix s'installer. "Vous me manquez aussi, beaucoup. Mais je suis contente que nous puissions encore partager ces moments, nous tenir au courant. Il est important pour moi que nous gardions cette connexion."

"Absolument," acquiesça Nicole, son ton ferme. "La distance ne change pas les liens que nous avons tissés. Nous serons toujours là, à t'encourager. Et hé, maintenant nous avons une bonne excuse pour visiter Maple Ridge, n'est-ce pas?"

"Exactement," ri-je, la chaleur dans les mots de Nicole remontant mon moral. "Tu ferais mieux de visiter. J'ai beaucoup de nouveaux endroits préférés à te montrer."

Son honnêteté résonna en moi. Emménager à Maple Ridge avait été mon coup de pouce, un saut dans des eaux quelque peu inconnues qui m'avait forcée à grandir de manière inattendue. Je dis "Ça a l'air que tu t'en sors magnifiquement, pourtant."

"Oui, j'essaie," admit Nicole. "Et entendre de tes nouvelles, savoir que tu trouves aussi ton chemin—ça aide. Ça me fait sentir que les changements ont été bons pour nous deux."

Ses mots aidèrent à apaiser une partie de la culpabilité que j'avais ressentie à propos de mon départ. "J'espère. Je pense souvent à notre équipe, à la dynamique et à l'énergie de l'atelier. Ça me manque. Mais je sais aussi que ce déménagement était nécessaire pour moi. J'étais coincée, Nicole, et je ne réalisais même pas à quel point jusqu'à ce que je parte."

Nicole hocha la tête, son expression compréhensive. "Je comprends, Mia. Et bien que ce fût difficile au début, tout le monde comprend pourquoi tu devais partir. Ce n'est pas seulement une question de travail, n'est-ce pas? C'est une question de trouver un endroit où tu sens que tu peux vraiment être toi-même."

"Exactement," affirmai-je, ressentant une vague de soulagement m'envahir. "Et honnêtement, être ici à Maple Ridge, recommencer à zéro—ça m'a ouvert les yeux sur combien il y a plus dans la vie que de rester simplement confortable. Je fais de nouvelles rencontres, j'explore de nouvelles opportunités. C'est comme si je redécouvrais des parties de moi-même que j'avais oubliées."

"C'est merveilleux, Mia," dit Nicole, son sourire sincère. "On dirait que tu te crées vraiment un chez-toi là-bas."

"Je le fais," acquiesçai-je, regardant autour de la petite boulangerie qui était rapidement devenue mon refuge. "Et qu'en est-il de toi ? Comment vont les choses en dehors du travail? Des nouvelles aventures ?"

Nicole rit, une étincelle dans les yeux. "Eh bien, tu me connais. Pas tout à fait aussi aventureuse que toi. Mais j'ai suivi des cours de poterie le soir. C'est quelque chose que j'ai toujours voulu essayer. Il s'avère que je ne suis pas si mauvaise."

"C'est fantastique!" m'exclamai-je, ravie par sa nouvelle. "Tu devras me montrer certaines de tes créations un jour."

"Je le ferai," promit-elle. "Peut-être que je peux t'envoyer une pièce à afficher dans ta galerie. Un petit bout de Chicago à Maple Ridge."

"J'adorerais ça," dis-je, l'idée réchauffant mon cœur. "Cela signifierait beaucoup d'avoir une pièce de ton art ici avec moi."

Alors que nous terminions notre conversation sur le travail et les transitions que nous vivions toutes les deux, le ton de Nicole changea vers quelque chose de plus léger, une lueur malicieuse apparaissant dans ses yeux même à travers l'écran numérique.

"Bon, assez parlé de travail. Quelle est la scène sociale à Maple Ridge? As-tu rencontré des gens intéressants?" taquina Nicole, se penchant plus près de la caméra, sa curiosité piquée.

Je riai, sachant exactement où sa question menait. "C'est une petite ville, donc c'est une communauté soudée. Tout le monde connaît tout le monde, ce qui est plutôt agréable," commençai-je, hésitant un peu en réfléchissant à combien partager.

"Et...?" Nicole insista, ne me laissant pas facilement sortir de l'étau.

"Eh bien, il y a Jake," dis-je, le nom glissant avant que je ne puisse réfléchir à mieux.

"Jake?" Nicole s'illumina, son intérêt clairement éveillé. "Qui est ce Jake?"

Je souris timidement, me passant une mèche de cheveux derrière l'oreille. "C'est mon voisin. Et, euh, il a aidé à la galerie aussi. Il est vraiment passionné par le travail du bois—il crée ces belles pièces à partir de matériaux récupérés. Nous nous sommes croisés quelques fois."

Le sourire de Nicole s'élargit. "Vous vous êtes croisés, hein? On dirait qu'il y a une histoire là-dedans. Raconte!"

"Ce n'est rien de grand," insistai-je, bien que le battement dans mon ventre suggérait le contraire. "Il a juste été vraiment gentil. Il m'a aidée à déplacer des affaires dans mon appartement quand je suis arrivée. Nous avons également eu quelques rencontres maladroites."

"Les rencontres maladroites peuvent être les plus mémorables," rit Nicole. "Mais il a l'air d'un bon gars. Et il est utile aussi, avec toutes ses compétences en travail du bois. Tu as toujours apprécié quelqu'un qui sait manier ses outils."

Je ris, roulant les yeux à son insinuation pas si subtile. "Ce n'est pas comme ça. Nous ne sommes que des amis. Mais oui, c'est un bon gars. C'est agréable d'avoir quelqu'un autour qui connaît l'endroit."

"Juste des amis, bien sûr," dit Nicole en faisant un clin d'œil. "Mais tiens-moi au courant, d'accord? Maple Ridge semble de plus en plus intéressant."

Alors que notre conversation dérivait des anecdotes personnelles vers un terrain plus familier, le visage de Nicole s'illumina avec une idée soudaine. "Oh, j'ai presque oublié! Je voulais te montrer la pièce que tu as commencée à restaurer avant que tu partes. Elle a fait beaucoup de chemin depuis lors."

Nicole ajusta son ordinateur portable, orientant la caméra vers une grande toile couverte de détails complexes et de couleurs vibrantes. L'œuvre, une pièce religieuse historique, était dans un état déplorable lorsque je l'avais vue pour la dernière fois, mais maintenant, elle montrait des signes de restauration soignée, la beauté originale émergeant sous les mains habiles de Nicole.

"Ça a l'air incroyable, Nicole!" m'exclamai-je, réellement impressionnée par la transformation. Les détails étaient plus clairs, les couleurs plus vives, et l'effet global était à couper le souffle.

Nicole rayonnait de fierté. "Merci! Ça a été un travail d'amour. Mais je dois admettre que c'était difficile de prendre le relais après ton départ. Tu avais une vision si claire pour sa restauration."

Je hochai la tête, ressentant un mélange de fierté et de nostalgie. "Je peux voir que tu as fait un travail incroyable avec ça. Ça doit être encore plus impressionnant en personne."

"Ça l'est vraiment," acquiesça Nicole. "Et devine quoi? L'église qui a commandé la restauration veut organiser une cérémonie de redédicace une fois qu'elle sera entièrement restaurée. Ils prévoient une grande révélation pour la communauté."

"C'est fantastique! La communauté va adorer la voir," dis-je, ma curiosité piquée. "Tu devras m'envoyer des photos. Ou mieux encore, peut-être que je devrais venir la voir après qu'elle soit installée dans l'église. Ce serait super de voir comment elle s'intègre à son cadre d'origine."

Les yeux de Nicole brillaient à la suggestion. "Tu devrais vraiment venir si tu peux! Ça signifierait beaucoup de t'avoir là. Après tout, tu étais celle qui a commencé ce projet. Ce serait comme revenir à la case départ, la voir de retour chez elle dans l'église."

"J'adorerais ça," dis-je, l'excitation montant à l'idée de revenir voir le projet achevé.

Alors que notre conversation coulait confortablement, la sonnerie stridente d'un autre téléphone interrompit. Nicole regarda l'écran avec un air désolé.

"Oh, c'est le téléphone de travail qui sonne. Attends, Mia, reste en ligne ; je vais juste vérifier ça rapidement."

"Attends, Nicole, je vais alors couper," commençai-je, mais c'était trop tard. Elle avait déjà posé son ordinateur portable à la hâte et s'était dirigée vers le téléphone qui sonnait, me laissant seule avec une vue sur une chaise vide.

Je ria de moi-même, me sentant un peu ridicule assise là à regarder une chaise vide. Décidant de profiter de mon temps d'attente, je fis signe à un serveur et commandai un autre café. L'ambiance chaleureuse et réconfortante de la Boulangerie d'Emma rendait l'attente plus que plaisante.

Alors que je sirotais le café fraîchement préparé, je regardais Nicole à travers l'écran de l'ordinateur portable, maintenant de retour à son bureau mais parlant avec animation au téléphone. Même si je ne pouvais pas entendre la conversation clairement, ses expressions et ses éclats de rire fréquents suffisaient à me dire qu'elle était dans son élément. Nicole avait toujours eu cette capacité à se connecter avec les clients, les faisant rire et se sentir à l'aise. C'était l'une des nombreuses choses qui faisaient d'elle une si bonne professionnelle.

En l'observant, je ris doucement. C'était tellement typique de Nicole de jongler avec plusieurs choses à la fois et de réussir à garder tout le monde charmé.

Nicole revint à l'écran, son expression un mélange d'amusement et de légère exaspération. "Désolée pour ça, Mia. C'était l'un de nos clients un peu... disons, difficiles."

"Pas de souci," répondis-je, posant ma tasse de café. "Tout va bien?"

Nicole rit, secouant la tête. "Oh, tu sais comment c'est. Ce client veut la lune mais ne veut pas payer pour la fusée. Il continue à demander des réductions, et il est assez persistant. Mon patron essaie de s'adapter là où elle le peut, mais il n'y a que tant que nous pouvons faire sans faire de pertes."

Je riai, familière avec le type de situation que Nicole décrivait. "On dirait une situation délicate. Toujours essayer de faire des miracles avec un budget serré?"

"Exactement!" dit Nicole, ses yeux roulant de manière espiègle. "Il a beaucoup d'idées et très peu de budget. Il essaie de négocier jusqu'à des cacahuètes. C'est un peu épuisant parce qu'il appelle fréquemment, espérant une réponse différente."

"Ça doit être difficile de gérer ce genre de négociation," lui dis-je, me remémorant mes propres expériences avec des clients difficiles.

"En effet, mais c'est tout un art," soupira Nicole, puis s'illumina. "Mais parlons de quelque chose de plus positif. Comment va tout le reste pour toi ? Des projets intéressants à la galerie ?"

Les yeux de Nicole se tournèrent vers quelque chose hors de l'écran, son expression changeant légèrement vers une certaine urgence.

"Oh, zut, Mia, je dois y aller—mon patron vient d'arriver," dit Nicole rapidement, son ton désolé mais teinté de stress à l'idée de devoir changer de rythme rapidement.

"Bien sûr, pas de problème, Nicole. Va gérer ton affaire," répondis-je, comprenant parfaitement les exigences de son rôle. "On se reparle bientôt ?"

"Définitivement," affirma Nicole avec un hochement de tête rapide. "Désolée de couper court à ça ! Prends soin de toi, Mia, et dis bonjour à Maple Ridge pour moi !"

"Je le ferai," souris-je. "Au revoir, Nicole. Prends soin de toi !"

Alors que je rassemblais mes affaires, Emma réapparut à ma table avec un sourire désolé. Elle repoussa une mèche de cheveux de son visage, son expression un mélange de regret et de préoccupation.

"Salut, Mia, je suis désolée d'interrompre, mais je voulais juste te faire savoir que je vais devoir fermer la boulangerie un peu plus tôt aujourd'hui," expliqua Emma, son ton doux. "Mon employé a eu une urgence à laquelle il doit faire face, et j'ai un rendez-vous que je ne peux pas reprogrammer. Y a-t-il autre chose que tu voudrais avant que je commence à fermer ?"

Je levai les yeux, surprise mais comprenant la situation. "Oh, non, c'est tout à fait acceptable, Emma. J'étais sur le point de partir de toute façon. Tout va bien avec ton employé ?"

Emma hocha la tête, son sourire reconnaissant pour ma préoccupation. "Oui, merci de demander. Ce n'est rien de trop sérieux, juste quelque chose qu'ils devaient gérer tout de suite. C'est juste un de ces jours, tu sais ?"

"Absolument, je comprends parfaitement. La vie arrive!" dis-je, offrant un sourire rassurant. "J'espère que tout se passera bien pour ton rendez-vous aussi."

"Merci, Mia. J'apprécie vraiment ta compréhension," dit Emma, ses yeux reflétant une sincère gratitude. "C'est toujours un peu un jonglage quand des choses imprévues se présentent, surtout dans une petite entreprise comme celle-ci."

"Pas de souci," je la rassurai. "J'ai en fait passé un agréable moment ici aujourd'hui, et le rouleau à la cannelle était incroyable comme toujours. Je reviendrai certainement bientôt."

Le visage d'Emma s'illumina à ce compliment. "Je suis si heureuse de l'entendre! Et j'attends avec impatience de te revoir. Merci d'être si compréhensive aujourd'hui."

Alors que j'atteignais la porte, Emma m'appela une fois de plus, m'arrêtant dans mes élans avec une expression excitée. "Oh, Mia, avant que tu partes, il y a en fait autre chose. Nous avons un petit festival ici en ville ce week-end. C'est un peu une tradition saisonnière, et c'est très amusant. Voudrais-tu te joindre à moi et à quelques amis ? Ce serait une excellente façon de rencontrer plus de gens ici."

Je me retournai, mon intérêt immédiatement piqué. L'idée de découvrir des traditions locales et de m'immerger davantage dans la communauté était exactement ce que j'espérais. "Ça a l'air fantastique, Emma. J'adorerais me joindre à vous. Merci de m'inviter!"

"Parfait!" s'exclama Emma, visiblement ravie. "Pourquoi ne me donnerais-tu pas ton numéro de téléphone, et je t'enverrai tous les détails. De plus, tu auras mon numéro au cas où tu aurais besoin de quoi que ce soit ou si tu as des questions sur la ville."

Je hochai la tête et sortis mon téléphone, ouvrant rapidement les contacts pour ajouter une nouvelle entrée. Je le lui tendis, et elle tapa son numéro dans mon téléphone avant d'envoyer un message rapide à elle-même. "Voilà, maintenant j'ai ton numéro, et tu as le mien," dit-elle.

"J'attends vraiment avec impatience le festival," dis-je, mon excitation grandissant. "Ça a l'air d'une merveilleuse façon de passer le week-end."

"C'est définitivement le cas," acquiesça Emma. "Tu verras à quel point Maple Ridge peut être animée. Et c'est une excellente occasion de profiter de la nourriture et de la musique locales. Je te texterai les détails et nous pourrons planifier un rendez-vous."

"Ce serait génial," répondis-je, sortant à l'air frais, me sentant encore plus connectée à Maple Ridge qu'auparavant. "Merci encore, Emma. J'attends vraiment cela avec impatience."

"À ce week-end, Mia!" appela Emma alors que je m'éloignais, sa voix remplie de joie.

CHAPITRE 8

Le matin du festival se leva lumineux et ensoleillé, parfait pour un événement en plein air. Je terminais mon petit-déjeuner lorsque mon téléphone sonna, affichant le nom d'Emma sur l'écran. Excitée pour la journée à venir, je répondis rapidement.

"Bonjour, Emma! Bonjour!" la saluai-je avec enthousiasme.

"Salut Mia! Bonjour! Es-tu prête pour le festival?" La voix d'Emma pétillait à travers le téléphone, remplie de l'excitation contagieuse de l'événement du jour.

"Oui, je suis presque prête. J'étais en fait sur le point de sortir. C'est une si belle journée pour ça!" répondis-je, regardant par la fenêtre le ciel bleu clair.

Emma partagea qu'elle et quelques autres se retrouvaient dans environ vingt minutes pour se rendre ensemble au site du festival. Elle m'offrit deux options : la rencontrer là-bas ou rejoindre le groupe à leur point de rendez-vous et y aller ensemble.

"Me rejoindre au point de rencontre semble génial. Où vous retrouvez-vous?" demandai-je, prenant déjà mon sac et me préparant à partir.

"Nous nous rencontrons au coin de Main et Orchard. C'est à quelques pâtés de maisons du festival. Tu ne peux pas nous manquer ; je serai celle qui regroupe un tas de festivaliers excités!" plaisanta Emma, son rire léger et facile.

"Main et Orchard, compris. J'y vais. Ce sera sympa de rencontrer tout le monde avant d'arriver au festival," dis-je, ressentant un frisson d'anticipation.

Emma était ravie. "Super, je suis contente que tu nous rejoignes là-bas. Ce sera définitivement un groupe amusant. Nous avons tous hâte de te faire découvrir le festival—il y a tant à voir et à faire."

"J'ai vraiment hâte, Emma. Merci de m'inclure. Ce sera génial de tout vivre avec des gens qui connaissent bien le festival," exprimai-je, sincèrement reconnaissante pour l'invitation et la chance de plonger plus profondément dans la culture locale.

"Absolument, c'est notre plaisir! Nous aimons partager cette partie de la culture de notre ville. C'est un moment fort de l'année pour beaucoup d'entre nous," expliqua chaleureusement Emma. "D'accord, je te verrai bientôt alors. Envoie-moi un texto quand tu arrives, ou si tu as besoin d'itinéraire."

"Je le ferai. Merci, Emma. À bientôt!" répondis-je, le cœur léger avec les promesses de la journée.

"À bientôt, Mia! Au revoir!" conclut Emma, et nous raccrochâmes.

Alors que je raccrochais, une montée de réalisation me frappa—je n'avais pas fini mon maquillage. Riant de moi-même, je retournai rapidement devant le miroir. "Oh mon Dieu, je ne peux pas sortir en ayant l'air d'être sortie du lit," murmurai-je à mon reflet. Dans l'excitation du festival à venir et de l'appel avec Emma, j'avais complètement oublié d'appliquer quoi que ce soit au-delà du fond de teint.

Jetant un coup d'œil à l'horloge, je réalisai que je n'avais pas beaucoup de temps. "D'accord, Mia, ne faisons pas mauvaise impression devant tous ces nouveaux amis," plaisantai-je à haute voix alors que je balayais rapidement un peu de mascara et une touche de blush. La mention décontractée de 'fool' me fit rire ; me voilà, m'inquiétant des premières impressions dans une ville qui ressemblait plus à une communauté qu'à un podium.

Une touche de gloss à lèvres compléta le look, et je reculai pour m'évaluer. "Voilà, pas une transformation, mais ça fera l'affaire." Avec un dernier contrôle des essentiels—téléphone, portefeuille, clés—je pris mon sac et sortis par la porte, toujours souriante à propos de ma petite précipitation.

À l'intérieur de ma maison, je venais de finir de me préparer pour le festival quand je décidai de capturer le moment avec un rapide selfie. L'excitation de la journée était évidente dans mon large sourire. Ajustant l'angle pour attraper la meilleure lumière qui passait par la fenêtre, je pris une photo qui semblait rayonner l'esprit festif que je ressentais.

Avec quelques tapotements, je téléchargeai la photo sur mes réseaux sociaux et l'envoyai directement à Nicole avec une légende ludique sur le fait de plonger dans la culture locale. Presque immédiatement, mon téléphone vibra avec une réponse de sa part.

"Féroce! Va et trouve un homme à ce festival haha!" le message de Nicole apparut, ses mots dansant sur mon écran avec ce mélange caractéristique d'encouragement et de malice.

Je riai aux éclats, me tenant au milieu de mon salon. "Toujours directe, Nicole," murmurai-je avec un sourire, appréciant sa façon de garder les choses légères et amusantes. Riant, je glissai le téléphone dans mon sac et jetai un coup d'œil autour de moi pour m'assurer que je n'avais rien oublié. Une fois satisfaite, je me dirigeai vers la porte, prête à partir pour le festival, la charge humoristique de Nicole résonnant dans mon esprit.

Alors que je tendais la main vers la poignée de la porte, prête à sortir pour la journée du festival, je jetai un coup d'œil à travers le judas et remarquai Jake sortant également de son appartement en face. Nos regards se croisèrent alors que j'ouvrais la porte, et son expression passa à la surprise, rapidement suivie d'un sourire amical.

"Salut, Mia! Tu sors pour le festival?" demanda Jake en verrouillant sa porte avant de se tourner vers moi.

Je hochai la tête, ajustant mon sac sur mon épaule. "Oui, je suis sur le point de retrouver des amis. Et toi?"

"Moi aussi," répondit-il, s'approchant. "On dirait que nous avons le même emploi du temps. Veux-tu marcher ensemble?"

Je réfléchis un instant, puis souris. "Bien sûr, ça semble super. C'est toujours mieux de marcher avec quelqu'un."

Le sourire de Jake s'élargit, et il me fit signe de prendre les devants. "Après toi," dit-il.

Alors que nous commencions à descendre le couloir vers la rue, la surprise initiale de notre timing coïncident laissa place à une conversation confortable. Jake me demanda quels étaient mes projets pour le festival, et je partageai le peu que je savais sur les événements de la journée.

"C'est ma première fois à ce festival, donc je ne sais pas trop à quoi m'attendre. Emma a mentionné qu'il y aurait beaucoup de nourriture et de musique locales," expliquai-je.

Son intérêt sembla s'éveiller alors qu'il demandait, "Oh, Emma? De la boulangerie?"

"Oui, exactement," confirmai-je, heureuse qu'il la connaisse. "Elle a été vraiment accueillante depuis que je l'ai rencontrée."

Jake sourit. "Elle est géniale. Tout le monde l'adore. On dirait que tu as déjà fait de bonnes connexions."

La curiosité piquée, je le regardai avec un léger sourire, "Comment connais-tu Emma?"

Jake rit, le son léger et sincère, reflétant son aisance avec les liens de la petite ville. "Comment ne pourrais-je pas? Je connais pratiquement toute la ville," plaisanta-t-il, puis ajouta plus sérieusement, "De plus, ma grand-mère insiste absolument pour ne prendre son pain que chez la boulangerie d'Emma. Elle jure que c'est le meilleur de Maple Ridge."

Je ris, imaginant la scène. "On dirait que ta grand-mère a bon goût."

"Oui," acquiesça Jake en riant, hochant la tête. "Elle en a. Et elle m'envoie là-bas si souvent que je pense qu'Emma doit en avoir marre de me voir. Parfois, j'ai l'impression d'y aller plus pour le contact social que pour le pain."

Je souris à cela, appréciant la chaleur des liens communautaires qu'il décrivait. "On dirait un joli problème à avoir, être forcé de fréquenter une boulangerie qui fait du pain délicieux."

"Oui, ce n'est pas si mal," admit Jake avec un sourire. "Surtout quand tu peux rencontrer des gens sympathiques comme Emma... et maintenant, toi. J'espère te voir là-bas à tout moment."

Alors que Jake et moi approchions du festival, les mélodies de la musique live et le bavardage vibrant des gens remplissaient l'air, créant un arrière-plan animé à notre promenade. L'atmosphère festive était palpable, avec des guirlandes de lumières colorées et des bannières décoratives flottant doucement dans la brise.

Me sentant légèrement désorientée par la scène animée, je me tournai vers Jake. "Pourrais-tu me guider jusqu'à Main et Orchard? Je suis censée retrouver Emma et quelques amis là-bas."

"Bien sûr," répondit Jake avec un hochement amical. "C'est juste au coin. Nous y sommes presque."

Alors que nous naviguions à travers la foule, j'étais curieuse de savoir comment Jake prévoyait de passer sa journée au festival. "Que comptes-tu faire au festival? Des plans spécifiques?"

Le visage de Jake s'illumina d'un sens de l'objectif. "En fait, je vais aider à l'un des stands de nourriture. La plupart des choses ici sont pour des œuvres de charité—lever des fonds pour différentes causes locales. Le stand où je suis fait du maïs grillé et des sandwiches au barbecue. Tous les bénéfices vont au département local des pompiers."

"C'est vraiment merveilleux," dis-je, sincèrement impressionnée par son engagement. "Ça doit être génial de faire partie de quelque chose qui aide directement la communauté."

"Oui, ça fait du bien de redonner," admit-il, une pointe de fierté dans la voix. "De plus, c'est très amusant. Tu rencontres pratiquement tout le monde en ville, et qui n'aime pas de la bonne nourriture pour une bonne cause?"

Alors que nous atteignions le coin de Main et Orchard, je vis un groupe de personnes que je supposais être Emma et ses amis. Je remerciai Jake pour son aide et sa compagnie. "Merci de m'avoir accompagnée ici, Jake. Peut-être que je passerai par le stand plus tard pour prendre un sandwich."

"J'espère que tu le feras," sourit Jake. "Profite bien du festival, Mia. Et c'était vraiment agréable de marcher avec toi."

"C'était agréable de marcher avec toi aussi, Jake. Je passerai certainement par le stand. À bientôt!" Je lui fis signe au revoir alors que je me dirigeais vers le groupe d'Emma, me sentant excitée.

Alors que je m'approchais du groupe, Emma me repéra de loin et courut vers moi avec un large sourire.

L'énergie d'Emma était contagieuse alors qu'elle me conduisait à travers la foule, ses mains toujours serrées autour des miennes. "Mia, tu es arrivée! Nous sommes sur le point de vérifier quelques stands d'artisanat avant que la musique live ne commence," dit-elle, sa voix débordante d'enthousiasme.

"Ça a l'air génial, Emma! J'ai hâte de tout voir," répondis-je, égalant son enthousiasme. Le bourdonnement vibrant du festival était tout autour de nous, avec des gens riant, discutant et profitant de la journée.

Alors que nous approchions de son groupe d'amis, Emma se tourna rapidement vers moi. "Tout le monde, voici Mia, la nouvelle talentueuse de la galerie. Mia, voici mes merveilleux amis."

Le groupe me salua chaleureusement, avec des bonjours amicaux et des sourires joyeux. "Enchantée de vous rencontrer tous," dis-je, me sentant accueillie dans leur cercle.

L'un d'eux, un homme grand avec un large sourire, tendit d'abord la main. "Je suis Dan, je travaille à l'école secondaire locale en tant qu'enseignant de sciences. C'est super de te rencontrer, Mia! Quiconque qu'Emma recommande est un ami à nous."

Ensuite, une femme aux cheveux roux vifs et à un sourire chaleureux et invitant s'ajouta. "Et je suis Lisa, je tiens la petite boutique de fleurs sur Pine Street. Nous avons en fait présenté quelques-unes de tes œuvres de galerie dans nos vitrines. J'adore ton travail!"

Après Lisa, une jeune femme aux yeux brillants et à la présence énergique intervint. "Je suis Claire, je suis en fait à l'école en ce moment pour le design graphique, mais j'aide à la galerie à temps partiel. Nous avons probablement croisé nos chemins sans même nous en rendre compte!"

Enfin, un homme à l'air doux avec des lunettes et un comportement calme hocha poliment la tête. "Et je suis Eric, je suis journaliste local ici. J'ai écrit quelques articles sur l'impact culturel des arts à Maple Ridge, et j'ai hâte de voir ce que tu apportes à notre communauté, Mia."

Leurs visages amicaux et leurs chaleureuses salutations me firent instantanément sentir partie du groupe, et je fus touchée par leur ouverture et leur enthousiasme à propos de mon travail et de ma présence au festival.

Alors que les présentations se terminaient, Emma jeta un coup d'œil autour, notant l'augmentation de la foule et l'heure. "D'accord, équipe, continuons à avancer, sinon nous allons manquer l'ouverture live," annonça-t-elle avec une légère urgence, gesticulant pour que nous continuions à marcher vers le cœur du festival.

Alors que nous traversions les terrains animés du festival, Emma se pencha vers moi avec une taquinerie. "Alors, je n'ai pas pu m'empêcher de remarquer que tu es arrivée avec Jake," dit-elle, son ton taquin mais amical. Je ressentis un léger rougeur sur mes joues à son commentaire.

Essayant de garder une attitude posée, je répondis avec un petit rire, "Oh, oui, Jake est en fait mon voisin. Nous sommes juste sortis en même temps."

Les yeux d'Emma pétillèrent d'un mélange de curiosité et d'amusement. "C'est pratique," grigna-t-elle. "C'est un bon gars. Je le connais depuis qu'on est enfants. Toujours à aider autour de la ville."

Je hochai la tête, appréciant son approche légère. "Oui, il semble vraiment sympa. Il m'a déjà aidé à comprendre beaucoup de choses sur Maple Ridge," ajoutai-je, me sentant reconnaissante pour l'ouverture de la communauté et les connexions inattendues que je faisais.

Alors que nous continuions à nous faufiler à travers la foule du festival, Emma se pencha plus près, baissant un peu la voix pour être entendue au-dessus du bruit. "Alors, es-tu intéressée par lui aussi? Parce que laisse-moi te dire, toutes les filles de la ville se battent pour son attention."

Je secouai rapidement la tête, ma voix ferme. "Non, pas du tout. Je viens de terminer une relation, et honnêtement, tout ce que je veux en ce moment, c'est un peu de liberté."

Mais ensuite, j'ai ajouté avec un léger rire, me remémorant un incident particulier, "Mais je ne peux pas nier qu'il est beau. Il y avait une fois où j'ai été embarrassément surprise en pyjama près de la fenêtre, et là il était, torse nu à sa fenêtre. C'était tout un spectacle."

Emma éclata de rire, ses yeux écarquillés d'amusement. "Wow, je n'ai jamais vu ça! Tu es la chanceuse alors. Il est très poli et tout, mais je suis sûre qu'il a quelque chose avec tous ces muscles," me taquina-t-elle, me donnant un coup de coude de manière taquine.

Elle baissa ensuite la voix de manière conspiratoire, "Tu devrais investir dans cette situation."

Je riais, secouant la tête avec emphase. "Non, jamais. Ce n'était qu'un moment de honte, et je ne vais pas me ridiculiser encore une fois."

Emma me lança un regard incrédule, son ton faussement sérieux. "Que veux-tu dire? Tu es magnifique. Tais-toi, fille," me réprimanda-t-elle en me poussant doucement l'épaule.

Ses taquineries légères me firent sourire, reconnaissante pour son amitié et la facilité avec laquelle nous pouvions plaisanter sur de telles choses, même au milieu de l'activité tourbillonnante du festival autour de nous.

Emma, sentant mon inconfort mais désireuse de jouer les entremetteuses, se pencha plus près avec une lueur espiègle dans les yeux. "Fille, si tu veux, je peux lui parler et briser la glace."

Je repoussai instantanément la suggestion, un peu troublée. "Quoi? Jamais, oublie ça. Même si je le voulais, je n'aime pas que quelqu'un intermédié la conversation. Je suis adulte après tout. Mais de toute façon, je vais le garder juste en tant qu'amitié. Je suis sûre qu'il n'est pas intéressé ; sinon, il aurait essayé. Je vais respecter son espace. Je ne veux pas créer une ambiance étrange avec mes voisins."

Emma rit, ne se laissant pas facilement dissuader. "Ahhh, donc tu accepterais s'il avait investi, juste confessé."

Je ne pus m'empêcher de rire, secouant la tête face à ses taquineries incessantes. "Tais-toi," dis-je avec un sourire, lui donnant un coup de coude de manière ludique. "Je n'ai pas dit ça."

Tout en riant encore, Emma enroula son bras autour du mien, son sourire espiègle. "D'accord, d'accord, je vais laisser tomber—pour l'instant. Mais sérieusement, Mia, c'est amusant de te voir rougir un peu. C'est bon pour l'âme."

Je levai les yeux au ciel, mais la chaleur dans ma poitrine me disait que j'aimais la conversation plus que je ne le pensais. "Peut-être pour ton âme, Emma," répondis-je, lui lançant un regard faussement sévère. "Tu aimes juste trop me taquiner."

"Coupable comme accusée!" s'exclama Emma, son rire résonnant clairement. "Mais bon, c'est le jour du festival, et nous sommes ici pour nous amuser, non? Qui sait, peut-être que cette journée apportera des surprises inattendues."

Je ris avec elle, secouant la tête. "Eh bien, tant que ces surprises n'impliquent pas de plans d'entremetteuse, je pense que je vais très bien m'en sortir."

Emma leva les mains en signe de reddition. "Pas de plans, je promets. Profitons juste de la journée, explorons les stands, écoutons de la bonne musique et mangeons bien trop de nourriture."

"Cela semble parfait," acquiesçai-je, soulagée de passer au sujet de Jake et de revenir à l'excitation du festival. Nous continuâmes à marcher, les sons animés du festival nous guidant plus profondément dans la célébration, entourées des senteurs de nourriture délicieuse et des mélodies résonnantes de musique live. Avec Emma à mes côtés, je me sentais prête à plonger dans les festivités, laissant derrière moi toute pensée de romance ou de complications.

CHAPITRE 9

JAKE HARPER

Le festival battait son plein à midi, et de derrière le stand de nourriture animé, je pouvais voir des files chaotiques se former à chaque stand. Les gens étaient partout, riant et discutant en se déplaçant d'un vendeur à l'autre, des assiettes à la main, profitant pleinement de l'atmosphère. C'était plus animé que les années précédentes, et à en juger par les apparences, tout le monde semblait passer un bon moment. Notre stand, en particulier, était envahi, l'air empli de l'odeur de barbecue et de maïs grillé—des favoris qui n'échouaient jamais à attirer la foule.

Je restai en retrait un moment, les mains sur les hanches, prenant tout cela en compte. Nous faisions beaucoup d'argent aujourd'hui, ce qui était fantastique car chaque centime retournait aux services locaux. C'était gratifiant de savoir que notre travail acharné ne nourrissait pas seulement les festivaliers mais soutenait également la communauté de manière plus durable.

"Hugo," criai-je à mon ami et co-volontaire qui empilait des pains, "je pense qu'on a besoin d'une main supplémentaire à la caisse. La file devient ingérable."

Hugo leva les yeux, s'essuya le front et hocha la tête. "Ouais, tu as raison. Peux-tu t'en occuper? Je vais continuer à charger les plateaux."

"Compris," répondis-je, me déplaçant rapidement vers l'avant du stand où une petite table de caisse était installée. La caisse était déjà pleine à craquer, un bon signe de notre succès. J'enfilai un tablier et me mis en place, prête à prendre des commandes.

Hugo me rejoignit peu après, et ensemble nous fîmes face à la file. C'était un flux incessant de festivaliers, chacun semblant plus excité que le précédent d'essayer notre nourriture. Hugo et moi trouvâmes un rythme régulier : saluer, prendre la commande, donner un sourire rapide, et répéter. Le travail était répétitif mais agréable, et l'énergie positive de la foule faisait passer le temps à toute vitesse.

"Super affluence cette année, hein?" dis-je à Hugo pendant une brève accalmie.

"Ouais, c'est incroyable," répondit-il, tendant une assiette à un client en attente. "On dirait qu'on va avoir une journée record."

Alors que la file reprenait, je me tournai vers le prochain client, prête à maintenir l'élan. C'était une longue journée, mais la satisfaction de travailler pour une bonne cause rendait chaque minute précieuse.

Alors que je gérais la caisse et interagissais avec les festivaliers, mon regard dériva involontairement à travers la foule. Juste à ce moment-là, j'aperçus Mia se faufilant à travers la foule avec un groupe d'amis, le rire résonnant de leur direction. "Oh," m'exclamai-je à voix haute, distrait un instant de ma tâche.

Hugo, se tenant à mes côtés, leva les yeux brusquement. "Qu'est-ce qu'il y a?" demanda-t-il, un soupçon de curiosité dans son ton.

J'essayai rapidement de retrouver mon calme, me sentant un peu troublé. "Ce n'est rien," murmurai-je, tentant de balayer ma réaction. Mais après une brève pause, j'ajoutai, "Ah, c'est juste que j'ai vu Mia, une voisine qui a récemment déménagé en ville."

L'expression d'Hugo changea pour devenir reconnaissante. "Ah, donc elle s'appelle Mia," remarqua-t-il avec désinvolture, tendant une assiette à un client.

Je le regardai, perplexe. "Que veux-tu dire par 'elle s'appelle Mia'? Tu la connais?" demandai-je, un mélange de surprise et de curiosité dans ma voix.

Hugo rit, secouant la tête en servant un autre client. "Calme-toi, Jake," me taquina-t-il. "Je ne la connais pas personnellement. J'ai juste entendu parler d'une nouvelle fille en ville. Les gens parlent de tout ici—tu pensais vraiment que je n'allais pas finir par le savoir?"

Nous rîmes tous les deux, le moment de tension se brisant alors que nous continuions à servir la queue des festivaliers impatients. Le commentaire d'Hugo me rappela à quel point notre ville était vraiment petite ; les nouvelles circulaient vite, et les nouveaux arrivants étaient toujours un sujet d'intérêt.

Hugo, voyant ma réaction légèrement troublée, me donna un coup de coude de manière ludique. "Qu'est-ce qui se passe? Si tu n'es pas intéressé, peut-être que je vais investir," plaisanta-t-il, ses yeux pétillants de malice.

Je levai les yeux au ciel et répliquai, "Calme-toi, mec. Tu es marié, et je vais dire à Mary tes blagues de flirte."

Hugo leva immédiatement les mains en signe de reddition, son rire résonnant au-dessus du bruit du festival. "Non, non, non, mon ami, arrête tout de suite," dit-il, tout en continuant à rire.

La file avançait régulièrement pendant que nous parlions, et après un moment, la curiosité d'Hugo revint. "Mais sérieusement, Jake, parle-moi de Mia. Avez-vous fait quelque chose?"

Sachant la réputation d'Hugo en tant que diffuseur d'informations non officiel de la ville, je fis preuve de prudence. Il avait un talent pour rassembler des informations et les répandre tout aussi rapidement. "Hugo, tu sais que je ne fais pas de confidences... mais..." répondis-je avec un sourire, me concentrant sur la distribution d'une autre commande. "Non, nous ne sommes que voisins et nous parlons à peine."

Hugo, réalisant qu'il n'allait pas en obtenir plus de moi, rit et secoua la tête. "D'accord, d'accord, je vais me retirer. Mais tu ne peux pas me blâmer d'essayer," dit-il, tournant son attention de nouveau vers les clients, son comportement toujours joyeux mais satisfait de notre échange.

Alors que je regardais Mia de loin, attendant dans une autre file avec ses amis, je ne pouvais m'empêcher de ressentir un intérêt croissant à mieux la connaître. C'était un de ces moments où je réalisai que je n'avais rien à perdre—et elle non plus. Peut-être que mes grands-parents avaient raison de l'inviter à dîner, mais la pensée d'un cadre formel chez eux me fit hésiter. Une rencontre plus décontractée semblait être une première étape plus sûre, loin des regards trop attentifs et des commentaires bien intentionnés mais parfois embarrassants de la famille.

L'idée de l'emmener moi-même, peut-être dans l'un des endroits plus tranquilles de la ville où nous pourrions parler plus librement, semblait être une meilleure approche. Cela nous permettrait de mieux nous connaître dans un environnement plus détendu, sans la pression des attentes familiales ou l'éventuelle awkwardness d'un dîner formel.

Alors que je distribuai de la nourriture et collectais les paiements, une partie de mon esprit était occupée à planifier une sortie décontractée. Peut-être une promenade dans la réserve naturelle locale ou un café dans un café tranquille serait le cadre parfait. Ce serait décontracté, juste deux personnes passant du temps ensemble, voyant s'il y avait une connexion sans aucune pression inutile.

Cette idée semblait juste, une manière de potentiellement combler le fossé entre être voisins et peut-être quelque chose de plus, tout en gardant les choses simples et sincères.

Alors que les chanteurs locaux montaient sur scène, la foule semblait encore se gonfler. J'admirai à quel point le festival de cette année était notablement plus fréquenté que les années précédentes, un témoignage des efforts de la nouvelle équipe organisatrice.

Tout en gérant le stand de nourriture, j'aperçus rapidement mes grands-parents faisant la queue parmi les festivaliers. M'excusant rapidement de la caisse, je me dirigeai vers eux.

"Grand-mère, Grand-père! Que faites-vous dans la file?" criai-je en m'approchant, leur faisant signe avec le sourire.

"Oh, nous avons pensé que nous viendrions essayer tes célèbres sandwiches," répondit ma grand-mère en riant, ses yeux pétillants.

"Pas besoin d'attendre dans la file, j'ai déjà des tickets que j'ai achetés pour nous échanger contre de la nourriture," dis-je, les conduisant à l'arrière du stand où c'était moins chaotique. "Lucy, pourrais-tu préparer deux sandwiches pour mes grands-parents? C'est déjà payé."

Lucy, occupée au grill, hocha la tête sans manquer un battement. "Bien sûr, Jake! Ça arrive tout de suite."

Je me retournai vers mes grands-parents, "Pourquoi ne vous asseyez-vous pas ici? C'est moins bondé, et vous pouvez regarder les chanteurs depuis un bon endroit."

"Cela semble merveilleux, mon cher," dit mon grand-père, alors qu'ils prenaient tous deux place sur le banc improvisé que nous avions installé pour les pauses.

Pendant que mes grands-parents savouraient leurs sandwiches, ma grand-mère leva les yeux vers moi avec une expression pensive. "Tu sais, Jake, tu devrais vraiment inviter ta voisine au festival. Elle ne doit probablement pas en savoir beaucoup et est juste chez elle, curieuse de toute cette foule et des chansons bruyantes."

Je ris, imaginant Mia à sa fenêtre, perplexe face à l'agitation soudaine du festival. Avant que je ne puisse répondre, mon grand-père intervint avec son humour caractéristique, ses yeux pétillants de malice.

"Elle pensera probablement qu'elle s'est réveillée dans la mauvaise ville!" plaisanta-t-il, prenant une bouchée de son sandwich.

L'idée me fit rire, mais elle suscita également un soupçon de regret. "Tu sais, tu as raison. J'ai vu Mia plus tôt en fait ; elle est ici avec quelques amis. On dirait qu'elle se met dans le bain," dis-je, essayant de les rassurer—et peut-être moi-même—que Mia trouvait son propre moyen de profiter du festival.

"Eh bien, c'est bon à entendre," répondit ma grand-mère, sa voix remplie de soulagement. "C'est bien qu'elle ait trouvé de la compagnie, mais la prochaine fois, assure-toi de lui faire une invitation personnelle. C'est juste de bon voisinage."

"Je le ferai, Grand-mère. Je te le promets," lui assurai-je, prenant leur conseil. Alors qu'ils continuaient à apprécier la musique, je pris des notes mentales et peut-être à mieux la connaître, à la fin de la journée, nous vivons côte à côte.

CHAPITRE 10

MIA

Le festival battait son plein, avec le groupe local pop, The Starlit Grooves, animant la scène avec leurs rythmes vibrants. Les amis d'Emma avaient formé un petit cercle de danse près de la scène, leurs mouvements insouciants alors qu'ils se balançaient au son des mélodies entraînantes. Emma elle-même semblait plongée dans un échange ludique de sourires avec un gars au loin, son rire se mêlant à la musique.

Ressentant l'énergie de la foule, je décidai de me joindre à la danse un moment, laissant le rythme de la musique guider mes pas. Cependant, les douces arômes émanant d'un stand voisin attirèrent bientôt mon attention, et je ressentis une envie de quelque chose de sucré.

"Je vais chercher quelque chose de sucré à manger," annonçai-je au groupe, sentant l'appel de ma dent sucrée.

"Bien sûr! Mais ne te faufile pas pour rencontrer quelqu'un!" taquina l'un des amis d'Emma, me faisant un clin d'œil.

Riant, je répondis, "Ma priorité maintenant est d'obtenir une douceur, c'est tout." Le groupe riait, me faisant signe de partir alors que je m'éloignais de la zone de danse.

Emma était trop distraite par son flirt naissant pour me remarquer partir, alors je profitai de l'occasion pour explorer le festival par moi-même. Les stands étaient alignés avec une gamme de friandises, du coton à sucre aux chocolats artisanaux, chacun plus tentant que le précédent. Les lumières du festival illuminaient la nuit, projetant une lueur chaleureuse sur la foule animée.

Atteignant le stand de chocolat, j'étais immédiatement attirée par l'assortiment de chocolats locaux exposés de manière séduisante. Après un moment de navigation, je décidai d'acheter quelques morceaux, les glissant dans mon sac pour les déguster plus tard. En faisant mon achat, je ne pus m'empêcher d'exprimer mon enthousiasme au vendeur. "Il est temps d'essayer quelques chocolats locaux—j'adore le chocolat," dis-je avec un sourire.

Le vendeur, un homme d'âge moyen amical avec une attitude accueillante, leva les yeux avec une expression curieuse. "Êtes-vous nouvelle en ville?" demanda-t-il alors qu'il emballait mes sélections.

"Oui, c'est ma première fois au festival. Je viens de Chicago," répondis-je, heureuse de partager un peu sur mon parcours.

"Wow, bienvenue alors!" s'exclama-t-il, son sourire s'élargissant. "Tenez, prenez celui-ci comme cadeau de bienvenue." Il se pencha en arrière dans son étal et tira un chocolat avec un remplissage de myrtilles, quelque chose que je n'avais jamais essayé auparavant.

"Merci, c'est très gentil de votre part. Je suis sûre que je vais l'adorer," dis-je, sincèrement touchée par sa générosité. Le geste était un petit mais significatif accueil à la communauté, me faisant sentir encore plus connectée à ma nouvelle maison.

Je remerciai le vendeur et glissai le chocolat offert dans mon sac et décidai de prendre un peu de coton à sucre.

Alors que je m'approchais du stand de coton à sucre, intriguée par les tourbillons moelleux de sucre, je lançai une conversation avec le vendeur. "Quelles options avez-vous?" demandai-je, observant l'éventail coloré qui tournait sur leurs bâtons.

"Nous avons du fraise rose, framboise bleue et citron jaune," répondit le vendeur, en désignant chaque variété.

"Combien pour un?" demandai-je, décidant déjà lequel essayer.

"Trois dollars chacun," dit-il, souriant alors qu'il faisait tourner un autre lot de framboise bleue.

“Je vais prendre le bleu alors,” décidai-je, fouillant dans mon sac pour mon portefeuille. Juste au moment où j'allais remettre l'argent, j'entendis une voix derrière moi dire : “Non, laisse-moi faire,” suivie de la vue d'un bras masculin s'étendant au-delà de moi avec quelques billets. Le vendeur prit l'argent, remit la barbe à papa, et le mystérieux bienfaiteur me la présenta comme s'il s'agissait d'un bouquet de fleurs.

Stupéfaite et un peu curieuse, je me retournai lentement pour voir qui avait fait ce geste généreux. C'était Jake, là, avec un sourire espiègle sur le visage. Mon esprit mit un moment à traiter la situation, l'imprévisibilité de celle-ci me laissant momentanément sans voix.

“Jake?” réussis-je à dire, surprise et un peu déconcertée. “Que fais-tu ici?”

“Je pensais juste adoucir un peu ton expérience au festival,” plaisanta-t-il, ses yeux pétillant d'amusement. Le geste, simple mais réfléchi, réchauffa mon cœur et fit apparaître un sourire sincère sur mon visage.

“Pas besoin de payer pour moi, j'ai l'impression de te devoir quelque chose maintenant,” dis-je, à moitié en plaisantant mais aussi un peu mal à l'aise, car je n'étais pas habituée à ce genre de gentillesse spontanée.

Jake secoua la tête, son sourire rassurant. “Oh, arrête là. Je l'ai fait juste parce que j'en avais envie. Tu ne me dois rien, profite juste de ça, c'est tout.”

Son rejet désinvolte du besoin de réciprocité me fit rire, bien que mes joues rosissent. Reconnaissante de sa nature décontractée, je décidai de lui faire une invitation, espérant partager ce moment un peu plus longtemps. “Voudrais-tu te joindre à moi pour manger ça alors?” proposai-je, tenant la barbe à papa bleue duveteuse.

Jake rit, lorgnant sur la friandise sucrée. “Eh bien, c'est plutôt tentant. Je vais en essayer un peu, mais c'est à toi de toute façon,” accepta-t-il, son ton léger et espiègle.

Nous tendîmes tous les deux la main vers la barbe à papa, tirant des morceaux de cette douceur collante.

Je demandai à Jake s'il travaillait toujours au stand de nourriture, curieuse de savoir comment se passait le reste de sa journée.

“Non, mon service vient de se terminer,” expliqua-t-il, ses yeux scrutant la scène vibrante du festival. “Je faisais juste une promenade autour du festival avant de rentrer chez moi.”

“Comment s'est passé le festival pour le stand?” demandai-je, réellement intéressée par la tournure des événements pour lui.

Le visage de Jake s'illumina d'un sourire fier. “C'était incroyable, en fait. Nous avons battu des records de foule et de ventes cette année. Ça nous a tous surpris.”

Je ne pouvais cacher mon émerveillement. “C'est incroyable!”

Avec un rire espiègle, Jake taquina : “C'est probablement ta présence qui a attiré beaucoup de monde.”

Je sentis un rougeur envahir mes joues à son commentaire. “C'est impossible, j'ai l'impression d'attirer seulement des mauvaises choses ces derniers temps.”

“Eh bien, peut-être que ta chance est en train de changer pour le mieux maintenant,” plaisanta Jake en retour, son ton léger et taquin.

Son échange espiègle et la façon dont il balayait mes doutes sur moi-même firent apparaître un sourire sincère sur mon visage, me rendant plus à l'aise et peut-être, un peu plus chanceuse dans cette nouvelle communauté vibrante.

“J'en doute,” murmurai-je, bien qu'une partie de moi se demandait s'il pourrait y avoir un fond de vérité dans sa théorie légère.

Jake rit, puis ajouta avec une pointe de fausse gravité, “Je suis probablement celui qui a de la malchance ici. Mais bon... testons ma chance. Accepterais-tu de passer un peu de temps avec moi ?”

Je marquai une pause, considérant ses mots, puis répondis avec un sourire espiègle, “Eh bien, dans ce cas, je dois admettre que tu as besoin de plus de chance, parce que je dois retourner avec des amis,” plaisantai-je.

“Je vois, je vois, je m'en doutais,” répondit-il, un peu confus mais toujours souriant.

Juste à ce moment-là, mon téléphone sonna. Je levai un doigt vers Jake. “Donne-moi une seconde,” dis-je, sortant mon téléphone pour vérifier la notification. C'était un message d'Emma : “Chérie, j'ai dû rentrer chez moi, désolée de partir si soudainement. On parle plus tard. Mes amis vont rester un moment si tu veux être avec eux.”

Je levai les yeux vers Jake, comprenant maintenant que mes plans avaient changé de façon inattendue. “On dirait que je suis soudainement libre,” dis-je, un peu surprise mais aussi soulagée de pouvoir passer plus de temps au festival—et peut-être apprendre à mieux le connaître après tout.

Les yeux de Jake s'illuminèrent, un sourire espiègle s'étendant sur son visage. “Oh wow, ma chance change vraiment,” dit-il avec une pointe d'amusement.

Il me regarda alors avec curiosité. “Que s'est-il passé pour te faire changer d'avis?”

Je pris un moment pour expliquer, “Emma vient de m'envoyer un message. Elle a dû partir soudainement, et bien qu'elle ait mentionné que ses amis restent un moment, je n'ai pas vraiment envie de traîner avec eux plus longtemps. Je suis encore la nouvelle dans le groupe, tu sais?”

Jake hocha la tête avec compréhension. “Je comprends ça. Je ne suis pas non plus très groupe,” avoua-t-il. Son expression s'illumina alors qu'il ajoutait, “Mais je suis content de pouvoir maintenant t'emmener faire une promenade plus correctement.”

Sa compréhension et l'offre d'une interaction plus calme et personnelle me rendirent plus à l'aise. La perspective de passer un peu de temps avec Jake, loin de la foule bourdonnante et sans la dynamique d'un groupe, semblait soudainement être une façon invitante de continuer à vivre le festival.

Alors que le visage de Jake s'illuminait d'un sourire plein d'espoir, il observait ma réaction de près, peut-être essayant d'évaluer si sa chance était vraiment en train de tourner.

“Wow, ma chance s'améliore vraiment,” plaisanta-t-il légèrement, ses yeux pétillant d'un mélange d'humour et de quelque chose de délicatement interrogatif.

Je ne pus m'empêcher de lui sourire en retour, me sentant un peu plus détendue malgré le tournant inattendu dans mes plans de soirée. “Oui, on dirait bien,” répondis-je, rangeant mon téléphone dans mon sac. “Emma a dû partir soudainement, et bien que ses amis soient gentils, je n'ai pas vraiment envie de rester avec eux plus longtemps. C'est encore un peu gênant d'être la nouvelle dans leur groupe soudé.”

Jake hocha la tête avec compréhension, son attitude indiquant qu'il comprenait vraiment d'où je venais. "Je comprends complètement. C'est difficile de traîner dans un groupe où tout le monde a toutes ces blagues internes et des souvenirs partagés," dit-il pensivement. "Je ne suis pas non plus un grand fan des grands groupes. Je trouve qu'on ne peut pas vraiment se connecter avec quelqu'un à un niveau plus profond quand on est juste l'un des nombreux."

Ses mots résonnaient en moi, faisant écho à mes propres réflexions sur la dynamique de groupe. C'était rafraîchissant d'entendre qu'il partageait ma perspective.

"Je suis contente d'entendre ça," admis-je, sentant un lien commencer à se former autour de nos préférences communes pour des interactions plus significatives. "C'est pourquoi je préfère généralement les conversations en tête-à-tête. On finit vraiment par connaître la personne."

"Exactement!" s'exclama Jake, son enthousiasme évident. "Alors, que dirais-tu qu'on fasse cette promenade maintenant? On peut explorer le festival juste tous les deux. J'aimerais te montrer quelques-uns de mes endroits préférés."

L'offre était tentante, bien plus attrayante que de vagabonder seule ou de suivre un groupe où je me sentais comme une étrangère. "Ça a l'air super," répondis-je, sincèrement ravie de ce tournant des événements. "Il y a tant à voir ici, et je n'ai pas vraiment eu la chance d'explorer beaucoup encore."

Alors que nous commencions à nous éloigner des foules plus denses, le bruit du festival s'estompa en arrière-plan, Jake nous pointant divers stands et attractions. "Là-bas, c'est la section des artisans. Certains des artistes locaux se donnent vraiment à fond. Il y a un souffleur de verre qui fait ces sculptures complexes. Le regarder travailler est fascinant."

Je suivis son regard vers un stand où de délicates figures en verre scintillaient sous les lumières du festival, leurs détails complexes étincelant. “C'est magnifique,” remarquai-je, impressionnée par le savoir-faire. “C'est incroyable ce que les gens peuvent créer.”

En approchant du stand de poterie, le potier, un homme d'âge moyen avec une attitude douce, nous salua chaleureusement. Il commença à expliquer ses techniques et l'origine de ses matériaux. Captivés par sa démonstration, nous regardâmes alors qu'il façonnait habilement un morceau d'argile en un vase délicat.

“Oui, c'est l'un des moments forts pour moi chaque année,” dit Jake, nous menant vers le stand. “Et si ça te plaît, tu vas probablement aimer le stand de poterie juste au coin. Le potier utilise des argiles locales et a un style rustique qui est assez unique.”

J'étais intriguée par sa connaissance de la scène locale et me retrouvai à poser plus de questions sur ses expériences. “Alors, es-tu toujours impliqué dans le festival comme ça?”

Jake rit, “À peu près. Ma famille fait partie de l'organisation depuis des années. J'ai grandi avec ça, on pourrait dire. Et toi? Quelle est ta façon préférée de passer un week-end?”

Je réfléchis à sa question, appréciant le tournant décontracté de notre conversation. “De retour à Chicago, j'adorais trouver des petits cafés méconnus ou assister à des concerts de musique live dans le centre-ville. Ici, je suppose que je suis encore en train de découvrir.”

“Ça a l'air cool. Eh bien, tu as de la chance avec la musique live ici aujourd'hui,” pointa Jake, hochant la tête vers une petite scène où un groupe local s'installait. “Cette ville peut être petite, mais elle a ses charmes, surtout si tu aimes une ambiance plus calme.”

"Et toi alors?" demanda Jake, sa voix curieuse. "Qu'est-ce qui t'a amenée dans notre petite ville depuis un endroit aussi grand que Chicago?"

La question était inévitable, mais elle me fit hésiter. Je réfléchis à combien partager, me décidant finalement pour une simple vérité. "J'avais besoin d'un changement de décor," commençai-je, ma voix un peu réfléchie. "Chicago est occupée, bruyante, et il est facile de se sentir perdue dans l'agitation sans fin. Ici, il semble qu'on peut vraiment faire partie d'une communauté plutôt que d'être juste un autre visage dans la foule."

Jake écouta attentivement, hochant la tête pendant que je parlais. "Je peux comprendre ça. Cette ville a une façon de te faire sentir ancrée. C'est petit, mais il y a une chaleur ici que les grandes villes ne peuvent tout simplement pas égaler."

Nous continuâmes notre marche, le chemin serpentant à travers plus de stands et passant devant une petite scène où un groupe local s'installait pour leur performance. L'atmosphère était cozy, et le cadre plus petit semblait intime, rendant facile de profiter du simple plaisir de la bonne compagnie et d'une conversation engageante.

La soirée s'étira agréablement, et alors que nous errions, il me frappa que cette sortie improvisée pourrait bien être l'un des moments forts de mon déménagement dans cette nouvelle ville—une rencontre fortuite se transformant en une soirée mémorable. Et pour une fois, je ne me sentais pas comme une étrangère regardant à l'intérieur.

Alors que Jake et moi flânions à travers le festival, les lumières colorées de la section parc d'attractions attirèrent notre attention. C'était une zone animée, remplie des sons de rires et de tourments mécaniques. Nous marquâmes un arrêt près de l'entrée, et Jake pointa du doigt la grande roue se dressant contre le ciel nocturne.

“Que dirais-tu d'un tour sur la grande roue?” proposa-t-il, sa voix mêlant excitation et un soupçon de défi.

Je ris, secouant légèrement la tête. “Tu sais, je pense que je préférerais quelque chose d'un peu moins aventureux. Peut-être un manège pour enfants—quelque chose qui garde les deux pieds plus près du sol!”

Jake se joignit à mon rire, ses yeux pétillant d'amusement. “D'accord, trouvons quelque chose d'un peu moins palpitant alors,” dit-il, jouant le jeu.

Nous passâmes devant la grande roue, nous dirigeant vers les manèges plus doux. Alors que nous passions devant un carrousel avec ses chevaux peints de manière ornée se déplaçant dans un rythme doux, Jake nous le présenta. “Que dirais-tu de ça? C'est à peu près aussi tranquille que tu peux l'être dans un festival.”

Je souris, lui donnant une petite poussée espiègle. “Tu sais, la grande roue c'est bien. J'essayais juste d'éviter de m'amuser trop,” confessai-je, mon ton taquin. “Allons-y. Je veux dire, à quelle fréquence avons-nous l'occasion de voir le festival d'en haut, n'est-ce pas?”

Jake rit, ravi de mon changement d'avis. “Voilà l'esprit! Faisons-en un tour à retenir,” dit-il, nous dirigeant vers la grande roue.

Alors que nous faisions la queue pour notre tour, l'ambiance autour de nous bourdonnait de l'excitation des festivaliers profitant de la nuit. Quand ce fut notre tour de monter, nous entrâmes dans la gondole, et alors qu'elle commençait son ascension, la vue sur le terrain du festival s'élargit de manière spectaculaire devant nous. Les lumières du festival scintillaient comme un tapis d'étoiles en dessous, et les sons lointains de la musique et des bavardages montaient vers nous, créant une atmosphère magique.

Monter sur la grande roue s'avéra être le choix parfait, nous offrant quelques moments calmes loin de l'agitation. Alors que nous atteignions le sommet, l'ensemble du festival s'étalait sous nous—une vue à couper le souffle qui ressemblait un peu à être suspendue dans un rêve. Nous partagions la vue dans un silence confortable, chacun savourant la beauté du moment.

“Merci de m'avoir convaincue de monter ici,” dis-je enfin, ma voix douce, ne voulant pas briser l'ambiance paisible.

“N'importe quand,” répondit Jake, son sourire doux dans la lueur des lumières de la grande roue. “C'est définitivement la peine pour cette vue.”

Alors que la grande roue nous portait plus haut, je profitais de la vue, ressentant un frisson de hauteur et des lumières du festival en dessous. Cependant, juste au moment où nous atteignions le sommet de la roue, un soudain à-coup nous immobilisa. L'ensemble de la structure gémit doucement, puis il y eut un silence—aucun mouvement, aucune rotation continue. Nous étions coincés, suspendus dans l'air au point le plus haut de la roue.

Mon étonnement initial se transforma rapidement en anxiété. “Que se passe-t-il? Sommes-nous coincés ici?” demandai-je, essayant de regarder en bas vers les opérateurs, mais il faisait trop sombre pour distinguer quoi que ce soit.

Jake remarqua la tension dans ma voix et posa une main rassurante sur mon épaule. “Hé, ça va aller,” dit-il calmement. “C'est probablement juste un petit problème d'énergie. Ces manèges ont des générateurs de sécurité pour des situations comme celle-ci. Ils vont le faire fonctionner à nouveau en un rien de temps.”

Malgré ses paroles rassurantes, je pouvais sentir mon cœur battre la chamade, le frisson de la vue remplacé par une peur grandissante d'être suspendue si haut sans moyen immédiat de descendre. Je me serrai contre moi-même, essayant de contrer l'air frais et l'inquiétude croissante.

"Regarde-moi," dit Jake doucement, sa voix ferme mais apaisante. Il attendit que je croise son regard avant de continuer. "Nous sommes en sécurité ici. Ces machines sont conçues pour gérer bien plus qu'un petit souci d'énergie. Et nous sommes ensemble, non? Nous allons surmonter cette petite aventure tout comme nous avons profité du reste de la soirée."

Je hochai la tête, prenant une profonde inspiration, essayant d'intérioriser son calme. La partie logique de mon esprit savait qu'il avait raison, mais la peur viscérale de rester suspendue dans l'inconnu était difficile à effacer.

Pour nous distraire, Jake commença à pointer divers sights de notre vantage point suspendu. "Regarde là-bas—tu peux voir toute la disposition du festival. Et là-bas, il y a le parc où ils vont avoir des feux d'artifice plus tard ce soir. Nous avons les meilleures places de la maison."

Peu à peu, ses mots, la vue sereine et le ciel nocturne commencèrent à m'attirer à nouveau de ma panique. Nous parlâmes des différentes lumières et attractions que nous pouvions voir d'en haut, et lentement, mon anxiété s'atténua alors que je me concentrais sur la beauté de la scène et la présence stable de Jake à mes côtés.

Dans le silence suspendu, nos yeux se croisèrent, et quelque chose bascula—une connexion subtile et non dite s'éveillant entre nous.

La main de Jake trouva la mienne, ses doigts s'entremêlant avec les miens aussi naturellement que s'ils étaient faits pour s'emboîter. "Mia," commença-t-il, son ton sérieux mais tendre, "je suis vraiment content que nous soyons ici ensemble."

Avant que je ne puisse répondre, il s'est penché plus près, son approche soigneuse mais confiante. L'espace entre nous a diminué jusqu'à ce que je puisse sentir son souffle se mêler au mien. Puis, ses lèvres ont rencontré les miennes dans un baiser qui était doux mais délibéré. Ce n'était pas juste un simple frôlement ; c'était une connexion douce et persistante qui semblait capturer parfaitement l'essence de la nuit - inattendue, palpitante, mais profondément juste.

Le baiser s'est légèrement approfondi, une exploration prudente qui parlait de respect et d'un désir de chérir le moment. C'était un baiser qui ne demandait pas mais offrait plutôt, partagé volontairement entre nous, un échange qui semblait aussi naturel que l'air nocturne qui nous entourait.

Alors que nous nous séparions enfin, un sourire partagé a fleuri. "Je suppose que la grande roue savait ce qu'elle faisait," a plaisanté Jake légèrement, ses yeux pétillant d'un mélange d'humour et de quelque chose de plus tendre.

"Je suis trop nerveuse pour plaisanter là-dessus," ai-je ri, le son se mêlant au bourdonnement renouvelé du festival alors que la roue commençait à bouger à nouveau, descendant lentement vers le sol. La pause dans notre ascension nous avait offert une rare interruption dans la vie - un moment suspendu dans le temps où la seule chose qui comptait était la connexion qui s'était approfondie entre nous.

Alors que la grande roue nous ramenait au bruit et aux lumières du festival, le baiser persistait dans mon esprit, une empreinte douce et vive qui promettait plus qu'une simple balade sur une attraction de parc d'attractions.

CHAPITRE 11

Le son de mon réveil a tranché brutalement le calme de ma chambre, me tirant des tendres filaments de sommeil vers la luminosité d'un nouveau jour. J'ai grogné doucement, mon visage ressentant l'empreinte de la texture de l'oreiller, et mes cheveux s'étalaient en un halo chaotique autour de ma tête. La réalité du matin semblait toujours plus dure lorsque le brouillard rêveur du sommeil s'accrochait encore à mes sens.

À contrecœur, j'ai balancé mes jambes hors du lit et j'ai traversé le sol frais jusqu'à la cuisine. La routine de commencer ma journée était réconfortante, presque automatique. J'ai préparé la cafetière, le gargouillement et le goutte-à-goutte familiers fournissant une toile de fond apaisante alors que je sortais un peigne pour dompter mes cheveux indisciplinés.

Debout près du comptoir de la cuisine, le café en train de se préparer, j'ai commencé à peigner les nœuds, chaque coup m'aidant à organiser non seulement mes cheveux mais aussi mes pensées. Malgré la routine calme, une partie de moi était hyper consciente de la proximité de mes fenêtres. Après la fin inattendue mais enchanteresse de la grande roue de la nuit dernière avec Jake, je ressentais une nouvelle conscience de moi-même d'être si visible. L'idée de jeter un coup d'œil par la fenêtre et de le voir là me faisait rougir d'un mélange d'embarras et d'excitation.

Avec un léger secouement de la tête, je me suis réprimandée d'être si ridicule. Il n'était probablement même pas encore réveillé. Pourtant, je ne pouvais pas m'empêcher d'éviter de regarder dehors, me concentrant plutôt sur le fait de me servir une tasse de café fraîchement préparé.

Alors que l'arôme riche du café remplissait l'air, promettant un coup de fouet nécessaire à la vigilance, je me suis souvenue de mon téléphone. Je ne l'avais pas vérifié depuis la nuit dernière. En le prenant, j'ai remarqué un nouveau message qui a fait battre mon cœur plus vite - un message de Jake.

"Bonjour, merci pour la compagnie hier soir," disait le texte. Des mots simples, mais ils portaient le poids de tous les sentiments non exprimés de la veille. Ma réaction initiale était un rush de chaleur qui se répandait en moi, mes joues picotant d'un rouge alors que mon cœur s'emballait juste un peu plus vite.

Je fixais le message, incertaine de la façon de répondre. Une partie de moi voulait écrire quelque chose d'esprit ou de sincère, mais mon cerveau semblait embrumé par le sommeil et l'excitation nerveuse soudaine. Décidant que j'avais besoin d'être complètement éveillée pour gérer cela, j'ai reposé le téléphone à côté de ma tasse de café.

"Café d'abord," murmurai-je pour moi-même, prenant une grande gorgée du liquide chaud et amer. La chaleur du café était ancrante, et je pris un moment pour en savourer le goût, le laissant dissiper les toiles d'araignée du sommeil et les battements nerveux.

À chaque gorgée, je me sentais plus présente, plus capable de gérer quelles que soient les émotions que la journée me réservait. Après avoir terminé mon café, je répondrais à Jake, décidai-je.

Complètement caféinée et me sentant un peu plus calme, je pris à nouveau mon téléphone. Le message de Jake brillait toujours sur l'écran, ses mots provoquant un battement dans mon estomac que le café seul ne pouvait apaiser. Prenant une profonde inspiration, je tapai une réponse, visant un ton à la fois léger et sincère.

"Bonjour! Hier soir était vraiment bien. Merci pour la compagnie."

Après avoir appuyé sur envoyer, je posai le téléphone et expirai lentement, essayant de ne pas trop réfléchir à la simplicité de mon message. L'anticipation d'attendre sa réponse était presque aussi angoissante que de décider quoi dire.

Décidant de me distraire, je me mis à me préparer pour la journée. Alors que je prenais ma douche et que je m'habillais, les pensées de la veille défilaient dans mon esprit comme une chanson préférée. La hauteur de la grande roue, les rires partagés, et la douce pression des lèvres de Jake contre les miennes - tout cela semblait un merveilleux rêve dont je ne m'étais pas complètement réveillée.

Habillée et quelque peu prête à affronter la journée, je retournai à la cuisine pour nettoyer mes assiettes de petit déjeuner. Juste au moment où je rinçais une tasse, mon téléphone vibra. Une décharge d'excitation me traversa. Je m'essuyai les mains sur une serviette et vérifiai la notification.

C'était Jake. Sa réponse fit naître un sourire involontaire sur mon visage.

"Je suis content que tu aies apprécié autant que moi. Que dirais-tu d'aller prendre un café plus tard aujourd'hui ? Il y a un petit café que je pense que tu aimerais."

L'invitation était décontractée mais clairement intentionnelle. Il semblait que Jake était tout aussi intéressé à explorer où cette nouvelle connexion pouvait nous mener. Mon cœur s'emballa à la pensée de le revoir si bientôt, dans des circonstances beaucoup moins dramatiques que notre arrêt aérien de la nuit dernière.

"Ça me semble parfait," tapai-je en retour. "À quelle heure ?"

Alors que nous arrangions les détails, la nervosité que j'avais ressentie plus tôt commença à se transformer en anticipation. Aujourd'hui se profilait comme quelque chose de bien différent d'une journée ordinaire, remplie de potentiel et de promesses de nouveaux commencements.

Avec les plans établis, je finis mes tâches et pris mon sac. En sortant, je pris une profonde inspiration de l'air frais du matin, me sentant plus vivante que je ne l'avais été depuis longtemps.

"Ça me semble parfait," tapai-je en retour après l'invitation de Jake, mon enthousiasme teinté d'un peu de réalité. "J'ai du travail jusqu'à la fin d'après-midi, mais que dirais-tu de nous retrouver vers 17h30?"

Alors que nous finalisions les détails, le battement d'excitation que je ressentais était tempéré par le focus nécessaire pour les responsabilités de la journée. Passer d'une soirée comme celle d'hier à une journée de travail ordinaire semblait un peu surréaliste, mais la perspective de notre rendez-vous café plus tard offrait un point de vue réjouissant à attendre.

Avec les plans réglés, je terminai ma routine matinale et pris mes affaires pour le travail. Vérifiant mon apparence dans le miroir une dernière fois, je hochai la tête à moi-même, prête à affronter la journée avec l'élan supplémentaire d'anticipation pour ce que la soirée allait apporter.

En marchant vers le travail, l'air frais m'aidait à clarifier mes pensées, me permettant de déplacer mes réflexions de l'excitation personnelle vers le mode professionnel. Autant que j'avais hâte de voir Jake à nouveau, je savais l'importance de maintenir mon attention à la galerie. Aujourd'hui, je devais être pleinement présente, pour gérer une installation de nouvelle exposition qui nécessitait mon attention et mes soins.

Tout au long de la journée, alors que je mesurais des espaces, ajustais l'éclairage et discutais de l'emplacement avec des artistes et des collègues, mon téléphone vibrait de temps à autre avec des messages de Jake. Chacun d'eux apportait un sourire rapide à mon visage, un rappel de la soirée à venir. Nous gardions la conversation légère, partageant des bribes sur notre journée, la plaisanterie facile aidant à faire passer les heures plus rapidement.

Au milieu de la réorganisation d'une nouvelle installation, Lila s'approcha de moi avec son énergie habituelle. "Mia, que penses-tu de déplacer l'œuvre de Rothko un peu vers la gauche? Ça pourrait mieux capter la lumière du puits de lumière l'après-midi," suggéra-t-elle, son œil aiguisé scrutant la disposition de la galerie.

"C'est une bonne idée," répondis-je, me reculant pour visualiser le changement. "Essayons de le déplacer et voyons comment ça joue avec la lumière naturelle tout au long de la journée."

Alors que nous ajustions soigneusement la position du lourd cadre, Lila parlait de l'exposition à venir. "Nous recevons déjà beaucoup d'intérêt. J'ai eu des appels de quelques collectionneurs qui sont impatients de voir les nouvelles pièces. Nous pourrions même avoir une affluence record pour l'ouverture."

"C'est fantastique," répondis-je, sincèrement ravie. "On a l'impression que la galerie prend vraiment de l'élan. C'est excitant d'en faire partie."

"Absolument," acquiesça Lila, ses yeux s'illuminant. "Et tes idées fraîches ont vraiment aidé. En parlant de ça, as-tu réfléchi davantage au concept d'affichage interactif que tu as mentionné la semaine dernière?"

Je hochai la tête, excitée de discuter plus en détail. "Oui, j'ai esquissé comment nous pourrions intégrer des éléments numériques sans submerger les pièces traditionnelles. Je pense que cela pourrait attirer un public plus large, surtout les jeunes visiteurs."

Lila écoutait attentivement, hochant la tête en accord alors que je décrivais le cadre de base. "J'adore ça. Mettons en place une réunion la semaine prochaine pour approfondir cela. Ce pourrait être un excellent ajout au programme de la prochaine saison."

"Je ferai ça," affirmai-je, satisfaite de son enthousiasme.

Enfin, alors que l'horloge approchait de 17 heures, je commençai à terminer mon travail, mon anticipation pour la soirée avec Jake grandissant. Je rangeai mon espace de travail, vérifiai mes collègues et m'assurai que tout était prêt pour le lendemain. Avec un dernier coup d'œil autour de la galerie, je ressentis un sentiment d'accomplissement pour le travail de la journée.

Juste au moment où j'étais sur le point de sortir par la porte, la voix de Lila résonna depuis son bureau, chargée d'un ton spécifique qui signale "demande urgente". "Mia, pourrais-tu entrer ici un moment?"

Je me retournai, laissant échapper un léger soupir, et retournai vers son bureau éclairé. Lila se tenait au milieu d'un chaos de paperasse et de catalogues d'art, ayant l'air légèrement flattée - une rare vue pour quelqu'un d'habitude si composé.

"Salut, que se passe-t-il?" demandai-je, m'appuyant contre le cadre de la porte.

Lila leva les yeux avec un mélange d'excuse et de malice dans les yeux. "Je déteste te faire ça, surtout maintenant, mais pourrais-tu m'aider avec quelques trucs? Notre nouvelle livraison de piédestaux d'exposition est arrivée, et les livreurs, Dieu les bénisse, ont décidé que le meilleur endroit pour eux était juste derrière ma voiture."

Je haussai un sourcil, mes plans de départ à l'heure suspendus par un fil. "Donc, tu veux que je les déplace?"

"Si tu pouvais," dit Lila, me lançant son meilleur sourire "tu es une sauveuse". "Et, euh, une petite chose de plus. L'imprimante a choisi aujourd'hui de me déclarer la guerre. J'ai besoin d'imprimer ces étiquettes pour la configuration de demain, et elle ne fait que cracher des hiéroglyphes."

Riant de l'absurdité de tout cela, je hochai la tête. "D'accord, attaquons d'abord les piédestaux, puis je ferai capituler ton imprimante récalcitrante."

Nous nous dirigions vers le parking, où en effet, une pile de grandes boîtes bloquait sinistrement la voiture de Lila. Avec un peu de manœuvre et plus qu'un peu d'effort, nous avons dégagé un chemin, chaque boîte semblant plus lourde que la dernière, probablement remplie de plomb, plaisantai-je, ce qui fit rire Lila fatiguée.

Une fois victorieuses sur le blocus des piédestaux, nous retournâmes à son bureau pour faire face à l'imprimante rebelle. "D'accord, qu'as-tu essayé jusqu'à présent?" demandai-je, scrutant la machine comme si elle pouvait me révéler ses secrets.

"Je l'ai éteinte et rallumée," dit Lila, un soupçon de désespoir s'infiltrant dans sa voix.

"Classique," répondis-je avec un sourire. "Voyons si elle respecte mon autorité un peu mieux."

Après plusieurs minutes de dépannage, impliquant une combinaison de frappes de boutons et de prières ferventes aux dieux de la technologie, l'imprimante commença à produire des étiquettes lisibles. Lila applaudit de joie, son soulagement palpable.

"Merci, Mia. Je te dois une." dit Lila, sa gratitude sincère.

"Pas de problème," dis-je, riant alors que je sortais enfin, les détours inattendus de la journée ajoutant une couche comique à ce que j'espérais être encore une soirée relaxante.

En sortant de la galerie, je ressentis enfin que j'avais échappé à un plateau de sitcom. À chaque pas vers la liberté, je m'attendais à ce que Lila éclate par la porte, brandissant un autre appareil de bureau récalcitrant nécessitant un apprivoisement immédiat. Je ris à moi-même, imaginant que sa prochaine bataille pourrait être avec la plastifieuse, que j'avais évitée tactiquement depuis qu'elle avait développé un appétit pour plus que de simples feuilles de plastique.

"Je jure, si elle parvient à bloquer l'imprimante à nouveau et que sa voix porte jusqu'ici, je change de nom et déménage dans une autre ville," murmurai-je à voix basse, me promettant de sprinter plus vite que le signal Wi-Fi ne pourrait voyager si j'entendais un jour "Mia!" résonner dans la rue.

La marche vers le café n'était pas longue, mais elle me donnait juste assez de temps pour changer de registre, passant des mésaventures de la galerie à ce que j'espérais être une soirée beaucoup plus fluide. Je pouvais déjà voir Jake attendre devant le café, sa posture décontractée et son sourire relaxé apaisant instantanément mes niveaux de stress. Sa présence était comme l'équivalent humain d'appuyer sur le bouton 'rafraîchir' sur une page web chaotique.

Alors que je m'approchais, je faisais un signe de la main, mes pas s'accélérant avec une anticipation mêlée d'un soupçon de soulagement. "Je suis arrivée sans d'autres désastres techniques," annonçai-je en l'atteignant, reconnaissante pour la normalité qu'il promettait. "Comment s'est passée ta journée? Espérons qu'elle soit moins mouvementée que la mienne?"

Jake rit, prenant visiblement conscience de mon énergie échevelée. "Eh bien, maintenant je suis curieux. On dirait que tu as eu toute une aventure. Prenons nos cafés, et tu pourras me raconter toute ta journée en tant que soutien technique de la galerie."

Souriant, j'acceptai, sentant les dernières réminiscences du chaos de la journée s'évanouir. Alors que nous entrions dans le café, l'arôme chaud du café nous enveloppa - un cadre parfait pour se détendre et peut-être, juste peut-être, créer des souvenirs moins chaotiques.

Jake nous guida vers une petite table près de la fenêtre, un endroit idéal pour observer les gens et profiter de la lumière de fin d'après-midi. Nous nous installâmes, et il fit signe à un serveur qui s'approcha rapidement.

"Que prendrez-vous?" demanda Jake, me regardant d'un sourcil levé, comme pour évaluer si j'avais besoin de quelque chose de fort pour me remettre de ma journée.

"Je pense que j'aurai besoin du café latte le plus fort que vous ayez, et peut-être ajouter un peu de tranquillité si c'est au menu," plaisantai-je, essayant de chasser les dernières vestiges de la guerre des imprimantes.

Jake rit et se tourna vers le serveur. "Nous prendrons deux cafés lattes, s'il vous plaît. Faites-les extra forts, et ajoutez quelques muffins au chocolat double aussi."

Le serveur hocha la tête et s'éloigna, nous laissant dans un silence confortable qui invitait à une conversation plus profonde. Je m'installai dans ma chaise, appréciant le changement de rythme. "Donc, pour mon aventure d'aujourd'hui, disons juste que les trucs technologiques de la galerie ont décidé de tester ma patience. C'était comme un musée de la technologie où tout est interactif, surtout l'imprimante."

Jake rit, ses yeux s'illuminant d'amusement. "C'était si mauvais que ça, hein?"

"Tu n'as pas idée. J'étais à deux doigts de devenir mécanicien d'imprimante à plein temps. Mais vraiment, c'est juste un autre jour à la galerie - équilibrer l'art avec l'art de la maintenance."

Il sourit, son attention entièrement sur moi. “Eh bien, tu le gères comme une pro. Mais j'espère que cette pause café pourra être un peu moins mouvementée.”

Nos cafés et muffins arrivèrent, et nous nous sommes tous deux dirigés vers les muffins, nous indulgent dans un moment de douceur partagée. En sirotant nos cafés, le monde extérieur au café semblait ralentir.

Au fur et à mesure que la conversation s'écoulait, je me suis surprise à apprécier l'ambiance détendue entre nous. Il y avait un rapport naturel qui semblait à la fois excitant et profondément confortable. Je lui ai parlé de mes aspirations, de mon déménagement dans la ville, et de la façon dont chaque jour apportait quelque chose de nouveau. Il a partagé ses expériences en grandissant ici, les changements qu'il avait vus, et ses aventures au-delà de la ville.

“Parfois, c'est bien de juste s'asseoir et de tout absorber,” dit Jake, en faisant un geste vers le café animé autour de nous. “La vie est occupée, mais ces moments, ces simples moments calmes, ils comptent vraiment.”

Alors que nous nous installions dans la chaleur du café, Jake se pencha en avant, une curiosité espiègle illuminant ses yeux. “Donc, tu as mentionné la restauration d'art au festival. Quelle est la pièce la plus folle sur laquelle tu aies jamais travaillé?” demanda-t-il, prenant une gorgée de son café.

Je ris, me remémorant le souvenir. “Oh, tu vas adorer ça. Une fois, j'ai eu pour mission de restaurer une peinture du 19ème siècle que le propriétaire jurait être hantée. Chaque nuit, ils prétendaient entendre des chuchotements venant du cadre!”

Les sourcils de Jake se levèrent, son intérêt piqué. “Hantée? Vraiment? As-tu entendu quelque chose pendant que tu travaillais dessus?”

Je secouai la tête, riant. “Pas de chuchotements, mais le cadre grinçait de manière sinistre quand je le déplaçais, ce qui n'a pas aidé mes nerfs. Il s'est avéré que c'était juste du vieux bois qui se stabilisait, ou du moins c'est ce que je me dis.”

Jake rit, ses yeux se plissant aux coins. “C'est incroyable. On dirait que tu as eu des journées assez intéressantes au travail. Ça rend le quotidien dans l'atelier de menuiserie un peu banal!”

“Peut-être, mais je suis sûre que tu as aussi des histoires. Quelle est la demande de meuble sur mesure la plus étrange que tu aies jamais eue?” demandai-je, sincèrement curieuse de ses expériences.

“Eh bien,” commença-t-il, un sourire s'étendant sur son visage, “le mois dernier, quelqu'un m'a demandé de construire un lit qui pourrait accueillir toute sa famille. On parle d'un lit pour six personnes, y compris tous leurs animaux de compagnie!”

J'éclatai de rire, faillant renverser mon café. “Pas possible! Tu l'as vraiment construit?”

“Je l'ai fait,” confirma Jake, hochant la tête avec un mélange de fierté et d'amusement. “C'était un défi, mais ils étaient ravis du résultat. Ils m'ont même envoyé une carte de Noël avec toute la famille et leurs animaux de compagnie allongés dessus.”

Notre conversation s'écoula facilement à partir de là, rebondissant des demandes de travail originales aux rêves de voyage. Jake parla de son désir de visiter l'Europe un jour, ses yeux s'illuminant alors qu'il décrivait l'architecture d'antan et le travail du bois sur mesure qu'il aimerait voir.

“Et toi? Des rêves de voyage?” demanda-t-il, s'appuyant en arrière avec sa tasse de café serrée dans ses mains.

Je réfléchis un moment, puis souris. "J'aimerais aller au Japon. L'art, la culture, la technologie—ça semble être un monde à part. De plus, rien que la nourriture vaut le voyage."

"Le Japon a l'air incroyable," acquiesça Jake, hochant la tête avec enthousiasme. "Tu devras rapporter plein de photos. Peut-être que tu pourrais même donner un cours sur l'art japonais à la galerie quand tu reviendras."

"Ce serait quelque chose," dis-je en rêvant aux possibilités. "Et toi ? Si tu pouvais choisir un endroit où vivre pendant un an, où serait-ce ?"

Jake réfléchit, son regard dérivant vers la fenêtre avant de se fixer à nouveau sur moi. "Honnêtement ? Je pense que je choisirais un endroit comme la Nouvelle-Zélande. C'est paisible, beau, et ils ont une riche tradition de travail du bois. De plus, je pourrais apprendre à surfer sans m'inquiéter des attaques de requins—soi-disant."

Alors que le café commençait à tamiser les lumières, signalant une douce incitation à l'heure de fermeture, aucun de nous ne semblait prêt à mettre fin à la conversation. Sentant cela, Jake jeta un coup d'œil autour de lui puis se tourna à nouveau vers moi avec un sourire malicieux.

"Puisqu'ils sont sur le point de nous mettre à la porte, que dirais-tu d'une petite compétition?" proposa-t-il, ses yeux pétillants de défi espiègle. "Voyons qui peut imaginer le design de meuble le plus farfelu sur le champ. Le gagnant choisit notre prochain café ?"

Je ris, ravie par l'idée. "Tu es dans! Mais attention, j'ai vu des pièces d'art plutôt folles qui pourraient inspirer des meubles fous."

Jake hocha la tête, faussement sérieux. "D'accord, voici. Que dirais-tu d'une chaise qui est aussi un aquarium? Tu peux te détendre et regarder tes poissons nager juste en dessous de toi."

"C'est en fait plutôt incroyable," avouai-je en riant. "D'accord, à mon tour. Que dirais-tu d'un canapé qui fait aussi tapis de course? Tu peux courir tout en étant assis. Parfait pour ceux qui veulent faire de l'exercice mais aussi se prélasser."

Jake éclata de rire. "C'est une routine d'exercice que je pourrais adopter! D'accord, ton idée pourrait être difficile à surpasser, mais voici une autre : une table à manger qui fait descendre la nourriture du plafond. Chaque plat descendrait d'en haut quand tu appuies sur un bouton. C'est comme un dîner et un spectacle combinés."

Je frappai des mains, amusée par la vision. "Brillant! Très Willy Wonka. Mais que dirais-tu d'un lit qui te berce doucement pour t'endormir? Il peut imiter le mouvement d'un bateau se balançant sur des eaux calmes."

"Wow, ce serait incroyablement apaisant," dit Jake en hochant la tête d'approbation. "Tu as un vrai talent pour ça. D'accord, dernière idée : une bibliothèque qui lit les titres à haute voix quand tu passes ta main le long des dos. Cela pourrait aider les personnes malvoyantes ou juste rendre le choix d'une histoire du soir un peu plus magique pour les enfants."

"C'est vraiment une belle idée, Jake. Tu devrais peut-être envisager de faire celle-ci," dis-je, sincèrement impressionnée.

Alors que nous riions et brainstormions d'autres inventions fantaisistes, le personnel du café commença à empiler les chaises et à nettoyer. Réalisant que nous devions vraiment partir, nous nous levâmes à contrecœur, mais la légèreté de nos esprits ne s'était pas estompée.

En sortant du café, Jake jeta un coup d'œil dans la rue où la douce lueur des lampadaires illuminait l'entrée du parc. "Que dirais-tu de continuer cela par une promenade dans le parc? Cela semble être une façon parfaite de digérer tout ce café et ce gâteau."

J'acquiesçai avec enthousiasme. “J'adorerais ça. C'est une si belle soirée.”

CHAPITRE 12

Marchant côte à côte, nous entrâmes dans le parc, où l'atmosphère passait à un espace plus tranquille et ouvert. Les chemins étaient parsemés de personnes profitant de l'air frais du soir—certains faisaient du jogging, d'autres étaient assis sur des bancs, absorbés dans des livres ou des conversations.

Alors que nous flânions le long du chemin, nous remarquâmes un groupe rassemblé sur une large étendue d'herbe. Le son de la musique entraînante flottait vers nous, et en nous approchant, nous vîmes que c'était un groupe de danse provenant de la salle de gym locale, leurs mouvements synchronisés et énergiques.

“Ils ont l'air de s'amuser,” remarquai-je, observant le groupe se mouvoir en rythme.

Jake rit. “Ils le font! J'ai entendu parler de ces séances en plein air mais je n'en ai jamais vu une. On dit que c'est un excellent moyen de se détendre après le travail.”

“As-tu déjà essayé quelque chose comme ça?” demandai-je, curieuse.

“Des cours de danse? Je ne peux pas dire que j'ai. Mon rythme est assez discutable. Je pourrais poser un danger pour quiconque à portée de bras,” plaisanta-t-il, démontrant un mouvement de danse comiquement maladroit.

Je ris, faisant un pas en arrière avec malice. “Si mauvais, hein? Eh bien, peut-être qu'il vaut mieux que tu restes à la menuiserie. Bien que, ça pourrait être amusant de rejoindre un cours comme ça. Tu as déjà pensé à essayer juste pour le plaisir?”

Jake y réfléchit, regardant les danseurs un moment. “Peut-être. Si tu viens avec moi. Comme ça, si je tombe, tu peux au moins t'assurer que je ne fais pas tomber toute la classe.”

“Marché, mais seulement si tu promets de me rattraper si je tombe en premier,” répliquai-je, l'idée devenant soudainement attrayante.

Nous continuâmes notre promenade, le chemin contournant un petit étang où quelques canards tardifs s'installaient pour la nuit. Le soleil couchant projetait une lumière chaude sur l'eau, créant une scène pittoresque.

“C'est vraiment agréable,” dit Jake, son ton réfléchi. “Je ne viens pas ici assez souvent. C'est facile d'oublier à quel point cela peut être paisible.”

“C'est vrai,” acquiesçai-je, appréciant les alentours sereins. “C'est comme une petite échappatoire au milieu de la ville. Ça te fait apprécier les choses simples.”

Alors que nous revenions vers le chemin principal, notre conversation dériva de taquineries légères à des histoires plus personnelles.

“C'était vraiment super de passer ce temps avec toi,” dit enfin Jake alors que nous approchions de la sortie du parc, sa voix sincère. “Je ne m'attendais pas à ce que ma journée se termine ainsi, mais je suis content qu'elle le soit.”

“Moi aussi,” répondis-je, ressentant un sentiment de contentement. “Ça a été une soirée merveilleuse. Merci de l'avoir suggérée.”

En atteignant la sortie, la lumière déclinante nous rappela que la soirée touchait à sa fin. Mais la connexion que nous avions formée promettait d'autres soirées comme celle-ci, d'autres moments partagés et de nouvelles expériences ensemble.

“Faisons cela à nouveau bientôt,” proposa Jake, son sourire plein d'espoir.

“J'aimerais ça,” dis-je, rendant son sourire. “Faisons-le définitivement.”

Alors que nous approchions du lac, le doux son de l'eau s'écrasant contre le rivage apportait une présence apaisante à la soirée. Jake nous guida vers un banc situé parfaitement pour admirer l'eau sous les teintes déclinantes du coucher de soleil. Nous nous assîmes, la sérénité du cadre nous enveloppant.

Après un moment de silence confortable, Jake se tourna vers moi avec une expression douce. “Alors, parle-moi de ta famille? Ils sont d'ici aussi?”

Hésitant, je pris une profonde inspiration. “En fait, mes deux parents sont décédés. Ma mère, récemment. C'est difficile, mais je m'en sors.”

Le visage de Jake montra immédiatement de l'inquiétude. “Je suis désolé, je ne voulais pas aborder un sujet douloureux,” dit-il rapidement.

“Ça va,” le rassurai-je, offrant un petit sourire. “Je suis en thérapie, et ça m'aide vraiment à faire face à tout ce qui s'est passé. C'est en partie pourquoi j'ai déménagé ici, à la recherche d'un nouveau départ, tu sais?”

Il hocha la tête, ses yeux montrant sa compréhension. “Tu es très forte, Mia. C'est admirable la façon dont tu gères tout ça.”

Désireuse de garder la conversation légère, il changea rapidement de sujet. “Donc, en parlant de nouveaux départs, comment vont tes relations? Y a-t-il quelque chose de sérieux avant de venir ici?”

La question me prit un peu au dépourvu, mais je décidai d'être honnête. “Eh bien, en fait, j'ai déménagé ici en partie à cause d'une relation qui s'est mal terminée. J'ai découvert que j'étais trompée, ce qui a juste ajouté à mon besoin de commencer quelque chose de nouveau."

Jake grimaca avec sympathie, puis tenta une blague nerveuse, "Oh d'accord, je suppose que je suis sur une lancée avec les pires sujets pour ruiner la soirée pour toi, hein?"

Je ris, secouant la tête. "Non, pas du tout. C'est tout simplement une partie de mon histoire, et ça va, vraiment. Parler de ces choses, c'est comme les laisser partir, petit à petit."

Jake sourit, soulagé. "Eh bien, si nous partageons, je n'ai pas eu beaucoup de chance en amour non plus. Rien de dramatique, juste jamais le bon fit, tu sais?"

Alors que nous continuions notre promenade tranquille dans le parc, Jake nous guida vers le lac. L'endroit était plus calme, avec moins de gens autour, et nous trouvâmes un banc isolé au bord de l'eau. Nous nous assîmes, appréciant la vue paisible—une douce brise ondulant la surface du lac sous le ciel adoucissant.

Après un moment de silence confortable, Jake se tourna vers moi, son expression ouverte et curieuse. "Alors, parle-moi de ta famille. Comment sont-ils?" demanda-t-il doucement.

Je marquai une pause, rassemblant mes pensées. "Eh bien, mes parents sont tous deux décédés. Ma mère, assez récemment. C'est beaucoup à gérer," avouai-je, les mots lourds mais honnêtes.

Le visage de Jake montra immédiatement de l'inquiétude. "Oh, je suis désolé, je ne voulais pas aborder un sujet difficile," dit-il rapidement, sa voix emplie de regret sincère.

"Ça va," le rassurai-je, réussissant à sourire. "Je vois un thérapeute pour m'aider à faire face à tout ça. Ça aide vraiment de parler."

“Tu es très forte,” répondit-il sincèrement, son admiration claire. Il marqua une pause un moment, semblant chercher un sujet plus léger pour changer de conversation. “Alors, en ce qui concerne les relations? Y a-t-il quelqu'un de spécial qui t'attend en ville?”

Je ris doucement, appréciant sa tentative de diriger la conversation vers des eaux plus sûres, même s'il a sans le savoir dérivé vers un autre domaine sensible. “En fait, j'ai déménagé ici en partie à cause d'une relation qui n'a pas fonctionné. J'ai été trompée, et il m'a juste semblé juste de commencer frais quelque part de nouveau.”

Jake grimaca avec empathie, puis laissa échapper un rire nerveux. “D'accord, je suppose que je suis vraiment en train de choisir les pires sujets ce soir. Je suis désolé, je ne veux pas ruiner notre soirée.”

“C'est vraiment bien,” le rassurai-je, touchée par son inquiétude mais trouvant l'humour dans la situation. “La vie arrive, et parler de ça, même des parties désordonnées, semble en quelque sorte libérateur, en réalité.”

Encouragé par ma réponse, Jake hocha la tête, son expression se détendant. “C'est une façon saine de voir les choses. Mais essayons de passer à quelque chose d'un peu plus joyeux,” proposa-t-il avec un sourire espiègle. “Qu'est-ce que tu as toujours voulu faire mais que tu n'as jamais eu le temps de faire?”

Cette question suscita une discussion vive sur les rêves et les aspirations. Je parlai de mon souhait d'apprendre une autre langue et peut-être d'essayer le parachutisme, tandis que Jake partagea son désir moins axé sur l'adrénaline mais tout aussi ambitieux de construire ses propres meubles à partir de zéro et peut-être d'ouvrir un petit magasin un jour.

Alors que le ciel s'assombrissait et que les étoiles commençaient à apparaître, notre conversation vagabonda à travers divers sujets, chacun plus léger que le précédent. Nous partagions des histoires drôles, nos films et livres préférés, et même débattions sur le meilleur type de pizza.

Alors que nous étions assis sur le banc au bord du lac, les sons tranquilles de l'eau s'écrasant doucement contre le rivage se mêlaient à nos rires discrets. La conversation, autrefois chargée de sujets plus lourds, s'était allégée, élevant l'humeur dans un mélange agréable de sincérité et de légèreté.

Alors que la soirée avançait, aucun de nous ne semblait pressé de quitter ce cadre paisible. Finalement, sentant une pause dans notre conversation, Jake se tourna vers moi avec un regard pensif. "Tu sais, malgré les montagnes russes des sujets, j'ai vraiment apprécié ce soir. C'était... rafraîchissant."

Je souris, ressentant la même chose. "Moi aussi. Ce n'est pas tous les jours qu'on trouve quelqu'un avec qui on peut parler de presque n'importe quoi."

Il y eut un moment de silence alors que nous prenions tous deux conscience de l'atmosphère sereine—puis Jake fit quelque chose d'inattendu. Il se pencha plus près, ses yeux tenant les miens dans un regard soutenu qui semblait contenir une question. L'air entre nous semblait se charger d'anticipation.

Sans un mot de plus, ses lèvres rencontrèrent les miennes. Le baiser était spontané mais doux, hésitant au début comme s'il testait les eaux, puis devenant plus confiant à mesure que je répondais. C'était un parfait reflet de la soirée—inattendu, un peu aventureux, et en fin de compte, juste.

Alors que nous nous éloignions, le monde autour de nous reprit son focus—le lac, le ciel nocturne, les sons distants de la ville. Nous rîmes tous deux doucement, un mélange de nerfs et d'excitation.

"Wow, je ne l'avais pas prévu," admet Jake, sa voix basse. "Mais je ne suis pas vraiment désolé de l'avoir fait."

"Moi non plus," répondis-je, mon cœur battant encore un peu plus vite. "Ça semble être la parfaite conclusion à une soirée inhabituelle mais incroyable."

Nous nous sommes levés, traînant un moment près du banc. L'intimité soudaine avait déplacé quelque chose entre nous, approfondissant la connexion naissante en quelque chose de plus tangible.

Alors que nous étions assis près du lac, le calme autour de nous ressemblait à une douce couverture, réconfortante et intime. Jake se tourna vers moi, une légère hésitation dans ses mouvements qui trahissait sa confiance habituelle. La lune se reflétait dans ses yeux, les faisant scintiller d'un mélange d'émotions.

"Mia," commença-t-il, sa voix un murmure dans la nuit silencieuse, "il y a quelque chose à propos de ce soir qui semble... différent, spécial même."

Je sentis mon cœur rater un battement, attirée par l'intensité de son regard. Avant que je puisse répondre, il se pencha en avant, réduisant la distance entre nous, ses lèvres rencontrant les miennes dans un doux baiser explorateur. C'était doux et sucré, s'attardant juste assez longtemps pour me donner envie de plus.

Alors que nous nous séparions, un sourire timide jouait sur ses lèvres. Je lui rendis son sourire, mes nerfs battant comme des papillons dans mon ventre. Ce n'était pas seulement le baiser ; c'était la promesse de quelque chose de plus profond, quelque chose que ni l'un ni l'autre n'avait prévu mais que nous espérions tous les deux se déployer.

Ne voulant pas que le moment se termine, Jake se pencha à nouveau, cette fois avec un peu plus d'assurance. Sa main trouva le bas de mon dos, me tirant plus près. Notre deuxième baiser était plus ferme, plus affirmé. Ses lèvres se déplaçaient contre les miennes avec une passion qui résonnait avec mes propres sentiments grandissants. Le baiser s'approfondit, et je répondis, mes propres mains explorant la nuque de son cou, le tirant plus près.

Le monde autour de nous semblait disparaître—il n'y avait que Jake et moi et la nuit, enveloppés dans une bulle de nouvel amour et de désir. Alors que nous nous séparions enfin, tous deux essoufflés, il y avait une compréhension mutuelle que quelque chose de significatif venait juste de commencer.

“Wow,” souffla Jake, son front reposant contre le mien. “Je ne m'y attendais pas.”

“Moi non plus,” murmurai-je en retour, ne voulant pas m'éloigner, appréciant la proximité et le goût persistant de lui sur mes lèvres.

Il rit doucement, son souffle chatouillant mon visage. “Je suppose que la nuit avait d'autres plans pour nous.”

Je hochai la tête, incapable d'effacer le sourire de mon visage. “Je suis contente que ce soit le cas.”

À contrecœur, nous nous levâmes tous les deux du banc, toujours proches, toujours en nous tenant l'un l'autre. Jake prit à nouveau ma main, sa prise ferme et rassurante. “Faisons une promenade,” proposa-t-il, sa voix douce mais remplie d'une nouvelle chaleur.

Alors que nous marchions main dans la main à travers le parc, de retour vers la ville, nos pas étaient lents, nous savourant tous les deux la nouvelle connexion qui s'était approfondie à chaque baiser. Tous les quelques pas, nous nous arrêtions, attirés l'un vers l'autre pour un autre baiser, chacun affirmant l'attraction mutuelle et le confort que nous trouvions l'un dans l'autre.

Alors que nous nous dirigeons vers la ville, encore ravis de la chaleur de nos moments partagés, le téléphone de Jake brisa soudain le sort, bourdonnant bruyamment de sa poche. Il le sortit, jeta un coup d'œil à l'écran, et le mit rapidement sur silencieux d'un coup de pouce. "Désolé pour ça," dit-il, m'offrant un sourire d'excuse en rangeant le téléphone.

"Ce n'est rien," m'assura-t-il, tendant à nouveau la main vers moi alors que nous poursuivions notre marche. L'interruption fut brève, et bientôt nous étions à nouveau perdus dans notre conversation, riant et planifiant quand nous pourrions nous revoir.

Mais juste au moment où nous traversions une rue plus calme, son téléphone sonna à nouveau, insistant et discordant contre l'arrière-plan paisible de la nuit. Cette fois, l'expression de Jake changea alors qu'il sortait le téléphone de sa poche une fois de plus. Il regarda l'identifiant de l'appelant, ses sourcils se fronçant légèrement d'irritation ou d'inquiétude—c'était difficile à dire.

L'expression de Jake se durcit légèrement alors qu'il sortait le téléphone à nouveau, son pouce flottant au-dessus du bouton de refus. "Je ne peux pas parler maintenant," dit-il dans le téléphone, son ton ferme mais tendu, indiquant l'urgence et la sensibilité de l'appel.

"Eh bien, j'ai dit pas maintenant," parla-t-il à nouveau dans le téléphone, son ton ferme mais tendu, comme s'il essayait de garder la conversation légère malgré l'urgence dans sa voix. Il se tourna légèrement, une tentative subtile de protéger l'appel de moi. "Ouais, je ne peux pas parler. Je te rappellerai plus tard."

Il termina l'appel rapidement et remit le téléphone dans sa poche, son visage retrouvant sa chaleur précédente alors qu'il se tournait à nouveau vers moi. "Je suis vraiment désolé pour ça. Juste un vieil ami qui ne comprend pas le timing," dit-il avec un léger rire, essayant de balayer l'interruption.

Je hochai la tête, lui offrant un sourire rassurant. "Ce n'est pas grave. Ça a l'air important, cependant. Si tu dois le prendre—"

"Non, non," rétorqua Jake rapidement, secouant la tête. "C'est rien que je ne peux pas gérer plus tard. Ce soir, c'est à propos de nous, et je ne veux pas que quoi que ce soit vienne gâcher ça."

Son sourire déterminé était convaincant, et sa main retrouva la mienne, la serrant doucement comme pour réaffirmer son engagement envers notre soirée. Nous reprîmes notre marche, la conversation revenant à des sujets plus légers. Mais une partie de moi ne pouvait s'empêcher de me demander à propos de l'appel, de l'urgence dans sa voix, et de ce que cela pourrait signifier, la facilité et l'ouverture qui avaient marqué notre temps ensemble avaient maintenant laissé place à l'inquiétude et au traumatisme.

CHAPITRE 13

Le doux soleil du matin filtrait à travers les rideaux en dentelle de ma maison, projetant une lueur sereine dans la pièce où je me tenais prête pour ma séance de thérapie hebdomadaire. Positionnée confortablement à mon petit bureau, ordinateur portable ouvert, j'attendais que l'appel vidéo avec le Dr Louise se connecte. Ces séances étaient devenues une sorte de sanctuaire, un moment pour dénouer les pensées qui encombraient mon esprit tout au long de la semaine.

Lorsque l'appel se connecta, le visage amical du Dr Louise apparut sur l'écran, sa présence immédiatement réconfortante. "Bonjour, Mia. Comment vas-tu aujourd'hui ?" me salua-t-elle chaleureusement, sa voix une présence stable qui semblait toujours apaiser mes nerfs.

"Bonjour, Dr Louise," répondis-je, parvenant à sourire alors que je me calais un peu plus dans ma chaise. "Je vais bien, merci. Ça a été une semaine plutôt intéressante."

"C'est bon à entendre," répondit le Dr Louise, son ton encourageant. "Qu'est-ce qui t'a préoccupée ? Y a-t-il quelque chose de particulier que tu aimerais discuter aujourd'hui ?"

Je pris une profonde inspiration, rassemblant mes pensées. "En fait, oui. J'ai récemment rencontré quelqu'un—il s'appelle Jake. Nous avons passé du temps ensemble, et je trouve que j'apprécie beaucoup sa compagnie. Mais, je ressens aussi un peu d'anxiété à ce sujet," avouai-je, espérant naviguer dans mes émotions mêlées avec son aide.

Le Dr Louise hocha la tête avec compréhension. "C'est tout à fait normal de ressentir un mélange d'excitation et d'appréhension en entrant dans une nouvelle relation, surtout après ce que tu as vécu auparavant. Parle-moi davantage de Jake et de ce que ces rencontres ont été pour toi."

Je me penchai en arrière, considérant ses mots. "Il est attentionné et amusant à côtoyer. Nous avons eu de très bonnes conversations et partagé de jolis moments ensemble. Mais il y a cette partie de moi qui a peur d'aller trop vite ou de me blesser."

“Mia, ces sentiments sont valables,” me rassura le Dr Louise. “Il est important de les reconnaître et de ne pas les balayer. As-tu pu partager ces sentiments avec Jake ?”

“Pas encore,” confessai-je. “Je suppose que j'ai peur de sa réaction, ou que cela pourrait le repousser.”

“Il pourrait être utile de communiquer tes sentiments quand tu es prête. Construire une relation sur une communication ouverte peut créer une base solide. Comment penses-tu que tu pourrais aborder cette conversation?”

Je réfléchis à sa suggestion, l'idée d'un dialogue ouvert étant à la fois attrayante et intimidante. "Je pense que je commencerais par lui dire à quel point j'apprécie notre temps ensemble et ensuite partager doucement mes craintes. J'espère qu'en étant honnête, nous pourrons mieux nous comprendre."

"Cela semble être une approche très équilibrée," commenta le Dr Louise en hochant la tête. "Souviens-toi, sa réponse te donnera également des informations importantes sur la façon dont il valorise la relation et respecte tes sentiments."

La conversation plongea plus profondément dans des stratégies pour maintenir une communication saine et des limites. Les idées du Dr Louise apportèrent clarté et réassurance, m'aidant à me sentir plus équipée pour gérer la relation naissante avec Jake de manière réfléchie et confiante.

Le Dr Louise sourit chaleureusement, ses yeux reflétant une profonde compréhension. "Mia, c'est formidable que tu penses à la façon d'aborder cette conversation de manière réfléchie. Ce n'est pas seulement partager tes sentiments, mais aussi écouter les siens. C'est une rue à double sens."

Je hochai la tête, me sentant plus ancrée à chaque conseil. "Oui, cela a beaucoup de sens. Écouter est aussi important que partager. Je garderai cela à l'esprit."

“Bien,” poursuivit le Dr Louise. “Considère également ce qui te fait sentir en sécurité dans une relation. Réfléchis aux comportements ou aux signes qui te font te sentir appréciée et respectée. Communiquer cela à Jake peut l'aider à comprendre comment répondre efficacement à tes besoins.”

"C'est un très bon point," reconnus-je, prenant des notes mentales. "Je n'y ai pas vraiment pensé de cette façon auparavant. Se concentrer sur les aspects positifs et ce qui fonctionne facilitera sans doute toute la conversation."

“Exactement,” affirma le Dr Louise. “Il s'agit de construire quelque chose ensemble où vous vous sentez tous les deux en sécurité et valorisés. De plus, ne te précipite pas. Prends le temps de comprendre tes propres sentiments et besoins pendant que tu navigues dans cette nouvelle relation.”

Notre séance se déplaça alors légèrement pour discuter des mécanismes d'adaptation généraux et des pratiques d'auto-soins qui pourraient me soutenir pendant cette période de nouveaux commencements. “Comment as-tu géré ton stress et tes émotions dernièrement en dehors de nos séances?” demanda le Dr Louise, toujours désireux de s'assurer que je maintienne une approche holistique de mon bien-être.

"J'essaie de garder un emploi du temps régulier entre le travail et le temps personnel," répondis-je. "Sortir, rester active, et m'assurer d'avoir des moments de calme pour moi-même ont tous été utiles. Je recommence aussi à tenir un journal, ce qui m'aide vraiment à traiter mes pensées."

"Excellent," répondit-elle avec un hochement d'approbation. "Garder une activité physique et mentale est essentiel à un mode de vie sain, surtout en gérant le stress émotionnel. Continue d'utiliser ces stratégies, surtout le journal, qui, je le sais, a été un excellent outil pour toi dans le passé."

Alors que nous nous rapprochions de la fin de notre séance, le Dr Louise déplaça légèrement le focus, son ton restant attentif et soutenant. "Parlons un peu de ton travail. Comment ça se passe à la galerie ? Y a-t-il de nouveaux défis ou succès dont tu aimerais discuter ?"

J'appréciai son approche globale, regardant tous les aspects de ma vie qui contribuaient à mon bien-être. "Le travail se passe vraiment bien, en fait," commençai-je, ressentant une étincelle d'enthousiasme en parlant de la galerie. "Nous nous préparons pour une nouvelle exposition, et j'ai été impliquée dans tout, de la curation à la mise en place. C'est un peu agité mais incroyablement gratifiant."

Le Dr Louise hocha la tête, son intérêt évident. "Cela semble être une merveilleuse opportunité pour toi de grandir et d'appliquer tes compétences. Comment gères-tu le stress qui accompagne de telles responsabilités ?"

Je réfléchis à sa question un moment. "C'est définitivement un équilibre à maintenir. J'essaie de rester organisée et de prioriser les tâches pour que les choses ne deviennent pas écrasantes. Prendre des pauses et sortir pour prendre l'air frais aide beaucoup. De plus, la satisfaction de voir tout se mettre en place est un véritable soulagement de stress."

“On dirait que tu gères bien,” observa le Dr Louise. “Être proactif sur la gestion du stress est essentiel, surtout dans un environnement de travail dynamique comme le tien. Comment penses-tu que ton rôle à la galerie impacte ta croissance personnelle ?”

Je marquai une pause, réfléchissant à sa question. “C'est plutôt positif dans l'ensemble. J'ai l'impression d'apprendre beaucoup—non seulement sur l'art et la gestion, mais aussi sur moi-même et ma façon de gérer les défis. Chaque nouveau projet m'enseigne quelque chose de nouveau, et je me sens plus confiante dans mes capacités.”

Le Dr Louise sourit. “C'est fantastique à entendre, Mia. Il est important de reconnaître et de célébrer ta propre croissance. Ces expériences construisent ta résilience et ta polyvalence, qui sont précieuses tant sur le plan professionnel que personnel.”

“Merci, Dr Louise,” dis-je, sincèrement reconnaissante pour ses idées. “Parler de ces aspects m'aide vraiment à apprécier les progrès que je fais.”

“Comme il se doit,” répondit-elle chaleureusement. “Assure-toi de réfléchir régulièrement à ces réalisations. C'est un moyen puissant de renforcer la perception de soi positive et la motivation.”

Alors que notre séance touchait à sa fin, le Dr Louise ajouta, “Avant que nous ne terminions, y a-t-il autre chose qui te préoccupe et que tu aimerais discuter aujourd'hui ?”

Son invitation ouverte me rappela pourquoi ces séances étaient si précieuses ; elles offraient un espace sûr pour explorer toutes les dimensions de ma vie, assurant que je me sentais entendue et soutenue dans chaque aspect.

Je poursuivis, l'inquiétude évidente dans ma voix. “C'est en fait au sujet de quelque chose qui s'est passé avec Jake au parc. Il a reçu quelques appels téléphoniques qu'il a rapidement écartés et semblait anxieux. Il a veillé à protéger l'appel de moi, presque comme s'il ne voulait pas que j'entende une partie de la conversation."

Le Dr Louise hocha la tête, son expression compréhensive. "Il semble que cette situation ait suscité des émotions pour toi. Qu'est-ce qui te préoccupe le plus concernant ces appels?"

Je pris une profonde inspiration, les mots s'échappant avec mon souffle. "Je sais que nous n'avons encore rien de officiel, et qu'il n'y a pas vraiment d'engagement, mais cela a fait ressurgir d'anciennes peurs. Je ne pouvais pas m'empêcher de penser qu'il avait peut-être quelqu'un d'autre, ou qu'il cachait quelque chose. Je sais que ce sont peut-être mes expériences passées qui influencent mes pensées, mais c'est difficile de ne pas y penser."

"C'est tout à fait compréhensible," me rassura le Dr Louise. "Il est normal que les traumatismes passés influencent notre perception des situations actuelles, surtout dans le contexte de nouvelles relations. As-tu pensé à la façon dont tu pourrais aborder cela avec Jake?"

"Pas encore," avouai-je. "J'ai peur de paraître trop intrusive ou peu sûre de moi si tôt dans notre relation."

Le Dr Louise réfléchit un moment. "Il est important de communiquer tes sentiments, mais il est également essentiel d'aborder la conversation avec ouverture plutôt qu'accusation. Tu pourrais exprimer tes sentiments sans faire d'hypothèses sur ses actions. Par exemple, tu pourrais dire quelque chose comme : 'Je me suis sentie un peu mal à l'aise quand ces appels ont eu lieu l'autre jour, et je voulais juste vérifier avec toi à ce sujet. J'apprécie l'honnêteté et l'ouverture, et j'espère que nous pourrons partager cela dans notre relation.'"

Je hochai la tête, absorbant ses conseils. "Cela semble être une approche équilibrée. Cela respecte nos sentiments à tous les deux et ne saute pas aux conclusions."

“Exactement,” acquiesça le Dr Louise. “Il s'agit de définir un ton de confiance et de transparence dès le départ. Comment te sens-tu à l'idée d'essayer cette approche?”

“Je pense que cela pourrait fonctionner,” dis-je, me sentant un peu plus autonome. “Je veux juste m'assurer que nous sommes tous deux à l'aise avec la façon dont nous communiquons. Je l'aime vraiment, et je veux donner une vraie chance à cela sans que de vieilles peurs obscurcissent mon jugement.”

“C'est une perspective sage, Mia. Continue de te concentrer sur une communication ouverte et prends les choses un pas à la fois. Souviens-toi, construire la confiance prend du temps et un effort mutuel,” me rappela le Dr Louise.

"Merci, Dr Louise," ai-je répondu, sincèrement reconnaissante pour ses conseils. "Cela m'aide vraiment à mettre les choses en perspective."

Dr Louise a souri chaleureusement. "Je suis contente de l'entendre. N'oubliez pas, je suis là pour vous aider à naviguer dans ces sentiments. Continuons à explorer cela lors de notre prochaine séance."

À la fin de la séance, je me sentais plus préparée à gérer la situation avec Jake de manière réfléchie et honnête. Les outils que Dr Louise m'avait fournis m'ont donné la confiance nécessaire pour aborder la conversation d'une manière qui pourrait renforcer plutôt que de mettre à mal notre relation naissante.

J'ai coupé l'appel et me suis assise en silence un moment, regardant la douce lumière filtrer à travers les fenêtres de ma cottage. Mes pensées tourbillonnaient encore, comme des feuilles prises dans une rafale de vent soudaine. Je me suis levée, sentant le besoin de clarifier mon esprit, et je me suis dirigée vers la salle de bain pour une douche, espérant que l'eau chaude aiderait à laver une partie de la confusion qui obscurcissait mon esprit.

Alors que la vapeur remplissait la pièce, je suis entrée dans la douche et ai laissé l'eau cascade sur moi. Mes muscles se sont détendus, mais mon esprit restait agité, rejouant la conversation de plus tôt, en particulier la partie concernant Jake. J'ai essayé de chasser l'anxiété persistante, mais elle s'accrochait à moi, serrant son emprise.

Les appels téléphoniques. La façon dont il a rapidement fait taire le premier et semblait presque soulagé lorsque je n'ai pas posé de questions à ce sujet. Puis le deuxième appel—plus insistant. Je ne pouvais pas m'empêcher de penser à la façon dont il a protégé la conversation, comme si elle n'était pas destinée à mes oreilles. Mon ventre s'est tordu à ce souvenir.

Que cache Jake? La question résonnait dans ma tête, plus persistante maintenant. Je me suis appuyée contre le mur carrelé frais, essayant de me concentrer sur le rythme régulier de l'eau, mais tout ce que j'entendais était l'incertitude bouclant dans mes pensées.

Est-ce juste un amusement pour lui? Je détestais cette pensée, mais je ne pouvais pas la rejeter. Peut-être qu'il profitait simplement du moment, ne cherchant rien de plus profond, tandis que moi, je commençais à investir des sentiments dont je n'étais pas sûre qu'il était prêt à répondre.

Ou y a-t-il quelqu'un d'autre? La pensée s'est glissée comme un voleur, volant ce peu de clarté qu'il me restait. Je savais que je n'avais aucune preuve de cela—Jake avait été rien d'autre que gentil et sincère avec moi. Mais cet appel téléphonique, la façon dont il a répondu... Je ne pouvais pas me défaire de ce sentiment que quelque chose n'allait pas.

J'ai fermé les yeux très fort, essayant de raisonner avec moi-même. Je ne voulais pas sauter aux conclusions. Peut-être que ce n'était rien—juste un vieil ami, ou une affaire de travail. Mais pourquoi le secret? Pourquoi l'urgence dans sa voix quand il a dit : "Je ne peux pas parler maintenant"? Pourquoi ne pas simplement me dire qui c'était?

La confusion tourbillonnait, une pensée heurtant une autre jusqu'à ce qu'elles forment un enchevêtrement dans ma tête. Il était difficile de voir clairement à travers le brouillard. Est-ce que je laissais mon traumatisme passé fausser mon jugement? Ou mon intuition essayait-elle de me dire quelque chose?

J'ai incliné ma tête en arrière, essayant de laisser l'eau noyer le bruit dans ma tête, mais les questions continuaient d'affluer. Je détestais le fait que je réfléchissais trop, laissant de vieilles blessures se rouvrir au moindre signe de secret.

Ayant besoin d'une distraction, j'ai légèrement tourné la tête et j'ai jeté un coup d'œil par la petite fenêtre de la douche. De cet angle, je pouvais juste distinguer la fenêtre de la chambre de Jake de l'autre côté. C'était étrange—d'habitude, il y avait un signe de vie là-bas, une lumière allumée, ou un mouvement. Mais maintenant, la pièce semblait complètement vide.

J'ai ressenti un étrange vide dans mon estomac. Où était-il? Mes pensées se sont à nouveau emballées. Peut-être qu'il était sorti, mais alors... avec qui? Les questions tourbillonnaient, et je détestais à quelle vitesse mon esprit sautait aux pires conclusions. J'ai essayé de chasser cela, me disant que c'était probablement rien, mais la vue de sa chambre sombre et vide n'a pas aidé à apaiser mes soupçons.

CHAPITRE 14

Des jours avaient passé depuis ce matin brumeux dans la douche, et bien que l'inquiétude concernant l'appel de Jake persistât dans le fond de mon esprit, aujourd'hui était d'un stress différent. Aujourd'hui était la nuit de la grande exposition de la galerie. Ce n'était pas n'importe quelle exposition—c'était L'EXPOSITION. La personnalité anxieuse de Lila était déjà poussée à une intensité maximale, et je savais qu'à l'heure où la soirée commencerait, ce serait une tempête de nerfs à part entière. Et, pour être honnête, ce n'était pas seulement sa pression qui me mettait sur les nerfs—cette exposition était importante pour moi aussi. Ma réputation était en jeu, et ce soir, nous accueillerions des noms importants du monde de l'art.

Je devais trouver un moyen de me détendre avant de faire face au chaos. C'est pourquoi je me suis retrouvée à la boulangerie d'Emma ce matin-là, désireuse non seulement d'un café, mais d'un moment de calme avant la tempête. L'odeur familière des pâtisseries fraîches m'a accueillie alors que je poussais la porte, et c'était comme un câlin que je ne savais pas avoir besoin.

"Mia! Bonjour!" La voix joyeuse d'Emma résonna depuis derrière le comptoir. Elle s'essuya les mains sur son tablier et s'approcha pour me saluer personnellement, son sourire chaleureux illuminant son visage habituel. "Grand jour, hein?"

J'ai hoché la tête, réussissant à esquisser un petit sourire. "Une journée énorme. J'essaie de ne pas paniquer déjà."

Emma me lança un regard compatissant, s'appuyant sur le comptoir avec une aisance décontractée que j'aurais aimé pouvoir capturer. "J'ai pensé que tu pourrais avoir besoin d'un peu de calme avant la tempête," dit-elle avec un clin d'œil. "Laisse-moi te préparer quelque chose de spécial. Que dirais-tu de ta préférée, avec un petit extra pour te faire passer la journée?"

"Cela semble parfait," soupirai-je, reconnaissante pour sa compréhension. Emma avait un talent pour rendre les choses moins décourageantes, même quand il semblait que le monde s'effondrait.

Alors qu'elle s'affairait à préparer mon café, je me suis assise près de la fenêtre, observant le rythme lent de la vie à l'extérieur. Il était encore tôt, et la ville commençait à peine à s'éveiller. Des gens flânaient dans la rue, quelques joggeurs passaient, et quelques enfants faisaient du vélo, leurs rires flottant dans l'air. Pendant un moment, la simplicité de tout cela m'a fait oublier le poids de la soirée à venir.

Emma est revenue, plaçant une tasse fumante devant moi. "Voilà. Un peu de magie supplémentaire pour t'aider à passer la journée," dit-elle avec un sourire. "Comment te sens-tu? Nerveuse?"

J'ai soufflé sur le café et pris une gorgée, laissant la chaleur se répandre en moi. "Plus nerveuse que je ne voudrais l'admettre. Je sais que tout est en place, mais l'énergie de Lila est contagieuse. Elle est déjà sur les nerfs, et ce soir, elle sera impossible."

Emma a ri doucement. "Lila est toujours intense, mais c'est seulement parce qu'elle se soucie tellement. Tu as ça, Mia. J'ai vu à quel point tu as travaillé dur, et tout le monde va adorer."

"J'espère," dis-je, jetant à nouveau un coup d'œil par la fenêtre. "C'est juste... beaucoup. Pas seulement pour elle, mais pour moi aussi. Cela pourrait faire ou défaire ma réputation auprès de personnes vraiment importantes."

Emma s'est appuyée contre le comptoir, son expression s'adoucissant. "Je comprends, mais n'oublie pas que tu es douée dans ce que tu fais.

Tu as un œil pour ça, et c'est pourquoi tu es là en premier lieu. Respire, prends-le un pas à la fois, et ce soir, tu célébreras."

J'ai souri, sentant une partie de la tension se relâcher. Emma savait toujours quoi dire pour me garder ancrée. "Merci, Emma. J'avais vraiment besoin de ce discours motivant."

"À tout moment. Maintenant, bois et ne laisse pas l'énergie de Lila te toucher trop aujourd'hui. Tu as déjà assez à faire sans qu'elle n'ajoute à cela."

J'ai pris une autre gorgée de mon café, savourant ce moment de calme avant de me rendre à la galerie pour affronter le chaos qui m'attendait.

Quelques minutes plus tard, alors que je prenais une autre gorgée de mon café et essayais de repousser le stress de la soirée hors de mon esprit, la cloche au-dessus de la porte de la boulangerie a retenti, signalant un nouveau client. Je ne faisais pas beaucoup attention au début, mais ensuite je l'ai vu. Jake. Il est entré avec sa démarche confiante habituelle et, avant que je puisse vraiment traiter ce qui se passait, il m'a fait signe.

La confusion a traversé mon esprit, et j'ai instinctivement agité la main en retour, réussissant à dire poliment "salut". Je l'avais évité pendant des jours, essayant de trier mes sentiments après cet étrange appel au parc. Mais avant que je ne puisse décider comment répondre, il s'était déjà dirigé vers moi.

"Salut, Mia," a-t-il dit directement, sa voix chaleureuse comme toujours. "Ça te dérange si je me joins à toi ?"

J'ai hésité. Mon esprit tournait—que faisait-il ici? Et pourquoi maintenant, un jour où j'étais déjà submergée? Mais avant que je ne puisse trouver une excuse, il avait déjà tiré la chaise et s'était installé confortablement en face de moi.

J'ai cligné des yeux, toujours en train de traiter sa présence soudaine, mais j'ai forcé un sourire. "Bien sûr," ai-je dit, plus par politesse que par enthousiasme.

Jake s'est enfoncé dans sa chaise, regardant autour de la boulangerie avec familiarité. Il a fait signe à Emma, qui a souri avec éclat et s'est dirigée vers lui pour prendre sa commande.

"Alors, que prends-tu?" a-t-il demandé, retournant son attention vers moi, son ton décontracté comme si nous n'avions pas passé des jours dans un silence gênant.

J'ai hésité, sentant l'embarras persister entre nous. "Emma m'a préparé un latte noisette avec une touche de cannelle," dis-je, essayant de me concentrer sur le café au lieu de la confusion qui s'était accumulée dans ma tête au cours des derniers jours.

Jake a levé un sourcil, intrigué. "Ça a l'air bon."

Au bon moment, Emma est arrivée à la table, son sourire habituel en place. "Salut Jake! Que puis-je te préparer aujourd'hui?"

"Je vais prendre la même chose qu'elle," a dit Jake, lançant à Emma un sourire rapide.

Emma a hoché la tête enjouée. "Bon choix. Latte noisette avec cannelle qui arrive tout de suite."

Alors qu'elle retournait au comptoir pour préparer sa commande, je l'observais, essayant de garder mes pensées de trop s'emballer. Jake venait de faire son entrée, de s'asseoir, et maintenant de commander la même chose que moi—comme si rien de bizarre ne s'était passé entre nous. Cela me rendait à la fois curieuse et un peu plus frustrée. Que se passait-il dans sa tête?

"Latte noisette, hein? Je ne savais pas que tu avais un côté sucré," a commenté Jake de manière décontractée, se penchant en arrière dans sa chaise comme si nous n'avions pas passé des jours dans un silence gênant.

"Ouais, j'avais besoin de quelque chose avec un peu de punch ce matin," dis-je, essayant de garder la conversation légère pendant que mes pensées me tiraient encore vers cet appel téléphonique du parc.

"Bonne idée," a-t-il répété, ses yeux maintenant fixés sur les miens un instant plus longtemps que nécessaire.

Juste à ce moment-là, Emma est revenue avec son café, le plaçant sur la table avec un sourire. "Voilà, latte noisette avec cannelle, juste ce qu'il te faut pour affronter la journée."

Jake la remercia, et nous sommes tombés dans un moment de silence alors que je remuais ma boisson, essayant de déterminer si c'était le bon moment pour soulever la question lancinante dans mon esprit. Mais pour une raison quelconque, les mots ne venaient toujours pas. Au lieu de cela, j'ai siroté mon café et espéré qu'à un moment donné, les choses entre nous auraient du sens.

Alors que nous étions assis dans un silence gênant, Jake a finalement brisé la tension. "Alors, es-tu prête pour l'exposition de ce soir?" a-t-il demandé, prenant une gorgée de son latte, son ton décontracté mais son regard concentré sur moi.

J'ai laissé échapper un petit rire, plus pour alléger la pression dans ma poitrine que pour autre chose. "Nerveuse, mais confiante que tout sera prêt. C'est une grande nuit, et Lila a tout prévu dans les moindres détails. Mais, ouais... beaucoup en jeu."

Jake a hoché la tête, son expression s'adoucissant. "Je peux imaginer. Ça a l'air d'être beaucoup, surtout avec Lila étant... eh bien, Lila," a-t-il dit en riant, comprenant clairement sa nature nerveuse. Il a marqué une pause, puis a de nouveau jeté un coup d'œil dans ma direction, un peu plus sérieusement cette fois. "En fait, je devrais probablement te dire—Lila m'a invité à l'exposition ce soir. Je voulais savoir si ça te dérangeait que je sois là."

Cela m'a prise au dépourvu. Je ne m'étais pas attendu à cela, et pendant un moment, je ne savais pas quoi dire. Sa présence ne m'avait même pas traversé l'esprit dans le tourbillon des préparatifs pour l'événement, mais maintenant qu'il le mentionnait, je réalisais que cela pourrait ajouter une toute nouvelle couche de complication à une soirée déjà stressante.

Mais j'ai souri, décidant de mettre de côté toute réserve. "Bien sûr, Jake. Ça ne me dérange pas que tu sois là. C'est un événement ouvert, et je serais ravie de te voir. De plus, plus j'ai de soutien, mieux c'est."

Jake a rendu mon sourire, semblant un peu soulagé. "Super. Je n'étais pas sûr que ce serait bizarre avec tout ce qui se passe entre nous, mais je veux vraiment être là."

"Pas bizarre du tout," l'ai-je rassuré, bien qu'une partie de moi se demandât si c'était vraiment vrai. Pourtant, je n'étais pas prête à en faire un gros problème. "Ce sera agréable d'avoir un visage familier là-bas."

Il a hoché la tête, son regard s'attardant sur moi un instant plus longtemps avant de se diriger vers son café. "Génial. J'ai hâte d'y être, alors."

J'ai pris une autre gorgée de mon café, essayant de cacher les nerfs qui remontaient à nouveau. Sa présence était forte, presque magnétique, et bien que je l'eusse évité pendant des jours, le voici, assis en face de moi comme si rien ne s'était passé. J'espérais que la conversation dériverait naturellement vers autre chose, mais Jake avait d'autres projets.

"Alors," a-t-il dit, se penchant légèrement en avant, "tu as été occupée, hein? Je ne t'ai pas beaucoup vue ces derniers temps." Son ton était léger, mais le poids de la question flottait entre nous.

Je me suis déplacée sur ma chaise, évitant le contact visuel un moment. "Ouais, c'est juste que ça a été vraiment mouvementé avec l'exposition et tout," dis-je, espérant que cette excuse suffirait.

Jake ne semblait pas convaincu, cependant, et il n'allait pas laisser la conversation mourir là. "Je comprends," a-t-il répondu, sa voix calme mais insistante. "Mais j'ai l'impression que nous avons à peine parlé depuis... tu sais, le parc."

Mon cœur a sauté un battement. Bien sûr, le parc. Les appels. Le mystère. Je pouvais sentir la tension se nouer à nouveau à l'intérieur de moi, mais avant que je ne puisse répondre, il a continué, sa voix douce mais directe. "Écoute, Mia, si tu es confuse à mon sujet ou quelque chose... je suis là."

J'ai dégluti, mes doigts serrant un peu plus fort la tasse de café. J'avais passé des jours à essayer d'oublier cet appel téléphonique, l'inquiétude qui persistait après. Je ne voulais pas en parler maintenant, pas avec tout ce qui se passait déjà dans ma tête. Mais la présence de Jake était imposante, guidant la conversation d'une manière dont je ne pouvais pas facilement m'échapper.

"Je..." ai-je commencé, ma voix s'éteignant. Je voulais demander, creuser ce qui s'était passé ce jour-là, mais je ne pouvais pas me résoudre à le faire. Pas ici, pas maintenant. "J'ai juste été vraiment concentrée sur l'exposition," ai-je de nouveau détourné le sujet, essayant de maintenir la conversation à l'écart de quelque chose de trop personnel.

Jake n'a pas insisté, mais je pouvais dire qu'il n'était pas satisfait de ma réponse. Ses yeux se sont adoucis, et il m'a donné un demi-sourire, se penchant en arrière dans sa chaise. "D'accord. Je sais que c'est un grand enjeu pour toi ce soir, et je ne veux pas ajouter à ton stress. Juste... s'il y a quelque chose que tu as besoin de dire ou d'aborder, tu sais où me trouver."

Ses mots flottaient dans l'air, me laissant sentir que j'étais à la fois réconfortée et acculée en même temps. Il y avait quelque chose dans la façon dont il dirigeait la conversation, gardant toujours le contrôle, qui me faisait sentir déséquilibrée. Je voulais garder mes distances, mais avec chaque mot, chaque regard, Jake semblait me ramener.

"Merci," murmurai-je, forçant un sourire. Je n'étais pas prête à plonger dans tout cela encore, mais sa présence rendait difficile l'évitement. Pourtant, je devais me concentrer sur ce soir. C'était la priorité, pas le fouillis déroutant de sentiments et de soupçons tourbillonnant dans ma tête.

Jake semblait ressentir ma réticence et a changé de sujet, son ton s'allégeant. "Eh bien, quoi qu'il en soit, je suis impatient de voir ce que tu as préparé pour l'exposition. Lila n'arrête pas d'en parler, et je suis sûr que tu as fait un travail incroyable."

J'ai hoché la tête, reconnaissante pour ce changement de sujet, même si ce n'était que temporaire. "Merci, j'espère vraiment que tout se passera bien ce soir."

"Ça le sera," a dit Jake avec confiance, me lançant ce sourire rassurant à nouveau. "Tu es plus capable que tu ne le penses."

Je ne pouvais m'empêcher de sourire en retour, même si une partie de moi voulait encore reculer. Sa présence était stable, inébranlable, et pour l'instant, je me laissais porter par cela—juste assez pour rendre la conversation supportable. Je suis probablement ridicule et stupide.

J'ai pris une autre gorgée de mon café, essayant de me ancrer dans la chaleur de la tasse. La conversation avait commencé à se rapprocher un peu trop de choses que je n'étais pas prête à affronter—mes sentiments pour Jake, les questions tourbillonnant autour de cet appel téléphonique, et la étrange tension qui persistait entre nous.

Mais j'avais une échappatoire. "Je devrais probablement y aller," dis-je, me levant et tendant la main pour prendre mon sac. "Je dois me rendre à la galerie. Il reste encore beaucoup à faire avant ce soir."

Jake me regarda, son expression s'adoucissant. "Ça te dérange si je t'accompagne?" Son ton était décontracté, mais il y avait quelque chose dans sa façon de demander qui me disait qu'il n'était pas encore prêt à ce que cette conversation se termine.

J'hésitai un moment, mais avant que je puisse trouver une excuse, il s'était déjà levé, ses yeux pleins d'attente. "Allez, ce sera agréable d'avoir de la compagnie," a-t-il ajouté, et avant que je puisse vraiment y réfléchir, j'ai hoché la tête.

"D'accord, bien sûr," dis-je, plus par réflexe que par autre chose. Je ne pouvais pas vraiment me débarrasser de ce sentiment que je l'avais évité trop longtemps, et peut-être que marcher avec lui apaiserait une partie de la tension qui s'était accumulée ces derniers jours.

En sortant de la boulangerie, Emma nous fit signe avec un sourire, et Jake se mit à marcher à mes côtés. Les rues de la ville commençaient à s'animer, avec des gens s'affairant, se préparant pour leur journée. L'air était frais, le matin conservant un peu de cette fraîcheur précoce avant que la chaleur de la journée ne s'installe.

"Alors," commença Jake, brisant le silence alors que nous tournions dans la rue vers la galerie, "ce soir, c'est la grande nuit, hein?"

"Oui," répondis-je, essayant de me concentrer sur l'événement plutôt que sur la tension non résolue entre nous. "Ça va être plein. Beaucoup de gens importants."

Jake sourit, les mains dans les poches alors qu'il marchait à mes côtés. "Lila n'arrête pas d'en parler. Tu dois avoir beaucoup travaillé là-dessus."

J'ai hoché la tête, bien que mon esprit soit encore partiellement distrait par le fait que Jake s'était si bien installé, comme si l'awkwardness entre nous n'existait pas. "Ça a été beaucoup, mais tout commence enfin à se mettre en place. Je dois juste m'assurer que Lila ne tombe pas dans une panique totale."

Jake a ri, son sourire s'élargissant. "Oui, elle est assez intense, mais j'ai vu comment tu gères les choses. Tu as tout sous contrôle."

Je lui ai jeté un regard, appréciant la reassurance, mais mon esprit continuait de revenir à l'appel. C'était comme une petite écharde coincée à l'arrière de mon esprit. Je voulais en parler, lui demander directement ce que tout cela signifiait, mais les mots ne venaient tout simplement pas.

À la place, je décalai la conversation. "Et toi? Des projets importants aujourd'hui, en dehors de l'exposition ce soir?"

Il a souri. "Rien d'aussi glamour que ça. Juste un peu de travail à la boutique, quelques livraisons. Mais oui, ce soir, c'est l'événement principal."

J'ai ri doucement. "Eh bien, au moins, tu pourras te détendre plus tard avec de l'art et du vin gratuit."

"Vrai," a-t-il dit, me souriant. "J'ai hâte. De plus, ce sera sympa de voir tout le travail que tu as mis dans la galerie."

Je ressentis une chaleur monter dans ma poitrine à ses mots, et il était difficile de dire si c'était à cause de son compliment ou simplement du fait que nous parlions à nouveau normalement. Mais alors que nous marchions, côte à côte, je ne pouvais pas me débarrasser de ce sentiment qu'il restait encore quelque chose de non dit. Quelque chose que je devais comprendre, même si je n'étais pas prête à demander directement.

Nous sommes arrivés au coin près de la galerie, et je pouvais voir le bâtiment apparaître, les grandes fenêtres reflétant la lumière du matin.

Jake me jeta un coup d'œil, sa voix s'adoucissant. "Je sais que nous n'avons pas beaucoup parlé depuis le parc, mais je suis content que nous fassions cela maintenant."

J'ai hoché la tête, ne sachant pas comment répondre, mais reconnaissante pour ce moment d'honnêteté. "Moi aussi," dis-je finalement.

Il y eut une pause, et il semblait que c'était le bon moment pour lui poser des questions sur l'appel, mais je ne pouvais pas me résoudre à le faire. Pas encore. Pas avec tout ce qui se passait ce soir.

À la place, j'ai souri et désigné les portes de la galerie. "Eh bien, c'est moi. Il est temps de me mettre au travail."

Jake s'arrêta avec moi, ses yeux rencontrant les miens. "Bonne chance ce soir, Mia. Je sais que ça va être incroyable."

"Merci, Jake," dis-je, ressentant ce tiraillement familier de chaleur mélangé à de l'incertitude.

Il me fit un petit signe rassurant avant de se tourner pour partir. Mais alors qu'il s'éloignait, je ne pouvais m'empêcher de penser que les questions qui restaient en suspens entre nous devraient être répondues un jour—juste pas aujourd'hui.

CHAPITRE 15

La soirée de l'exposition était enfin arrivée, et la galerie bourdonnait d'énergie. Lila était en pleine panique, courant entre les présentations, réorganisant les choses pour la centième fois et marmonnant sous son souffle. C'était comme regarder quelqu'un sur le point d'accoucher d'un bébé imaginaire, un qu'elle avait nourri exclusivement d'anxiété et de caféine pendant le mois dernier.

"Mia, où es-tu?" La voix de Lila résonna à travers la galerie, aigüe de tension.

J'étais juste derrière elle. "Calme-toi avant de manquer de tes médicaments contre l'anxiété," plaisantai-je, essayant d'apporter un peu de légèreté au chaos.

Lila se retourna, les yeux écarquillés et fous. "Je sais, je sais!" s'exclama-t-elle, levant les mains au ciel. "Je suis juste tellement inquiète! Ils sont sur le point d'arriver, et je ne t'ai pas vue depuis des âges!"

Je lui fis un sourire compatissant, résistant à l'envie de rire de son côté dramatique. "Je terminais juste les derniers détails avec les serveuses," dis-je, brandissant ma liste de contrôle. "Tu as besoin de quelque chose?"

Lila secoua la tête, clairement fluster. "Oui—enfin, non—enfin, peut-être, mais je vais demander à quelqu'un d'autre. Vas juste faire ce que tu dois d'abord. Nous n'avons pas le temps pour que quoi que ce soit tourne mal."

Je hochai la tête, sachant qu'il n'y avait pas de raison d'argumenter. Quand Lila était dans cet état, il n'y avait rien que je pouvais dire pour la calmer, donc il valait mieux la laisser courir comme une poule sans tête pendant que je me concentrais sur le fait de m'assurer que tout le reste se passait bien.

Alors que je me dirigeais vers l'arrière, j'aperçus les serveuses se tenant en groupe, vérifiant le vin et les hors-d'œuvre pour les invités. Je m'approchai d'elles, ma planche à clip à la main, essayant de rester concentrée malgré la tension croissante dans l'air.

"Bien, mesdames," dis-je, leur adressant un rapide sourire. "Assurons-nous que tout est en ordre. Verres de vin remplis, hors-d'œuvre en circulation, et gardez un œil sur les invités—surtout les importants."

Elles hochèrent la tête, toute professionnalisme malgré l'énergie frénétique qui émanait de la galerie. Je leur fis un pouce en l'air et me retournai vers la salle principale, où les premiers invités commençaient à arriver.

Lila était toujours en train de faire les cent pas près de l'entrée, lançant des regards nerveux vers les portes. Je pouvais pratiquement voir le poids de la soirée peser sur elle, et je savais qu'elle serait sur le fil du rasoir jusqu'à ce que le dernier invité soit parti.

Prenant une profonde inspiration, je pénétrai dans la galerie proprement dite, prête à faire face à tout ce que la nuit avait en réserve.

La galerie commençait à se remplir, le doux murmure des conversations s'élevant alors que les invités affluaient, et je pouvais sentir la tension dans l'air changer. L'exposition était officiellement lancée. Je me déplaçai dans la pièce, m'assurant que tout était en place—œuvres d'art positionnées parfaitement, éclairage juste comme il faut, et les serveuses circulant avec du vin et des plateaux de hors-d'œuvre. Tout se mettait en place, malgré la quasi-méltdown de Lila.

Lila, bien sûr, était toujours là, surveillant l'entrée, ses yeux passant entre les invités arrivants et l'horloge au mur. Elle attendait clairement quelqu'un d'important, probablement les grands noms du monde de l'art qui étaient censés se présenter ce soir. L'anxiété sur son visage était indéniable.

"Mia!" Lila appela à nouveau, me faisant signe de venir. "Viens ici!"

Je traversai la pièce vers elle, gardant mes pas mesurés et calmes, même si l'atmosphère était loin de l'être. "Qu'est-ce qui se passe?" demandai-je en atteignant son côté, essayant de maintenir un ton professionnel au milieu de son tourbillon de nerfs.

"Ils ne sont pas encore là," dit-elle, sa voix teintée d'inquiétude. "Les acheteurs, les investisseurs—ils auraient dû être ici depuis longtemps. Et si jamais ils ne se pointent pas? Et si—"

"Lila," interrompis-je doucement, posant une main sur son bras. "Prends une respiration. Il est encore tôt. Ils vont arriver. Et même s'ils sont un peu en retard, tout le monde a l'air de passer un bon moment. Regarde autour."

Je fis un geste vers la pièce derrière moi, où des groupes d'invités sirotaient du vin et admiraient les œuvres d'art. L'énergie était vivante, presque festive. Quoi que Lila ait imaginé comme pouvant mal tourner, cela ne s'était pas encore produit.

Elle jeta un coup d'œil autour, ses yeux s'adoucissant légèrement alors qu'elle prenait la scène. "D'accord," dit-elle en expirant longuement. "Tu as raison. J'ai juste besoin de... respirer."

"Exactement," souris-je, lui faisant un signe rassurant. "Va te mêler aux invités. Je vais garder un œil sur le reste."

Lila hésita un moment, puis finit par hocher la tête. "D'accord, d'accord. J'essaierai."

Je la vis se diriger vers un groupe d'invités, ses pas un peu plus légers maintenant, même si je savais qu'elle était toujours sur les nerfs. Je tournai mon attention vers la pièce, continuant à faire le tour, vérifiant l'art et les invités, saluant quelques visages familiers. Tout semblait se dérouler sans accroc, mais je ne pouvais m'empêcher de sentir la même énergie nerveuse que Lila. Cette nuit était énorme, pas seulement pour elle, mais pour moi aussi.

Alors que je scrutais la pièce, mes yeux tombèrent sur Jake entrant par la porte d'entrée. Il était habillé un peu plus élégamment que d'habitude, mais toujours avec cette confiance décontractée qui semblait le suivre partout. Sa présence, encore une fois, tiraillait quelque chose en moi—un mélange de curiosité et d'anxiété. Après tout ce qui s'était passé entre nous récemment, je n'étais pas sûre de ce que je ressentais à son sujet ici.

Il me repéra presque instantanément et se dirigea vers moi, se faufilant à travers la foule avec aisance.

"Salut," me salua-t-il, son sourire facile et chaleureux. "Cet endroit est incroyable."

"Merci," dis-je, un peu plus formellement que je ne l'avais prévu. Je ne pouvais pas m'empêcher de sentir la tension de nos conversations précédentes remonter à la surface, mais je la repoussai pour le bien de l'événement. "Ça a été... beaucoup de travail."

Jake regarda autour de lui, clairement impressionné. "Je peux le voir. C'est vraiment quelque chose, Mia."

Je hochai la tête, essayant de garder la conversation décontractée. "Content que tu puisses être là."

Il sourit, changeant de posture. "Je ne pouvais pas rater ça. De plus, je pense que Lila m'aurait traqué si je ne venais pas."

Je ris, la tension entre nous s'atténuant légèrement avec la blague. "Oui, elle est un peu sur les nerfs ce soir. C'est un gros deal pour elle."

"Pour vous deux," ajouta Jake, ses yeux s'attardant sur moi un instant. Il y avait quelque chose de plus dans son regard, quelque chose d'inexprimé que je n'étais pas prête à explorer maintenant. Pas ici, pas ce soir.

Avant que je ne puisse répondre, Lila réapparut à mes côtés, tout sourire cette fois. "Jake! Tu es venu!"

"Bien sûr," répondit-il, lui rendant son sourire facile. "Je ne pouvais pas manquer ça."

Lila était pratiquement radieuse, son anxiété d'avant étant momentanément oubliée. "Mia, peux-tu gérer le prochain groupe d'invités pendant un moment? Je dois présenter Jake à quelques personnes. Ils vont adorer entendre parler de son travail."

Je hochai la tête, reconnaissante pour la distraction. "Bien sûr, pas de problème."

Alors que Lila emmenait Jake pour discuter avec ses amis, je me retrouvai à le regarder un peu plus longtemps que je ne l'aurais dû, essayant de chasser ce mélange étrange de soulagement et de curiosité que sa présence semblait toujours éveiller en moi.

Mais ce soir était consacré à la galerie, à l'exposition, et à m'assurer que tout se passait sans accroc. Je devais garder la tête dans le jeu.

Alors que je voyais Lila entraîner Jake dans la foule grandissante, je tournai mon attention de nouveau vers la galerie. Les invités se mêlaient, sirotant leur vin et admirant les œuvres d'art avec des degrés variés d'admiration. J'essayai de me concentrer sur la tâche à accomplir, maintenant tout en ordre pendant que Lila faisait son charme avec les acheteurs et les investisseurs. Je me dirigeai vers l'entrée juste au moment où une nouvelle vague d'invités arrivait.

Une des serveuses passa avec un plateau de champagne, et je crochai son regard. "Assure-toi que nous gardons les verres remplis et en circulation," lui dis-je. Elle hocha la tête et s'éclipsa, se fondant dans la foule comme une pro. Jusqu'à présent, tout se passait selon le plan. Pas de gros désastres, pas de couacs—pour l'instant.

Mais chaque fois que je jetais un coup d'œil dans la pièce, mes yeux se posaient sur Jake. Il parlait avec un groupe d'acheteurs, les charmant sans effort avec ce que Lila avait dû lui dire de moi. De temps en temps, il croisa mon regard et me fit un petit sourire presque imperceptible. J'essayai d'agir comme si cela ne me dérangeait pas, mais la vérité était que sa présence était une distraction que je n'avais pas prévue pour ce soir.

"Concentre-toi, Mia," murmurai-je pour moi-même, redressant mes épaules et me dirigeant pour vérifier les traiteurs à l'arrière.

Alors que je marchais à travers la galerie, hochant poliment la tête aux invités en chemin, mon téléphone vibra dans ma poche. Je le sortis et jetai un coup d'œil à l'écran—c'était un message d'un des artistes que nous avions présentés dans l'exposition, une demande de dernière minute concernant leur exposition. Je tapai rapidement une réponse, les rassurant que tout était en place, et rangeai le téléphone juste au moment où je rejoignais la zone de restauration.

Le personnel de cuisine travaillait efficacement, préparant des plateaux frais de hors-d'œuvre à envoyer. Je fis un rapide tour d'horizon, m'assurant que nous étions dans les temps. Tout semblait sous contrôle, ce qui me donna un moment pour respirer.

C'est-à-dire, jusqu'à ce que je refasse un pas dans la galerie principale.

Je n'avais même pas fait la moitié du chemin à travers la pièce que je repérai à nouveau Lila—son anxiété revenant en force. Elle se tenait près d'une des sculptures les plus délicates, ses mains s'agitant nerveusement alors qu'elle parlait à l'un des acheteurs. Je me hâtai vers elle pour l'intercepter avant que ses nerfs ne déroutent le bon déroulement de la soirée.

"Mia!" appela Lila dès qu'elle me vit, ses yeux écarquillés. "Ils ne sont pas encore là."

"Les acheteurs, les investisseurs—ils auraient dû être là depuis longtemps. Et si jamais ils ne se pointent pas? Et si—"

"Lila," l'interrompis-je doucement, posant une main sur son bras. "Prends une respiration. Il est encore tôt. Ils vont arriver. Et même s'ils sont un peu en retard, tout le monde a l'air de passer un bon moment. Regarde autour."

Je fis un geste vers la salle derrière moi, où des groupes d'invités sirotaient du vin et admiraient les œuvres d'art. L'énergie était vivante, presque festive. Quoi que Lila ait imaginé comme pouvant mal tourner, cela ne s'était pas encore produit.

Elle jeta un coup d'œil autour, ses yeux s'adoucissant légèrement alors qu'elle prenait la scène. "D'accord," dit-elle en expirant longuement. "Tu as raison. J'ai juste besoin de... respirer."

"Exactement," souris-je, lui faisant un signe rassurant. "Va te mêler aux invités. Je vais garder un œil sur le reste."

Lila hésita un moment, puis finit par hocher la tête. "D'accord, d'accord. J'essaierai."

Je la vis se diriger vers un groupe d'invités, ses pas un peu plus légers maintenant, même si je savais qu'elle était toujours sur les nerfs. Je tournai mon attention vers la pièce, continuant à faire le tour, vérifiant l'art et les invités, saluant quelques visages familiers. Tout semblait se dérouler sans accroc, mais je ne pouvais m'empêcher de sentir la même énergie nerveuse que Lila. Cette nuit était énorme, pas seulement pour elle, mais pour moi aussi.

Alors que je scrutais la pièce, mes yeux tombèrent sur Jake entrant par la porte d'entrée. Il était habillé un peu plus élégamment que d'habitude, mais toujours avec cette confiance décontractée qui semblait le suivre partout. Sa présence, encore une fois, tiraillait quelque chose en moi—un mélange de curiosité et d'anxiété. Après tout ce qui s'était passé entre nous récemment, je n'étais pas sûre de ce que je ressentais à son sujet.

Il me repéra presque instantanément et se dirigea vers moi, se faufilant à travers la foule avec aisance.

"Salut," me salua-t-il, son sourire facile et chaleureux. "Cet endroit est incroyable."

"Merci," dis-je, un peu plus formellement que je ne l'avais prévu. Je ne pouvais pas m'empêcher de sentir la tension de nos conversations précédentes remonter à la surface, mais je la repoussai pour le bien de l'événement. "Ça a été... beaucoup de travail."

Jake regarda autour de lui, clairement impressionné. "Je peux le voir. C'est vraiment quelque chose, Mia."

Je hochai la tête, essayant de garder la conversation décontractée. "Content que tu puisses être là."

Il sourit, changeant de posture. "Je ne pouvais pas rater ça. De plus, je pense que Lila m'aurait traqué si je ne venais pas."

Je ris, la tension entre nous s'atténuant légèrement avec la blague. "Oui, elle est un peu sur les nerfs ce soir. C'est un gros deal pour elle."

"Pour vous deux," ajouta Jake, ses yeux s'attardant sur moi un instant. Il y avait quelque chose de plus dans son regard, quelque chose d'inexprimé que je n'étais pas prête à explorer maintenant. Pas ici, pas ce soir.

Avant que je ne puisse répondre, Lila réapparut à mes côtés, tout sourire cette fois. "Jake! Tu es venu!"

"Bien sûr," répondit-il, lui rendant son sourire facile. "Je ne pouvais pas manquer ça."

Lila était pratiquement radieuse, son anxiété d'avant étant momentanément oubliée. "Mia, peux-tu gérer le prochain groupe d'invités pendant un moment? Je dois présenter Jake à quelques personnes. Ils vont adorer entendre parler de son travail."

Je hochai la tête, reconnaissante pour la distraction. "Bien sûr, pas de problème."

Alors que Lila emmenait Jake pour discuter avec ses amis, je me retrouvai à le regarder un peu plus longtemps que je ne l'aurais dû, essayant de chasser ce mélange étrange de soulagement et de curiosité que sa présence semblait toujours éveiller en moi.

Mais ce soir était consacré à la galerie, à l'exposition, et à m'assurer que tout se passait sans accroc. Je devais garder la tête dans le jeu.

Alors que je voyais Lila entraîner Jake dans la foule grandissante, je tournai mon attention de nouveau vers la galerie. Les invités se mêlaient, sirotant leur vin et admirant les œuvres d'art avec des degrés variés d'admiration. J'essayai de me concentrer sur la tâche à accomplir, maintenant tout en ordre pendant que Lila faisait son charme avec les acheteurs et les investisseurs. Je me dirigeai vers l'entrée juste au moment où une nouvelle vague d'invités arrivait.

Une des serveuses passa avec un plateau de champagne, et je crochai son regard. "Assure-toi que nous gardons les verres remplis et en circulation," lui dis-je. Elle hocha la tête et s'éclipsa, se fondant dans la foule comme une pro. Jusqu'à présent, tout se passait selon le plan. Pas de gros désastres, pas de couacs—pour l'instant.

Mais chaque fois que je jetais un coup d'œil dans la pièce, mes yeux se posaient sur Jake. Il parlait avec un groupe d'acheteurs, les charmant sans effort avec ce que Lila avait dû lui dire de moi. De temps en temps, il croisa mon regard et me fit un petit sourire presque imperceptible. J'essayai d'agir comme si cela ne me dérangeait pas, mais la vérité était que sa présence était une distraction que je n'avais pas prévue pour ce soir.

"Concentre-toi, Mia," murmurai-je pour moi-même, redressant mes épaules et me dirigeant pour vérifier les traiteurs à l'arrière.

Alors que je marchais à travers la galerie, hochant poliment la tête aux invités en chemin, mon téléphone vibra dans ma poche. Je le sortis et jetai un coup d'œil à l'écran—c'était un message d'un des artistes que nous avions présentés dans l'exposition, une demande de dernière minute concernant leur exposition. Je tapai rapidement une réponse, les rassurant que tout était en place, et rangeai le téléphone juste au moment où je rejoignais la zone de restauration.

Le personnel de cuisine travaillait efficacement, préparant des plateaux frais de hors-d'œuvre à envoyer. Je fis un rapide tour d'horizon, m'assurant que nous étions dans les temps. Tout semblait sous contrôle, ce qui me donna un moment pour respirer.

C'est-à-dire, jusqu'à ce que je refasse un pas dans la galerie principale.

Je n'avais même pas parcouru la moitié de la pièce quand j'ai de nouveau aperçu Lila — son anxiété d'avant revenait avec force. Elle se tenait près de l'une des sculptures les plus délicates, ses mains s'agitant nerveusement tandis qu'elle parlait à l'un des acheteurs. Je me suis dépêchée d'intervenir avant que son stress ne perturbe le bon déroulement de la soirée.

“Mia!” m'appela-t-elle dès qu'elle m'aperçut, les yeux écarquillés. “Avons-nous assez de vin? Les traiteurs sont-ils toujours dans les temps? As-tu vérifié l'éclairage sur le mur du fond?” Elle enchaînait les questions plus vite que je ne pouvais répondre, ses mains tripotant l'ourlet de sa robe.

“Tout va bien, Lila,” dis-je calmement en posant une main sur son épaule. “Je viens de vérifier avec les traiteurs, et nous avons suffisamment de vin. L'éclairage est parfait — il n'y a pas de quoi s'inquiéter.”

Lila exhala, essayant clairement de faire confiance à mes mots, mais je pouvais encore voir les nerfs bourdonnant juste sous la surface. "D'accord, d'accord... Je juste—c'est tellement important. Si ce soir ne se passe pas bien—"

"Ce soir se passe déjà bien," l'interrompis-je doucement mais fermement. "Regarde autour, Lila. La galerie est pleine, les gens adorent l'art, et tu as des acheteurs et des investisseurs qui se mêlent avec un sourire sur leurs visages. C'est toi qui as fait ça."

Elle cligna des yeux, jetant un coup d'œil autour de la pièce comme si elle la voyait clairement pour la première fois. "J'ai fait ça, n'est-ce pas?" murmura-t-elle, son ton s'adoucissant.

"Tu l'as fait," répétai-je, lui serrant l'épaule. "Maintenant, profite juste de ça, d'accord? J'ai les détails sous contrôle."

Lila sourit, un peu tremblante mais avec une gratitude sincère. "Merci, Mia. Je ne sais pas ce que je ferais sans toi."

"Ne découvrons pas ça," plaisantai-je, lui faisant un clin d'œil.

Sur ce, je la laissai se mêler et je fis mon chemin vers le centre de la galerie. Mon téléphone vibra à nouveau dans ma poche, mais avant que je puisse le vérifier, je vis Jake, qui s'était enfin détaché des acheteurs. Il se dirigeait dans ma direction, se faufilant à travers la foule comme s'il avait sa place ici—comme s'il avait sa place dans ma vie, ce soir, malgré toutes les questions sans réponse qui planaient encore entre nous.

"Salut," dit-il en me rejoignant, sa voix basse et décontractée. "Tout se passe bien, hein? Tu gères ça comme une pro."

"Merci," répondis-je, gardant un ton professionnel même si le nœud dans mon estomac se resserrait. "C'est beaucoup, mais nous avons tout sous contrôle."

Jake jeta un coup d'œil autour, prenant la scène avec un hochement de tête approbateur. "Cet endroit est impressionnant. Tu devrais être fière de ce que tu as accompli."

Je souris, reconnaissante du compliment, mais incertaine de la façon de répondre. Avant que je puisse dire quoi que ce soit de plus, Jake se pencha un peu plus près, sa voix baissant juste assez pour que seule moi puisse entendre.

Il y avait quelque chose d'inexprimé entre nous, flottant dans l'air comme le bourdonnement de la conversation autour de la galerie. Mais avant que l'un de nous puisse dire plus, la voix de Lila perça le moment.

"Mia! Nous avons besoin de toi ici!" appela-t-elle, sa voix teintée d'urgence.

Je clignai des yeux, rompant le regard. "Je dois y aller," dis-je rapidement, me détournant avant que la tension entre nous ne puisse se dénouer davantage.

Jake hocha à nouveau la tête, se reculant. "Ouais, bien sûr. On parlera plus tard."

Je me précipitai vers Lila, espérant que le rythme occupé de la soirée étoufferait les questions qui résonnaient toujours dans mon esprit.

Je souris au couple que je faisais visiter la galerie, leurs yeux s'illuminant alors qu'ils admiraient l'une des œuvres en vedette. La nuit se déroulait sans accroc, ou du moins aussi bien que cela pouvait être avec l'énergie anxieuse de Lila tourbillonnant en arrière-plan. Les invités étaient détendus, profitant de l'art et de l'atmosphère, ce qui était tout ce que je pouvais vraiment demander.

"Cet endroit est absolument magnifique," dit la femme, son bras lié à celui de son partenaire. "Lila a tellement parlé de toi. Elle dit que tu as été une grande partie de la réalisation de tout cela."

Je donnai un sourire modeste. "Lila a été incroyablement soutenante. Ça a été beaucoup de travail, mais voir tout le monde profiter de la nuit en vaut la peine."

L'homme hocha la tête, jetant un autre coup d'œil autour de la galerie. "C'est une belle soirée. Tu as fait un excellent travail."

Avant que je puisse répondre, l'une des serveuses s'approcha, tenant délicatement son plateau de flûtes de champagne. "Excusez-moi," dit-elle, sa voix douce mais urgente. "Êtes-vous Mia?"

Je me tournai vers elle et hochai la tête. "Oui, c'est moi."

La serveuse se pencha légèrement. "Lila a dit que quelqu'un vous demandait à la porte."

Je clignai des yeux, confuse. "Oh, d'accord. Merci de me le faire savoir."

La serveuse sourit et retourna servir les autres invités. Je me retournai vers le couple avec qui j'étais, leur offrant un hochement poli. "S'il vous plaît, n'hésitez pas à continuer à explorer la galerie. Si vous avez besoin de plus d'informations ou si vous avez des questions, demandez-moi ou à l'un des membres du personnel."

Ils sourirent chaleureusement, me remerciant avant de se tourner à nouveau pour admirer une autre œuvre. Je m'excusai et commençai à me faufiler à travers la foule, me dirigeant vers l'entrée, curieuse de savoir qui pouvait bien m'attendre à la porte.

Alors que je m'approchais, mon cœur s'accéléra un peu, ne sachant pas à quoi m'attendre.

CHAPITRE 16

Là il était... juste debout à la porte, comme un fantôme sorti d'un cauchemar. Mon monde trembla au moment où je le vis. Mon ex.

Je pouvais sentir le sang se retirer de mon visage alors que je restais figée, agrippant le bord de l'embrasure pour me soutenir. L'homme que j'avais tant travaillé à laisser derrière moi, l'homme qui avait brisé ma confiance, était ici. Et pire, il n'était pas juste là—il se tenait avec Lila, discutant comme s'il avait sa place à cet événement.

Lila me vit et fit un signe joyeux dans ma direction, complètement inconsciente de la tempête qui se préparait en moi. "Mia! Par ici! Un ami à toi vient d'arriver," appela-t-elle, son ton léger et accueillant. "J'ai demandé à la serveuse de te trouver."

Un "ami"? Mon estomac se tordit. Ce n'était pas un ami—c'était la raison pour laquelle j'avais déraciné ma vie, la raison pour laquelle je m'efforçais encore de me reconstruire. Je pouvais sentir la colère bouillonner en moi, une poussée chaude et implacable d'émotions que je parvenais à peine à contenir. Lila n'avait aucune idée du monstre qu'elle venait d'accueillir à l'exposition.

Je forçai un sourire crispé, mes pas lents et délibérés alors que je m'approchais d'eux. Mon ex se tenait là, tout en confiance arrogante, prétendant être quelqu'un qu'il n'était pas. Il n'avait pas changé du tout, et rien que de le voir faisait remonter un flot de souvenirs que j'aurais préféré garder enfouis.

Lila se tourna vers lui avec un sourire, totalement inconsciente de la tension qui s'épaississait dans l'air. "Je suis si contente que tu sois venu!" dit-elle, son enthousiasme ne faisant que me rendre plus furieuse. "Mia a travaillé si dur sur cette exposition. Vous devez avoir tant de choses à rattraper."

Si seulement elle savait.

Je déglutis difficilement, essayant de me stabiliser avant de répondre. "Que fais-tu ici ?" demandai-je, ma voix basse, à peine contrôlée.

Mon ex me sourit, ce même sourire satisfait et étudié que je pensais autrefois charmant. Maintenant, il me donnait juste la nausée. Il se tourna légèrement vers Lila, ignorant le feu qui brûlait dans mes yeux. "J'ai entendu parler de l'exposition par des amis communs," dit-il tranquillement, faisant semblant que c'était une réunion normale. Comme s'il n'avait pas détruit tout ce qui existait entre nous.

Lila rayonna, toujours complètement inconsciente de la tempête qui grondait sous la surface. "N'est-ce pas merveilleux? C'est toujours agréable quand de vieux amis se reconnectent. Je pensais que Mia serait excitée de te voir !"

Je forçai un sourire pour le bien de Lila, mon cœur battant la chamade entre la colère et l'effroi. "Ouais, je suis... surprise," parvins-je à dire, ma voix tendue alors que j'essayais de garder mes émotions sous contrôle. "Mais je ne m'attendais pas à le voir ici."

"Eh bien, surprise!" dit mon ex, me lançant à nouveau ce sourire irritant. Il savourait ça, le contrôle subtil qu'il essayait de réaffirmer sur moi, ici même au milieu de tout ce que j'avais construit pour moi-même.

Je devais sortir de cette situation avant que je ne dise ou ne fasse quelque chose que je regretterais. Je pouvais sentir les souvenirs de notre relation toxique remonter à la surface—les mensonges, la manipulation, la trahison. Tout revenait comme un déluge, et je n'allais pas le laisser gâcher cette nuit pour moi.

"Lila," dis-je, me tournant vers elle, essayant de garder ma voix stable, "peux-tu nous laisser un moment ?"

Elle avait l'air confuse, mais acquiesça, ne comprenant toujours pas l'ensemble du tableau. "Oh, bien sûr. Je vais vérifier quelques détails," dit-elle, jetant un coup d'œil entre nous avant de s'éloigner, toujours joyeusement inconsciente de la tension.

Une fois qu'elle fut hors de portée, je me retournai vers mon ex, la mâchoire serrée. "Pourquoi es-tu vraiment ici?" demandai-je, ma voix basse et froide. "Ce n'est pas une coïncidence. Que veux-tu?"

Il haussait les épaules, feignant l'innocence. "Je voulais juste voir comment tu allais. Ça fait un moment, n'est-ce pas? J'ai entendu dire que tu te débrouillais bien ici, et j'ai pensé—pourquoi ne pas passer?"

Je croisai les bras, plissant les yeux. "Ne joue pas avec moi. Tu ne te soucies pas de savoir comment je vais. Tu n'es pas venu ici par souci. Alors, quelle est la vraie raison de ta présence?"

Son sourire vacilla un moment, mais seulement brièvement. "J'ai changé, Mia. Je voulais voir si nous pouvions parler, peut-être rattraper le temps perdu. Les choses se sont mal terminées—"

"C'est un euphémisme," l'interrompis-je, ma voix plus acerbe maintenant. "Tu m'as trompée, m'as menti, et m'as laissée ramasser les morceaux de ma vie. Et maintenant, tu arrives ici comme si de rien n'était? Comme si nous étions de vieux amis?"

Son expression se durcit. "Écoute, j'essaie juste de faire amende honorable ici."

Je ris amèrement. "Faire amende honorable? En interrompant un événement sur lequel j'ai travaillé des mois? En faisant semblant que tu as ta place ici, avec Lila, avec ces gens qui ne savent pas vraiment qui tu es?"

Il se rapprocha, baissant la voix. "Je comprends, Mia. Tu es encore blessée. Mais nous avons tous les deux avancé, n'est-ce pas? Je pensais que tu apprécierais une chance de—"

"De quoi?" m'écriai-je, l'interrompant à nouveau. "De te pardonner? De te réaccueillir dans ma vie? Non, j'ai avancé, mais cela ne signifie pas que je veux que tu sois près de moi."

Sa mâchoire se crispa, et pour la première fois, le masque de charme glissa juste un peu. "Tu as changé, Mia. Tu étais plus compréhensive avant."

Je fis un pas en arrière, refusant de le laisser m'atteindre. "Non, j'ai grandi. J'ai appris à me protéger des gens comme toi. Maintenant, si tu veux bien m'excuser, j'ai une exposition à diriger."

Je me retournai pour partir, mais il attrapa mon bras, me stoppant. "Mia, attends."

Je fus figée, la colère montant dans ma poitrine, mais je gardai ma voix stable. "Lâche-moi."

Il hésita, sa prise se resserrant un instant avant qu'il ne me relâche enfin. "Je voulais juste parler."

"Nous n'avons rien à nous dire," dis-je fermement, me détournant de lui à nouveau.

Alors que je retournais dans la galerie avant que cela ne se transforme en scène de drame, je pouvais sentir ses yeux sur moi, mais je continuai d'avancer. Mon cœur battait la chamade, mais je ne le laisserais pas gagner. Pas ce soir. Pas jamais. Je me dirigeai vers les toilettes et me lavai les mains pour essayer de me calmer et réfléchir à ce que je devais faire dans cette situation. Comment pouvait-il me faire ça? C'est ma journée. Je frottai un peu d'eau sur mon cou pour ancrer mon corps.

Je laissai l'eau couler, le bruit me calmant légèrement alors que je frottais encore plus d'eau sur mes poignets. Mon cœur battait toujours, mais je devais me ressaisir. Je ne pouvais pas me permettre de le laisser ruiner quoi que ce soit. Pas ce soir. Pas quand je devais me concentrer sur l'exposition, sur le succès de la soirée.

Je pris une profonde respiration, fermant les yeux un instant. Tu es plus forte maintenant, me rappelai-je. Tu ne lui dois rien. Il n'a plus de contrôle sur toi.

Mais que devais-je faire ? Je ne pouvais pas ignorer sa présence toute la nuit. Il était là, et Lila, pauvre cœur inconscient, pensait probablement qu'il était un ami perdu de vue. J'essuyai mes mains sur une serviette, essayant de réfléchir à ma prochaine étape.

Je ne pouvais pas le laisser m'atteindre, pas devant tout le monde. Pas devant Jake.

Jake. Mon estomac se noua alors que je réalisai qu'il pourrait me voir me désagréger si je ne me reprenais pas. Je n'avais même pas pensé à la façon dont la présence de mon ex pourrait être perçue, et la dernière chose que je voulais était que Jake pense que j'étais encore affectée par quelqu'un que j'avais tant travaillé à laisser derrière moi.

Avec une autre profonde respiration, je me redressai, me regardant dans le miroir une dernière fois. Je lissai mes cheveux, ajustant mon expression pour qu'elle ressemble à quelque chose de calme. Je peux gérer ça, pensai-je. Il n'a aucun pouvoir ici.

Déterminée, je quittai les toilettes et réintégrai la galerie, le bourdonnement des conversations et le doux tintement des verres remplissant l'air. Je scrutai la pièce, essayant de repérer Lila, espérant qu'elle ne se soit pas éloignée avec lui. Je ne pouvais pas la laisser s'impliquer trop avec lui sans connaître la vérité.

Alors que je me frayais un chemin à travers les invités, quelqu'un me tapota doucement le bras. Je me retournai, m'attendant à voir à nouveau mon ex, mais ce fut Jake. Son expression était curieuse, ses yeux scrutant mon visage comme s'il sentait que quelque chose n'allait pas.

"Hey, ça va?" demanda-t-il, l'inquiétude perçant dans sa voix. "Tu as disparu un moment."

Je forçai un sourire, essayant de garder mon ton léger. "Ouais, je devais m'éloigner un moment. C'est beaucoup à gérer, tu sais."

Il hocha la tête mais ne semblait pas entièrement convaincu. "Si tu as besoin d'aide pour quoi que ce soit, fais-le moi savoir."

"Merci, Jake," dis-je, appréciant le geste, bien que mon esprit soit encore en ébullition. "J'ai tout sous contrôle."

Jake resta un moment, son regard fixé sur le mien. "Tu es sûre? Tu sembles... tendue."

Je pris une respiration, résistant à l'envie de tout lui déballer sur mon ex. "C'est juste la pression de la soirée, c'est tout."

"D'accord," dit-il, bien que ses yeux s'attardent une seconde de plus avant qu'il ne hoche la tête. "Si tu as besoin d'une pause, n'hésite pas. J'ai vu combien tu as investi dans tout ça."

Je hochai la tête, reconnaissante pour son soutien mais sachant que je devais garder la conversation courte. "Je vais bien. Je dois juste m'assurer que tout se passe bien."

Sur ce, Jake sourit, me fit un petit signe de la tête et retourna dans la foule. Je soupirai, reconnaissante qu'il n'ait pas poussé plus loin. Je n'étais pas prête à parler de mon ex avec qui que ce soit encore, surtout pas avec Jake.

Pour l'instant, je devais me concentrer. Je repérai Lila de l'autre côté de la pièce, encore en train de s'agiter entre les invités, mais heureusement, sans mon ex à ses côtés. Je devais garder les choses ainsi.

Alors que je contournais un coin, je vis Lila parlant avec animation à un petit groupe d'invités, ses bras se mouvant alors qu'elle gesticulait vers l'une des œuvres. Je poussai un soupir de soulagement, reconnaissante qu'elle semblait tenir le coup malgré son stress antérieur. Je savais qu'elle me demanderait plus tard au sujet de mon "ami", et la pensée d'expliquer cette situation me donnait envie de me cacher sous une table.

Je me dirigeai vers le bar au fond de la salle, pensant qu'il me fallait un moment rapide pour respirer. Le barman sourit en m'approchant, et je hochai la tête, demandant de l'eau pétillante. Quelque chose pour garder mes mains occupées, au moins. Alors que j'attendais, je me retournai pour observer la foule, le doux murmure des voix et le tintement des verres remplissant l'espace. C'était une belle nuit, exactement ce pour quoi j'avais travaillé si dur, et pourtant, la seule personne qui n'avait pas sa place ici menaçait de tout gâcher.

Avec un verre froid en main, je scrutai à nouveau la pièce, espérant qu'il avait pris le message et était parti. J'étais sur le point de prendre une gorgée quand je le vis—mon ex—debout près du mur du fond, ses yeux scrutant la galerie comme s'il en était le propriétaire. Il n'était pas parti. Il était toujours là, rôdant comme une ombre indésirable.

Je serrai mon verre fermement, essayant de réprimer la colère qui montait en moi. Pourquoi ne partirait-il pas? Pourquoi était-il même venu en premier lieu? Mon esprit tourbillonnait de questions que je ne voulais pas répondre.

Avant que je ne puisse prendre une décision, il se tourna et croisa mon regard. Ce même sourire satisfait traversa son visage, et je sentis mon corps se tendre. Je détournai rapidement le regard, faisant semblant de me concentrer sur une œuvre d'art à proximité, espérant qu'il saisirait le message. Mais bien sûr, il ne le fit pas. Quelques instants plus tard, j'entendis ses pas s'approcher, et je me préparai.

"Mia," dit-il, sa voix basse et douce, comme si rien n'avait jamais eu lieu entre nous. "Tu ne m'as pas vraiment laissé la chance de parler plus tôt."

Je ne me retournai pas pour lui faire face, gardant mon regard fixé sur l'art. "C'est parce qu'il n'y a rien à dire."

“Tu es encore en colère,” dit-il, comme si ce n'était qu'un léger désagrément. “Je pensais que peut-être assez de temps avait passé—”

Je me suis retournée brusquement pour lui faire face, ma patience s'éruptant. “Assez de temps? Tu penses que le temps répare ce que tu as fait? J'ai avancé. Ta présence ici ne change rien.”

Il leva les mains, paumes vers l'extérieur dans un simulacre de reddition. “D'accord, d'accord. Je pensais juste qu'on pourrait rattraper le temps perdu, c'est tout.”

Je le fixai, ma mâchoire serrée. “Rattraper le temps? Tu ne comprends pas, n'est-ce pas? Tu ne fais plus partie de ma vie. Tu n'as pas le droit de te pointer ici comme si tu étais le bienvenu.”

Son sourire faiblit pendant une seconde, et je perçus une lueur de frustration derrière son charme. Mais il le masqua rapidement, s'approchant, abaissant la voix. “Je sais que j'ai gâché les choses, Mia. Mais tout n'était pas si mauvais entre nous.”

Je pouvais sentir mon pouls s'accélérer, mais je tenais bon. “Peut-être pas pour toi. Mais je ne te dois rien, et je ne veux rien de toi. Alors si tu as encore un peu de respect, tu partiras.”

Il étudia mon visage un moment, comme s'il pesait son prochain mouvement. Enfin, il soupira, un petit sourire tirant encore aux coins de sa bouche. “Très bien. Si c'est ce que tu veux.”

“C'est ce que je veux,” dis-je fermement.

Il soutint mon regard un instant de plus, puis hocha enfin la tête. “D'accord, Mia. Je vais partir. Mais si jamais tu veux parler—”

“Je ne veux pas.”

Il rit doucement, secouant la tête comme s'il était amusé par ma détermination.

Juste au moment où je pensais qu'il allait s'éloigner, sa main jaillit et saisit mon bras. Mon corps se tendit immédiatement, mon cœur battant dans ma poitrine alors qu'il me rapprochait. Son étreinte n'était pas dure, mais ferme, et l'expression sur son visage était tout sauf désolée maintenant.

“Mia, ne sois pas comme ça,” dit-il entre ses dents serrées, sa voix basse et dangereuse. “Je suis venu de si loin pour te parler. Tu me dois ça.”

J'essayai de me dégager, mais son étreinte se resserra. “Lâche-moi,” hissai-je, ma voix tremblant d'une colère mêlée de peur. “Tu n'as aucun droit—”

Avant que je puisse finir, j'entendis des pas s'approcher rapidement, puis une voix perça la tension comme un couteau.

“Que se passe-t-il ici ?” La voix de Lila résonna, aiguë de préoccupation alors qu'elle se précipitait vers nous. Derrière elle se tenait Jake, son expression s'assombrissant en prenant la scène en compte. Ses yeux passèrent de moi à mon ex, et je vis le changement dans son comportement—le calme remplacé par quelque chose de bien plus sérieux.

“Qui diable est ce type?” demanda Jake, sa voix aiguisée alors qu'il s'approchait, son corps tendu. Ses yeux étaient fixés sur mon ex, qui n'avait pas encore lâché mon bras.

Lila regarda entre nous, clairement confuse et inquiète. “Mia? Que se passe-t-il? Tout va bien?”

Je déglutis difficilement, essayant de garder ma voix stable. “Ce n'est personne,” dis-je, lançant un regard noir à mon ex. “Juste quelqu'un qui ne comprend pas quand il doit partir.”

Jake avança, sa présence imposante, et mon ex finit par lâcher mon bras, faisant un petit pas en arrière. Le sourire suffisant sur son visage avait disparu, remplacé par un éclat d'irritation.

“Oh, je vois,” murmura-t-il, regardant entre Jake et moi. “Donc c'est ça.” Sa voix était pleine de dédain, et cela faisait bouillir mon sang encore plus.

La mâchoire de Jake se contracta alors qu'il faisait un pas de plus, ses yeux se plissant. “Je me fiche de ce que tu penses que c'est. Tu dois partir. Maintenant.”

Lila, toujours en retrait de la confrontation, me regarda, son inquiétude grandissant. “Mia, veux-tu que j'appelle la sécurité?”

J'hésitai un instant, mais la façon dont Jake se tenait si fermement entre moi et mon ex me donna un sentiment de soulagement. “Oui,” dis-je fermement, ne quittant pas mon ex des yeux. “Je pense que c'est une bonne idée.”

Mon ex se moqua, réalisant clairement qu'il était en infériorité numérique. Il leva les mains dans un simulacre de reddition, faisant un pas en arrière. “Très bien. Je vais partir,” dit-il, son ton toujours empreint d'amertume. “Mais ne pense pas que c'est fini, Mia.”

Jake fit un pas de plus vers lui, sa voix basse et dangereuse. “C'est fini. Si je te revois près d'elle, nous aurons un plus gros problème.”

Mon ex le dévisagea mais ne dit pas un mot de plus. Avec un dernier regard vers moi, il se retourna et sortit de la galerie, disparaissant dans la nuit. Je restai là, sentant tout mon corps se tendre et trembler, l'adrénaline encore présente en moi.

Lila se précipita à mes côtés, ses yeux écarquillés d'inquiétude. “Mia, ça va? Qu'est-ce que c'était que ça?”

Je forçai un petit sourire, bien que mes mains tremblent encore. “C'est... c'est bon maintenant. C'est quelqu'un de mon passé. Il n'aurait pas dû être ici en premier lieu.”

Jake, toujours près de moi, regarda mon bras là où mon ex m'avait saisie, son expression s'adoucissant légèrement. “Est-ce qu'il t'a fait mal?”

Je secouai rapidement la tête. “Non. Il m'a juste surprise.”

Lila, ayant l'air complètement déconcertée, passa une main dans ses cheveux. “Je n'avais aucune idée... Je suis désolée, Mia. Je ne voulais pas—”

“Tu ne savais pas,” dis-je rapidement, la coupant avant qu'elle ne ressente plus de culpabilité. “C'est bon. J'ai juste besoin d'une minute.”

La main de Jake se tenait près de mon dos, une offre silencieuse de soutien. “Veux-tu que je te cherche de l'eau? Prendre une pause?”

Je hochai la tête, reconnaissante pour l'offre. “Oui. Ce serait bien.”

Lila acquiesça aussi, clairement encore secouée. “Je vais aller vérifier les choses. Prends tout le temps qu'il te faut, Mia. Tout se passe bien.”

Alors que Lila s'éloignait pour s'occuper du reste de l'exposition, Jake resta à mes côtés, me guidant vers un coin plus calme de la galerie. La tension de la rencontre était encore épaisse dans l'air, mais pour la première fois de la nuit, je sentais que je pouvais respirer à nouveau.

CHAPITRE 17

Jake insista pour me ramener chez moi après l'exposition, et je n'avais pas l'énergie de discuter. Après le chaos de la soirée—après avoir vu mon ex et avoir le poids du passé s'écraser sur le présent soigneusement construit—j'avais besoin du réconfort d'un environnement familier. Maple Ridge était devenu mon refuge, et j'espérais désespérément que cela resterait ainsi.

Alors que nous roulions dans les rues calmes, le doux bourdonnement du moteur de la voiture était le seul son. L'exposition s'était bien déroulée après le départ de mon ex, et Lila avait géré le reste de la soirée avec son flair habituel. Les invités n'avaient rien remarqué, l'art avait été admiré, et la nuit était, de l'avis général, un succès. Mais tout ce à quoi je pouvais penser, c'était comment mon passé avait réussi à s'infiltrer par la porte, non invité, non désiré.

Je jetai un coup d'œil par la fenêtre, observant les ombres des arbres passer sous la lumière de la lune. Comment avait-il pu me retrouver? J'avais fait tous les efforts possibles pour laisser cette partie de ma vie derrière moi, pourtant d'une manière ou d'une autre, il avait réussi à revenir. J'avais gardé ma vie ici privée, avec seulement quelques personnes connaissant l'histoire complète. Mais mon ex savait assez—il savait le lien de ma mère avec Maple Ridge. C'est probablement par là qu'il a commencé.

Il avait dû faire ses recherches, comprendre où j'étais allée après la mort de ma mère. Il savait que j'avais des attaches ici, mais comment savait-il pour l'exposition? Mon esprit continuait de tourner, cherchant des réponses qui semblaient ne pas s'additionner.

"Il ne va plus te déranger," dit Jake, brisant le silence. Sa voix était calme, stable. "S'il le fait... je m'en assurerai."

Je me tournai pour le regarder, son profil éclairé par la douce lueur du tableau de bord. Il y avait un sérieux dans sa voix qui me faisait croire en lui. Il ne disait pas cela juste pour me rassurer—il le pensait.

“J'espère,” dis-je doucement. “Je ne sais même pas comment il a découvert l'événement. Je pensais avoir laissé tout ça derrière moi en venant ici, mais d'une manière ou d'une autre, il réussit toujours à se montrer.”

Jake me lança un regard, son front plissé. “Comment savait-il que tu étais à Maple Ridge?”

Je soupirai, m'appuyant contre mon siège. “Il savait le lien de ma mère avec la ville. Après sa mort, je suppose qu'il a pensé que je pourrais venir ici. Mais cela fait si longtemps... Je ne pensais pas qu'il se soucierait suffisamment pour me retrouver. Il a dû fouiller.”

La mâchoire de Jake se contracta légèrement. “Ça ressemble à du harcèlement.”

“Oui, ça ressemble à ça,” admis-je. “Je pensais qu'il avait tourné la page, mais clairement, je me suis trompée.”

Il y eut une pause, le poids de mes mots s'installant entre nous. Jake tendit la main et plaça doucement sa main sur mon bras, un petit geste de réconfort dont je ne réalisais pas que j'avais besoin. “Tu es en sécurité ici. Je ne laisserai rien t'arriver.”

Je hochai la tête, reconnaissante pour son soutien, bien que l'incertitude me rongeât encore. Je ne pouvais qu'espérer que Maple Ridge ne serait pas un endroit où mon ex reviendrait, que cette rencontre était une intrusion unique. La pensée de lui rôdant dans les parages, attendant une autre chance de s'immiscer dans ma vie, me donnait des frissons. J'avais construit quelque chose ici—quelque chose de bon—et je n'étais pas prête à le laisser détruire.

"Je ne comprends juste pas pourquoi il viendrait maintenant," murmurai-je, plus pour moi-même que pour Jake. "Que veut-il? Il ne se soucie pas de moi, il ne l'a jamais fait, pas vraiment. Il veut juste du contrôle."

La main de Jake resta sur mon bras, une présence constante. "Peu importe sa raison, ça n'a plus d'importance maintenant. Il est parti. Et s'il revient, nous nous en occuperons."

Nous. Ce mot me fit hésiter. Jake s'était engagé à mes côtés, sans question. C'était étrange de penser à quelqu'un à mes côtés, surtout après avoir passé tant de temps à reconstruire ma vie seule.

"Je ne veux pas t'entraîner là-dedans," dis-je doucement, sentant le poids de mon passé revenir. "Ce n'est pas ton combat."

Jake secoua la tête. "Mia, je suis déjà impliqué. Que tu le veuilles ou non, je tiens à toi. Et je ne laisserai pas quelqu'un comme lui jouer avec ta vie."

Je clignai des yeux, prise au dépourvu par la franchise de ses mots. Il tenait à moi. Ce n'était pas quelque chose que je m'étais permis de croire pleinement auparavant, mais maintenant, en l'entendant si clairement, je ne pouvais pas l'ignorer.

"Merci," murmurai-je, ma voix à peine audible.

Jake me fit un petit sourire rassurant avant de tourner son attention à nouveau vers la route. "Nous allons nous en sortir," dit-il simplement, comme s'il n'y avait pas d'autre choix.

Nous arrivâmes devant ma maison quelques minutes plus tard, l'air nocturne frais et vif alors que je sortais de la voiture. Jake me guida jusqu'à la porte, sa présence calme et stable à mes côtés. Alors que nous atteignions les marches, je marquai une pause, me retournant pour le faire face.

"J'apprécie tout ce que tu as fait ce soir," dis-je, ma voix stable mais pleine de gratitude. "Je ne sais pas ce que j'aurais fait sans toi."

Jake haussait les épaules, son attitude nonchalante habituelle de retour. "Tu n'as pas à me remercier. Récupère juste un peu de repos. Tu as eu une longue journée."

Alors que nous atteignions ma porte d'entrée, l'air nocturne s'accrochant encore aux restes de tension de tout à l'heure, Jake s'attarda à mes côtés, les mains enfoncées profondément dans ses poches. Je fouillai mes clés, mon esprit tournant entre les événements de la soirée et le sentiment inattendu de sécurité que sa présence avait apporté.

"Hé, Mia," commença Jake, sa voix un peu plus douce maintenant. Je levai les yeux vers lui, incertaine de ce qu'il allait dire. "Je sais que tu as eu beaucoup de choses à gérer ce soir, et je ne veux pas forcer, mais... je ne me sens pas à l'aise de te laisser seule ici. Pas avec ce fou qui rôde."

Je clignai des yeux, surprise. Il ne partait pas?

Il devait avoir vu l'incertitude sur mon visage car il ajouta rapidement, "Je peux rester sur le canapé. Juste pour ce soir. Juste pour m'assurer qu'il ne tente rien d'autre."

Je le dévisageai, la vulnérabilité de son offre me prenant par surprise. Une partie de moi voulait refuser, insister sur le fait que je pouvais gérer cela seule. Après tout, j'avais passé tant de temps à prouver que je n'avais besoin de personne pour me protéger, surtout après ce que mon ex m'avait fait subir.

Mais la vérité était que j'étais secouée. Plus que je ne voulais l'admettre. La pensée de cet homme rôdant, sachant où je vivais, me donnait des frissons. Et Jake, là, avec cette présence stable et rassurante—cela me semblait être la chose juste à faire, même si mon cœur était embrouillé par la méfiance de la dernière fois que nous avions passé du temps ensemble.

Il y avait encore cette question persistante sur l'appel téléphonique dans le parc, celui qui m'avait rendue méfiante à son égard. Mais ce soir, après tout, je ne pouvais pas nier que je me sentais plus en sécurité avec lui ici. Et j'avais besoin de cela en ce moment.

Je soupirai, le poids de mes propres vulnérabilités m'envahissant alors que je hochai la tête. "D'accord, tu peux rester," ajoutai-je, plus pour me convaincre que lui. "Je me sentirai mieux en sachant que quelqu'un est là."

Les épaules de Jake se détendirent, et il me fit un petit sourire reconnaissant. "Je vais chercher mes affaires dans la voiture et je reviens tout de suite."

Je le regardai descendre le chemin vers sa voiture garée à côté, mon esprit tourbillonnant de pensées contradictoires. Je faisais confiance à Jake, mais en même temps, je ne le faisais pas. Pas entièrement. Pas après cet appel. Mais que devais-je faire ? Le repousser, alors que ce soir m'avait montré à quel point j'étais encore vulnérable ?

Je déverrouillai la porte et entrai, la chaleur familière de ma maison m'enveloppant alors que je restais là, attendant son retour. Ce n'était pas comme ça que j'avais prévu la nuit. Je devais célébrer le succès de l'exposition, pas jouer l'hôtesse pour l'homme qui compliquait mes émotions de manières que je n'étais pas prête à affronter.

Quelques minutes plus tard, Jake réapparut, portant un petit sac de nuit. Il entra, jetant un coup d'œil autour de l'espace accueillant, prenant en compte l'environnement comme s'il n'y avait pas déjà été.

“Merci de me laisser rester ici,” dit-il, sa voix basse alors qu'il posait son sac près du canapé. “Je sais que ce n'est pas idéal, mais je... je ne pouvais pas te laisser seule après tout ça.”

Je haussai les épaules, sentant l'embarras de la situation s'installer entre nous. “C'est bon. Je l'apprécie, honnêtement.”

Jake me fit un petit hochement de tête, puis désigna le canapé. “Je vais juste m'installer ici. Tu peux te reposer et faire comme si je n'étais même pas là.”

Je ris malgré moi, la tension se relâchant un peu. “J'essayerai.”

Je le regardai alors qu'il dépliait une couverture qu'il avait apportée, la lançant sur le canapé et gonflant un des coussins. Pendant un moment, cela ressemblait à une scène d'une sitcom étrange—une fille laissant le gars dormir sur son canapé, mais avec tant de non-dits entre nous.

Jake marqua une pause, levant les yeux vers moi comme s'il ressentait mon hésitation. “Hé,” dit-il doucement, son ton devenant plus sérieux maintenant. “Je sais que les choses ont été... bizarres entre nous. Mais je te promets, je suis ici pour les bonnes raisons ce soir. Tu n'as pas à t'inquiéter.”

Je hochai la tête, bien qu'une partie de moi s'accroche encore à la méfiance d'avant. Mais je n'avais pas l'énergie d'y penser maintenant. Pas ce soir. Pas après tout ce qui s'était passé.

“D'accord,” dis-je, me dirigeant vers ma chambre. “Je te verrai demain matin.”

“Bonne nuit, Mia,” appela Jake après moi, sa voix douce mais ferme.

Alors que je fermais la porte derrière moi, je ne pouvais m'empêcher de sentir le poids de la soirée s'installer dans mes os. Je voulais faire confiance à Jake, croire qu'il était là pour aider, mais il y avait encore ce sentiment d'incertitude qui me rongeait.

CHAPITRE 18

Allongée dans mon lit, je fixai le plafond, mon esprit rejouant les événements de la nuit encore et encore. Mon ex apparaissant, Jake intervenant pour me protéger, l'embarras de l'avoir sur mon canapé maintenant. C'était trop.

Mais alors que je restais là, écoutant le silence de la maison, la pensée de Jake à quelques pieds de moi—gardant, veillant—était étrangement réconfortante. Et malgré tout, pour la première fois de la nuit, je me sentais juste un peu plus en sécurité.

"JAKE!" criai-je de toutes mes forces, serrant la couverture contre ma poitrine et sautant sur le lit comme si le sol avait pris feu.

La porte de ma chambre s'ouvrit si brusquement qu'elle faillit se détacher de ses gonds. Là, il était—Jake—débarquant comme un super-héros prêt à sauver la situation, prêt à abattre le cauchemar dont je criais.

Ses yeux étaient écarquillés, scrutant la pièce comme s'il s'attendait à voir mon ex-copain tapi dans un coin, un couteau à la main. "Que se passe-t-il?!" aboya-t-il, sa voix épaisse d'adrénaline. "Où est-il?!"

Je restai figée sur le lit, les yeux écarquillés, essayant de sortir les mots, mais tout ce que je pouvais faire était de pointer frénétiquement vers le coin de la pièce. Mon cœur battait la chamade, ma respiration se bloquant dans ma gorge alors que je fixais mes pieds.

Le regard de Jake suivit mon doigt tremblant, sa posture tendue, prêt à en découdre. Il plissa les yeux, essayant de comprendre quel genre d'ennemi nous affrontions.

"Franchement, où est—" Il s'arrêta en plein milieu de sa phrase, son corps se détendant alors qu'il aperçut enfin la soi-disant "menace".

Le silence emplit la pièce alors que ses épaules s'affaissèrent, et l'inquiétude se dissipa de son visage. L'intensité dans l'air s'effondra comme un ballon avec une fuite lente.

"Mia..." Il prononça mon nom avec un soupir prolongé, se frottant le front. "C'est une souris."

Je hochai la tête, les yeux écarquillés et frénétiques, pointant toujours vers le sol comme si c'était quelque chose tout droit sorti d'un film d'horreur. "Oui, une souris!"

Jake cligna des yeux un instant avant qu'un sourire ne commence à tirer aux coins de sa bouche. Il resta là, à moitié riant, à moitié secouant la tête d'incrédulité. "Tu as crié au meurtre... pour une souris?"

Je croisai les bras, sentant mes joues rougir d'embarras. "Ce n'est pas drôle!" protestai-je, toujours debout sur le lit. "C'est dégoûtant, et que se passe-t-il si elle grimpe sur moi pendant mon sommeil?!"

Jake ne pouvait plus se retenir—il éclata de rire, se penchant en avant alors qu'il essayait de reprendre le contrôle. "J'étais prêt à me battre contre quelqu'un!"

"Eh bien, excuse-moi de penser qu'une invasion de souris est aussi terrifiante," répliquai-je, bien qu'un peu de ma panique commençait à s'estomper maintenant que je voyais à quel point tout cela était ridicule.

Jake s'approcha du coin de la pièce, s'accroupissant alors que la souris se faufilait derrière la commode. "D'accord, sortons ce petit gars d'ici avant que tu ne décides d'appeler la police."

"Tu es hilarant," murmurai-je, finissant par descendre du lit mais gardant encore mes distances. "Quel est ton plan, alors? Monsieur Expert en Souris?"

"As-tu du beurre de cacahuète?" demanda Jake, toujours souriant.

Je le regardai. "Quoi? Tu essaies de te faire des amis avec elle?"

Jake rit et se leva, s'essuyant les mains sur son jean. "Non, génie. Les souris adorent le beurre de cacahuète. On va l'utiliser pour la piéger. Tu en as?"

Je levai les yeux au ciel mais désignai la cuisine. "Étagère du bas dans le garde-manger. Mais c'est toi qui pièges, je ne vais pas m'approcher de ce truc."

"Marché conclu," dit Jake, me faisant un salut moqueur avant de disparaître dans le couloir vers la cuisine.

Je restai là, les bras croisés, attendant tout en jetant des coups d'œil nerveux autour de la pièce. La souris avait disparu, mais je ne prenais aucun risque. Je refusais d'être cette personne qui se réveillait avec une souris blottie dans son lit.

Jake revint quelques instants plus tard, tenant une cuillère de beurre de cacahuète et une boîte à chaussures. Il s'accroupit à nouveau, installant un piège de fortune près de la commode où la souris avait disparu.

Je ne pus m'empêcher de lever un sourcil. "Es-tu sûr que ça va marcher?"

"Fais-moi confiance," dit-il, me lançant un sourire. "J'ai déjà fait ça avant."

Je croisai les bras, me sentant encore un peu sceptique mais aussi un peu amusée par toute cette situation. Jake plaça la boîte à chaussures, étalant un peu de beurre de cacahuète sur le rebord intérieur pour attirer la souris dehors.

Nous attendîmes en silence, observant le beurre de cacahuète comme s'il s'agissait d'une opération à enjeux élevés. Je mordillai ma lèvre, essayant de ne pas rire de la façon dont Jake prenait cela au sérieux. Après quelques minutes, la souris sortit prudemment la tête, reniflant l'air.

Mon cœur s'emballa pour une raison complètement différente maintenant alors que je restais là, les yeux écarquillés, regardant la petite créature s'approcher du piège. Et puis, d'un coup rapide, elle se précipita dans la boîte.

Jake claqua le couvercle. "Gotcha!"

Il tenait la boîte comme un prix, souriant triomphalement. "Tu vois? Facile."

Je laissai échapper un long soupir, mon corps se détendant enfin. "Dieu merci."

Le sourire de Jake s'adoucit alors qu'il me regardait, son visage toujours rempli d'amusement. "Crise évitée."

"Oui, merci de... tu sais, de me sauver du rongeur terrifiant," dis-je, à moitié en plaisantant, à moitié sérieuse.

Jake rit et s'approcha, la boîte dans une main, mais maintenant à seulement quelques centimètres de moi. "Je suppose que ça fait de moi ton héros de la nuit."

Il y eut un changement—un changement soudain dans l'air entre nous. Nous nous arrêtâmes tous les deux, nos yeux se rencontrant dans la lumière tamisée de la pièce. Le chaos et la peur d'une souris semblaient à des kilomètres, remplacés par quelque chose de bien plus réel.

"Je suppose," dis-je doucement, mon cœur battant pour une raison complètement différente maintenant.

Avant que je puisse penser, avant que je puisse trop analyser, je me penchai légèrement, et Jake me rejoignit à mi-chemin. Ses lèvres effleurèrent les miennes dans un doux baiser hésitant. Ce n'était ni pressé ni intense, mais c'était suffisant pour faire en sorte que le monde semble s'arrêter.

Quand nous nous sommes éloignés, nous souriions tous les deux, réalisant à quel point tout cela avait été ridicule.

"Tu sais," dit Jake avec un sourire, "si j'avais su qu'attraper une souris me vaudrait un baiser, je l'aurais fait beaucoup plus tôt."

Je levai les yeux au ciel, le frappant légèrement. "Ne sois pas trop sûr de toi. Tu dors toujours sur le canapé."

Jake hésita, jetant un coup d'œil vers le salon, puis me regardant à nouveau, son sourire s'estompa en quelque chose de plus sérieux. "Ouais, à ce sujet..."

Je levai un sourcil, croisant les bras. "Quoi ?"

Il se frotta l'arrière du cou, semblant légèrement gêné. "Je ne voulais rien dire, mais... il fait un peu froid là-bas. Et le canapé n'est pas exactement la chose la plus confortable du monde."

Je le regardai, mon sourcil toujours haussé. "Est-ce que tu essaies de t'échapper du canapé ?"

Jake leva les mains en signe de reddition moqueuse. "Je dis juste qu'il fait froid là-bas, et que tu as ce grand lit chaud pour toi toute seule..."

Je plissai les yeux en essayant de mesurer s'il était sérieux ou s'il se moquait de moi. Mais il me lançait ce regard de chiot, celui qui me faisait me sentir un peu coupable.

"Il fait vraiment froid," ajouta-t-il, sa voix basse et pitoyable, comme s'il était sur le point de geler sur place.

Je soupirai, sentant déjà ma résolution s'affaiblir. "Jake..."

"Allez," dit-il, me lançant un sourire joueur. "Je promets de rester de mon côté."

Je hésitai, sachant très bien que c'était une terrible idée. Mais en même temps, je n'étais pas sans cœur. Et peut-être... juste peut-être... qu'avoir lui près de moi ne serait pas la pire chose au monde. Surtout après ce soir.

"D'accord," dis-je, le pointant du doigt. "Mais nous utilisons des oreillers pour nous séparer, et tu restes de ton côté."

Jake sourit, se dirigeant déjà vers le lit. "Marché conclu."

Je pris quelques oreillers de rechange dans le placard et les jetai sur le lit, créant un mur de fortune entre nous. "Ça reste ici," dis-je fermement, arrangeant les oreillers en une barrière.

"Compris," dit Jake, tirant les couvertures et glissant de l'autre côté du lit avec un soupir satisfait. "Bien mieux."

Je grimpai de mon côté, m'assurant que les oreillers étaient en place avant de m'allonger. "Tu réalises que c'est une chose unique, n'est-ce pas ?"

Jake rit, se tournant vers moi mais gardant ses distances. "Bien sûr, comme tu veux."

Je levai encore les yeux au ciel, tirant les couvertures jusqu'à mon menton. Malgré ma réticence précédente, je devais admettre—c'était agréable de l'avoir près de moi, surtout après la folie de la soirée. Et avec les oreillers entre nous, cela me semblait... sûr.

Pendant un moment, nous restâmes là en silence, la tension d'avant fondant. La maison était calme, le chaos de la nuit enfin derrière nous.

"Merci de me laisser dormir ici," dit Jake doucement après un moment.

"Merci de... attraper la souris," répondis-je, ma voix tout aussi douce.

Nous sourîmes tous deux dans l'obscurité, et alors que la pièce se calmait dans l'immobilité, je réalisai que peut-être, juste peut-être, partager un lit avec Jake n'était pas si mauvaise idée après tout.

Même avec les oreillers.

"Jake?" dis-je doucement, rompant le silence de la pièce. Cela me taraudait depuis ce jour au parc, et je ne pouvais plus le garder en moi.

"Oui?" répondit-il, sa voix détendue, mais il y avait une nuance de conscience comme s'il sentait que j'avais quelque chose d'important à dire.

Je me décalai sous les couvertures, regardant le plafond. "J'ai pensé à quelque chose... du parc."

Il marqua une pause, et je pouvais l'entendre se déplacer légèrement de son côté du lit. "Qu'est-ce qui concerne le parc?"

J'hésitai une seconde avant de le dire tout de suite. "Cet appel téléphonique. Tu semblais vraiment bizarre quand tu l'as reçu. Je ne sais pas, Jake... j'avais l'impression que tu me cachais quelque chose. Et je ne peux pas m'empêcher de me demander ce que c'était."

Jake poussa un soupir, un de ces longs soupirs lourds qui signifient généralement que quelqu'un s'apprête à dire quelque chose qu'il a gardé pour lui. "Mia, ce n'était pas comme si j'essayais de te cacher quelque chose. C'est juste... la situation était délicate."

Je tournai la tête vers lui, fronçant les sourcils. "Délicate comment?"

Il se déplaça à nouveau, et je pouvais sentir l'air entre nous devenir un peu plus lourd. "C'était un ami à moi. Il... eh bien, il m'a poussé à faire quelque chose qui ne me met pas exactement à l'aise."

Je levai un sourcil. "Que veux-tu dire?"

Jake hésita un moment, clairement réticent à en parler. "Il essaie de me convaincre d'utiliser l'argent de la charité pour des investissements personnels. Tu sais, faire des retours rapides, partager l'argent, puis tout remettre dans le compte de charité avant que quiconque ne le remarque."

Mes yeux s'écarquillèrent alors que je comprenais ce qu'il disait. "Attends... il veut que tu prennes l'argent et que tu paries avec?"

"Pas parier, exactement," dit Jake, se passant une main dans les cheveux. "Mais ouais, il pense qu'on pourrait l'investir, faire un profit à côté, et personne ne le saurait jamais. Et puis la charité aurait toujours son argent."

Je m'assis légèrement, le regardant avec incrédulité. "Jake... c'est..."

"Je sais," coupa-t-il, sa voix ferme. "Je sais que c'est mal. C'est pourquoi je ne voulais pas en parler alors. Je ne voulais pas t'impliquer. Je lui ai déjà dit non, mais il continue de pousser."

Je laissai échapper un souffle, essayant de comprendre. "Donc, c'est ça que l'appel concernait? Ton ami essayant de te faire prendre l'argent de la charité?"

"Oui," dit Jake doucement. "Il pense que c'est inoffensif, mais je ne suis pas intéressé à risquer quelque chose comme ça. Je confesse que c'est tentant, il a tellement changé sa vie jusqu'à présent, mais ce n'est pas la peine. Je ne voulais pas te traîner là-dedans parce que... eh bien, ce n'est pas quelque chose que je veux gérer encore. Mais ça me pèse."

Je me reculai, mon cœur battant encore un peu. "Tu n'es pas en train de considérer ça, n'est-ce pas ?"

"Non," dit Jake rapidement. "Je ne ferais jamais ça. Je ne voulais juste pas te faire inquiéter ou t'impliquer dans quelque chose qui n'était pas ton problème."

Je hochai lentement la tête, sentant la tension commencer à s'apaiser, mais encore un peu secouée. "Je comprends pourquoi tu ne m'as pas dit, mais... j'avais toujours l'impression que tu cachais quelque chose."

Jake soupira à nouveau, sa voix maintenant plus douce. "Je ne voulais pas te faire sentir ça. Je ne voulais juste pas que tu penses que j'étais mêlé à quelque chose de louche. Je ne le suis pas. Mais c'est difficile quand des gens en qui tu as confiance... commencent à te pousser dans la mauvaise direction."

Je le regardai, le poids de ses mots pesant entre nous. "Je comprends. Je le fais. Mais tu aurais pu me le dire. Je ne t'aurais pas jugé."

"Je sais," dit-il doucement. "Et j'aurais dû. Je suppose que je ne voulais juste pas que tu penses moins de moi."

"Je ne le ferais pas," dis-je doucement. "Tu n'es pas ce genre de gars, Jake."

Il tourna légèrement la tête vers moi, et je pouvais sentir le soulagement dans sa voix quand il parla à nouveau. "Merci, Mia. J'apprécie ça."

Nous restâmes là en silence quelques instants, le poids de la conversation se soulevant légèrement. Je me sentais encore un peu mal à l'aise, mais connaître la vérité aidait. Ce n'était pas ce que je craignais, et maintenant que c'était dit, je pouvais laisser ça derrière moi.

"Merci d'être honnête," murmurai-je.

"Toujours," répondit-il doucement.

Le silence remplit à nouveau la pièce, mais cette fois, il semblait plus léger. Plus de secrets, plus de doutes. Juste nous, en train de comprendre les choses ensemble.

Le silence qui emplissait la pièce semblait différent maintenant—plus léger, mais toujours épais de choses non dites. Je restai là, mon esprit ne courant plus avec des doutes concernant l'appel, mais toujours en train de traiter tout ce que Jake m'avait dit. C'était étrange comme une conversation pouvait changer toute l'atmosphère.

Puis, sans réfléchir, sa main effleura la mienne sur le dessus de la barrière d'oreillers. C'était le contact le plus doux, probablement accidentel, mais la chaleur de sa peau envoya une onde à travers moi. Pendant un moment, je n'étais pas sûre de devoir me retirer—créer de l'espace à nouveau, garder les choses telles qu'elles étaient.

Mais je ne le fis pas. Au lieu de cela, je laissai ma main là, ressentant le contact doux. Ce n'était pas romantique ou chargé de signification, juste... humain. Une reconnaissance que malgré tout le chaos et la tension entre nous, il y avait quelque chose de plus profond. Quelque chose qui n'avait pas besoin d'être expliqué.

Jake ne bougea pas sa main non plus, bien que je puisse sentir une légère hésitation de sa part, comme s'il attendait ma réaction. Quand je ne me retirai pas, je sentis ses doigts se détendre, puis—juste légèrement—il me toucha en retour. Son pouce effleura doucement le dos de ma main, presque une question dans le mouvement, comme s'il vérifiait si c'était acceptable.

J'aurais pu me retirer. J'aurais pu laisser la tension remonter. Mais au lieu de cela, je répondis en enroulant doucement mes doigts autour des siens, pas une prise ferme, mais un contact calme et compatissant. Le genre de contact qui dit, je comprends, sans dire un mot.

Pendant quelques instants, nous restâmes là, connectés par ce petit acte simple. La barrière d'oreillers entre nous semblait soudain moins significative, comme si c'était juste une formalité que nous choisissions d'ignorer. Il y avait quelque chose de non dit dans ce toucher, quelque chose qui exprimait plus que n'importe quels mots que nous aurions pu échanger. Ce n'était pas une question de résoudre des problèmes ou de comprendre ce qui venait ensuite. C'était juste une question d'être là.

"Merci," dit Jake doucement, sa voix à peine un murmure dans la pièce calme.

Je tournai légèrement la tête, bien que je ne puisse pas vraiment le voir dans le noir. "Pour quoi ?"

"Pour me faire confiance," dit-il, ses doigts serrant doucement les miens.

Je souris, bien que ce fût plus pour moi-même que pour lui. "Tu l'as mérité."

Il y eut une pause, puis Jake parla à nouveau, sa voix ferme mais douce. "Je ne veux pas que tu penses que je te cache quoi que ce soit, Mia. Je ne veux pas gâcher ça."

Je lui donnai une petite pression rassurante en retour. "Je ne pense pas ça. Pas maintenant. Mais nous allons devoir être honnêtes l'un envers l'autre si nous voulons comprendre cela."

Il hocha légèrement la tête, ses doigts toujours enroulés autour des miens. “Je peux faire ça.”

Le moment persista entre nous, et bien que je savais que les choses étaient encore compliquées, ce petit acte de compassion semblait combler le fossé qui s'était élargi depuis le parc. Nous étions loin d'avoir tout compris, mais peut-être que c'était acceptable. Peut-être que nous n'avions pas besoin de tout comprendre ce soir.

Sa main resta là où elle était, et je ne bougeai pas non plus la mienne. Le mur de coussins entre nous pouvait être physiquement présent, mais à ce moment-là, il semblait que nous avions franchi quelque chose de plus grand. Quelque chose qui importait plus que la barrière de coussins ou le poids du passé.

Nous restâmes ainsi, doigts entrelacés, notre respiration synchronisée, le reste du monde s'effaçant. Il n'y avait pas besoin de dire quoi que ce soit d'autre. Le silence entre nous en disait plus que des mots ne pourraient jamais le faire.

La pièce était toujours calme, le doux bourdonnement de la nuit nous enveloppant. Ma main reposait toujours sur celle de Jake, la chaleur de son toucher étant une présence constante qui semblait remplir l'espace entre nous. Pendant un moment, nous restâmes ainsi, la barrière de coussins nous séparant physiquement, mais d'une manière ou d'une autre, cela semblait... inutile.

Je ne sais pas ce qui m'a poussée à le faire—peut-être était-ce la façon dont son pouce continuait de frôler doucement le dos de ma main, ou peut-être que j'en avais juste assez de toute cette tension non dite dans l'air. Quoi qu'il en soit, je me décalai légèrement, ma main libre se levant pour tirer un des coussins de la barrière entre nous.

Jake ne dit rien, mais je pouvais sentir le changement en lui alors que le coussin glissait. Il me regardait, attendant, mais ne bougeant pas jusqu'à ce que je fasse le prochain mouvement. Je tirai le deuxième coussin de côté, rendant l'espace entre nous ouvert et clair.

Nos yeux se rencontrèrent dans la lumière tamisée, et sans un mot, Jake se pencha en avant, réduisant l'écart entre nous. Ce n'était pas précipité, ni hésitant, juste une progression naturelle du moment. Ses lèvres rencontrèrent les miennes doucement, mais avec intention, comme s'il avait retenu tout cela jusqu'à présent.

Le baiser commença lentement, ses lèvres effleurant les miennes comme pour tester les eaux. Je me penchai en avant, fermant les yeux et laissant le reste du monde s'effacer, me concentrant uniquement sur ce qu'il ressentait—solide, chaud et réel.

Sa main glissa de la mienne et remonta, reposant légèrement sur le côté de mon visage, m'attirant plus près. Le baiser s'intensifia, sa bouche bougeant contre la mienne avec plus de certitude maintenant, aucune hésitation ne restant. Je répondis, mes mains trouvant son torse, mes doigts s'enroulant dans le tissu de sa chemise alors que je me penchais vers lui.

La barrière de coussins avait disparu, et maintenant il n'y avait que nous deux. Le baiser devint plus intense, nos lèvres bougeant en synchronie, les respirations se mêlant alors que l'espace entre nous disparaissait complètement. Sa autre main trouva le bas de mon dos, m'attirant plus près jusqu'à ce qu'il n'y ait plus d'espace du tout.

Il n'y avait pas de mots, pas besoin d'eux. Tout était dans le baiser—la façon dont nos lèvres se rencontraient, la façon dont ses mains se posaient sur moi, la façon dont tout autour de nous semblait s'effacer en arrière-plan. Le silence de la pièce était rempli de rien d'autre que le son de nos respirations, le doux froissement des draps sous nous.

Ses lèvres bougèrent contre les miennes avec plus de pression, plus d'insistance, et je l'imitai, laissant le baiser s'approfondir, mes doigts glissant vers l'arrière de son cou. Ce n'était pas précipité, mais ce n'était pas timide non plus—c'était comme si nous savions tous les deux ce que c'était, où cela allait, et qu'il n'y avait plus besoin de se retenir.

Je pouvais sentir la force dans ses mains, la façon dont il m'attirait plus près, la façon dont il m'embrassait comme s'il avait attendu ce moment. Je me laissai emporter par cela, perdue en lui, mon corps se penchant vers le sien, nos respirations lourdes entre les baisers.

Finalement, nous nous détachâmes, juste un instant, nos fronts se reposant l'un contre l'autre, reprenant notre souffle. Il n'y avait plus de barrières, plus de murs entre nous. Juste nous deux, dans ce moment, sans rien entre nous.

Jake ouvrit les yeux, son souffle chaud contre mes lèvres. Il ne dit rien, mais le regard dans ses yeux suffisait. Je n'avais pas besoin qu'il dise quoi que ce soit, car le baiser avait dit tout ce que les mots ne pouvaient pas.

Nous restâmes ainsi, proches, sans espace entre nous, et je savais que ce n'était pas juste pour ce soir. Mais pour l'instant, c'était suffisant.

Jake se recula légèrement, juste assez pour me regarder, son souffle toujours chaud contre mes lèvres.

“Mia?” dit-il doucement.

“Ouais?” répondis-je, ma voix basse, reprenant encore mon souffle.

Il hésita une seconde, puis demanda, “Que fais-tu demain soir?”

Je souris un peu, essayant d'alléger l'atmosphère. “Probablement regarder des séries et faire une sieste au milieu,” plaisantai-je.

Il rit doucement, le son rendant le moment encore plus détendu. “Eh bien,” dit-il, se frottant l'arrière du cou, “mes grands-parents ont demandé si tu voudrais dîner avec nous un de ces jours. Accepterais-tu de dîner avec nous?”

CHAPITRE 19

Je me tenais devant le miroir, passant mes doigts dans mes cheveux une dernière fois, ressentant un mélange d'excitation et de nerfs bouillonner en moi. Ce soir n'était pas juste un dîner—cela ressemblait à un tournant. Jake avait clairement fait comprendre que c'était plus que de simples moments décontractés entre nous, plus que de simples baisers éphémères. Ce dîner était sa façon de me montrer que je n'étais pas cachée, qu'il était sérieux à propos de vouloir que je fasse partie de sa vie.

Un vrombissement de mon téléphone me tira de mes pensées. C'était un message de Jake :

Nous sommes prêts quand tu l'es. Pas de précipitation—viens quand tu es prête.

Je souris, fixant le message un moment. C'était simple, mais cela semblait tellement plus. J'avais passé des jours à me demander s'il retenait quelque chose, si nous étions coincés dans cet espace incertain de "que sommes-nous". Mais cela, m'invitant à dîner avec ses grands-parents, signifiait quelque chose. Cela signifiait qu'il ne me cachait pas, et qu'il ne jouait pas. Il me laissait entrer, me montrant une partie plus profonde de sa vie.

Prenant une profonde inspiration, je me regardai à nouveau dans le miroir. J'avais choisi quelque chose de joli mais pas trop formel—une douce robe fleurie qui, je le savais, garderait les choses confortables. Je ne voulais pas en faire trop, mais je voulais être à mon avantage. Après tout, ce n'était pas juste un dîner avec Jake—c'était un dîner avec sa famille.

Je chaussa mes chaussures et pris mon sac, me donnant un dernier coup d'œil. C'est parti, Mia. Ne réfléchis pas trop.

Avec un dernier coup d'œil à mon téléphone, je lui envoyai une réponse rapide :

En route.

Alors que je sortais du chalet et empruntais le chemin familier vers chez Jake, l'air frais du soir aida à calmer mes nerfs. C'était étrange d'être à la fois si excitée et nerveuse, comme si j'étais sur le point de quelque chose de grand, mais que je ne voulais pas tout gâcher.

Je marchai jusqu'à la maison de Jake, mes pas plus lents que d'habitude, mon cœur battant un peu plus vite à chaque pas. En approchant de la porte d'entrée, il était là—Jake—m'attendant. Il se tenait là, décontracté mais avec un sourire qui me faisait sentir un peu moins nerveuse et beaucoup plus excitée.

Au moment où il me vit, il s'avança, tendant la main et prenant ma main avec une chaleur qui calma presque instantanément mes nerfs. Sans dire un mot, il me guida à l'intérieur, sa prise douce mais sûre. Dès que nous franchîmes le seuil, il m'attira dans une étreinte—une de ces étreintes qui semblent justes, comme si vous étiez exactement là où vous deviez être. C'était douillet, réconfortant, et à ce moment-là, je sentis que j'appartenais.

Je me détachai légèrement, juste assez pour regarder autour, et là ils étaient—ses grands-parents, se tenant juste au-delà de nous, leurs expressions un mélange de chaleur et d'intrigue. Ils étaient aussi curieux à propos de ce dîner que je l'étais.

Je souris, me sentant soudain un peu timide sous leur regard. "Bonjour," dis-je, ma voix un peu plus basse que je ne l'aurais voulu.

"Bonjour," répéta Jake, toujours tenant ma main alors qu'il se tenait à mes côtés. Il regarda ses grands-parents avec cette confiance naturelle qui le caractérise et dit, “Grand-mère, Grand-père, vous vous souvenez de Mia.”

La grand-mère de Jake fut la première à s'avancer, ses yeux s'illuminant d'une chaleur sincère. Elle prit ma main libre dans les siennes et sourit, sa prise douce mais remplie de bienvenue. “Oh, Mia, je suis si heureuse de t'avoir enfin ici pour le dîner. J'attendais cela avec impatience.”

Ses mots me mirent instantanément à l'aise, et je lui serrai la main en retour, ressentant un sentiment de soulagement m'envahir. “Merci beaucoup de m'accueillir. J'attendais cela aussi,” dis-je, essayant de ne pas avoir l'air aussi nerveuse que je me sentais.

De la cuisine, le grand-père de Jake leva la main, sa voix appelant avec un rire. “Ne vous occupez pas de moi! Je suis juste en train de tout préparer ici. Salut, Mia!”

Je lui fis un signe de la main, riant doucement de la façon dont tout cela semblait décontracté et chaleureux. “Salut! Merci de m'accueillir.”

Jake sourit à mes côtés, visiblement satisfait de la façon dont les choses se déroulaient. Sa main tenait toujours la mienne, et alors que je regardais autour de moi, je réalisai combien ce dîner importait—non seulement pour moi, mais pour lui et sa famille. Ce n'était pas juste un repas décontracté ; c'était le début de quelque chose de plus, quelque chose de plus profond.

Alors que la grand-mère de Jake me conduisait vers la salle à manger, je jetai un coup d'œil à Jake, et il me fit un petit sourire rassurant qui rendait tout parfait. C'était le moment qui m'avait mise mal à l'aise, mais maintenant que j'étais ici, j'avais l'impression d'être exactement là où je devais être.

La grand-mère de Jake me conduisit dans la salle à manger, ses mains me guidant doucement alors qu'elle parlait de la nourriture et de son excitation à m'accueillir. La pièce était chaleureuse, remplie de l'odeur réconfortante de plats faits maison qui faisaient gronder mon estomac d'anticipation. Je pouvais voir la table déjà dressée, simple mais élégante, avec des assiettes de nourriture qui semblaient avoir été préparées avec soin.

Jake nous suivit, sa main frôlant mon bas du dos juste une seconde alors qu'il passait pour aider son grand-père dans la cuisine. Je le regardai et croisa son regard, et pendant un moment, nous échangâmes un rapide sourire. C'était agréable—facile, comme si nous glissions dans ce moment ensemble sans l'embarras que j'avais craint.

Sa grand-mère désigna la chaise la plus proche d'elle. "Viens, assieds-toi. Mettons-toi à l'aise. Nous attendons juste que les garçons apportent le reste de la nourriture."

Je m'assis, essayant d'ignorer le battement de nerfs qui continuait de danser dans ma poitrine. "Merci encore de m'accueillir. Tout sent incroyable," dis-je, essayant de garder la conversation légère.

"Oh, ce n'est rien de spécial," répondit-elle, en agitant la main de manière désinvolte mais clairement ravie par le compliment. "Juste quelques vieilles recettes de famille. Jake a aidé avec une partie aussi, tu sais."

Je levai un sourcil et jetai un coup d'œil vers la cuisine. "Jake a fait?"

Elle rit, acquiesçant. "Il est en fait assez doué en cuisine quand il le veut. Ne le laisse pas te dire le contraire."

Juste à ce moment-là, Jake revint, portant un plateau d'amuse-gueules avec son grand-père derrière lui, portant un plat fumant. "De quoi parlez-vous toutes les deux?" demanda Jake, levant un sourcil espiègle en posant le plateau sur la table.

“Juste en train de parler des talents culinaires de Mia,” dit sa grand-mère avec un clin d’œil.

Jake me fit un sourire penaud, se frottant l’arrière du cou. “Eh bien, je ne suis pas si mauvais...”

“Tu es meilleur que tu ne le laisses paraître,” taquinai-je, essayant de retenir un rire.

Son grand-père, qui installait le plat principal, intervint, “Ne le laisse pas t’induire en erreur. Ce garçon sait cuisiner, mais il préfère manger que de préparer la nourriture.”

Toute la pièce éclata de rire, et je sentis une partie de la tension se dissiper. C’était confortable ici—accueillant. La famille de Jake n’essayait pas de m’impressionner ; ils étaient juste eux-mêmes, ce qui rendait tout d’une manière plus authentique.

Une fois que tout fut disposé sur la table, le grand-père de Jake prit place et invita tout le monde à se joindre à lui. “Passons à table, les amis. Ne laissons pas toute cette bonne nourriture refroidir!”

Nous nous assîmes tous, et alors que les assiettes circulaient, la conversation coula facilement. Ses grands-parents partagèrent des petites histoires amusantes sur Jake quand il était plus jeune—comment il avait l’habitude de voler des biscuits dans la cuisine ou comment il avait une fois essayé de construire une cabane dans un arbre qui s’était révélée plus dangereuse qu’un refuge.

“Jake ne m’a jamais parlé de cette cabane dans l’arbre,” dis-je en riant, en regardant vers lui.

“C’est parce que c’était un désastre,” admit Jake, secouant la tête. “Je l’ai bloqué de ma mémoire.”

Sa grand-mère sourit, ses yeux pétillants. “Il essayait toujours de construire quelque chose. Il tient de son grand-père.”

“Vous deux formez une bonne équipe,” dis-je, ressentant une chaleur se répandre en moi en voyant combien cet endroit était rempli d’amour et d’histoire.

Tout au long du dîner, la main de Jake frôlait parfois la mienne sous la table, une connexion silencieuse que nous n’avions pas besoin de reconnaître à voix haute. C’était réconfortant, un rappel que ce dîner n’était pas seulement une rencontre avec sa famille—c’était un moment où nous avancions ensemble.

Alors que le dessert était servi, la grand-mère de Jake me tendit une part de tarte avec un sourire complice. “Alors, Mia, comment trouves-tu Maple Ridge jusqu’à présent ? J’imagine que c’est un grand changement par rapport à la ville.”

“Oh, c’est merveilleux,” dis-je, essayant de ramener la conversation sur un terrain plus sûr. “C’est un grand changement, mais j’apprécie vraiment ici. C’est paisible, et tout le monde a été si gentil.”

Le grand-père de Jake, toujours souriant, se pencha légèrement en avant. “Et Jake a été une partie de cette gentillesse, hein?”

Je regardai Jake, qui se tortillait à nouveau sur sa chaise. Avant que je ne puisse répondre, il se racla la gorge, sa voix un peu hésitante. “En fait, Grandpa... il y a quelque chose que je voulais dire.”

Les yeux de sa grand-mère s’élargirent de curiosité alors qu’elle regardait tour à tour nous deux. “Oh?”

Jake se tourna vers moi, son expression sérieuse mais douce. “Mia, j’ai beaucoup réfléchi... dernièrement. Et ce soir... eh bien, je pense que c’est le bon moment pour demander.”

Je clignai des yeux, mon cœur soudainement battant la chamade alors que je réalisais où cela menait. La main de Jake atteignit la mienne à nouveau, cette fois sans hésitation.

"Devant mes grands-parents ici," commença-t-il, sa voix stable, "je veux demander... veux-tu être ma petite amie?"

Je le regardai, la question flottant dans l'air. Ses grands-parents échangèrent des regards, clairement intrigués mais restant respectueusement silencieux.

Un moment, je fus trop stupéfaite pour répondre. Mais ensuite, alors que la main chaude de Jake tenait la mienne, la réponse semblait évidente. Je souris, mon cœur débordant d'émotion, et hochai la tête. "Oui. J'aimerais."

Le visage de Jake s'illumina d'un large sourire, et je pouvais sentir l'énergie de la pièce changer. Sa grand-mère poussa un petit rire ravi, applaudissant des mains. "Oh, comme c'est merveilleux!"

La tension qui avait persisté pendant le dîner s'évapora, remplacée par des conversations légères et des félicitations. Alors que nous étions assis là, avec les grands-parents de Jake souriant et discutant, je réalisai que c'était ce que j'attendais—le moment où tout se mettait en place.

Jake n'était plus juste le garçon d'à côté, et ce n'était pas juste un truc décontracté. C'était réel. Et pour la première fois, je sentais que nous étions vraiment en train d'entrer dans quelque chose qui comptait, sans plus de doutes qui pesaient sur nous.

Sa grand-mère se pencha à nouveau vers moi, me serrant la main encore une fois. "Nous sommes si heureux pour toi, Mia. Tu fais déjà partie de la famille."

Je lui ai souri en retour, sentant mon cœur se gonfler de gratitude. “Merci. Ça compte beaucoup.”

Jake a de nouveau croisé mon regard, son sourire doux et sincère. Et à ce moment-là, tout semblait juste... parfait.

ÉPILOGUE

Ma séance de thérapie allait commencer. Je me suis assise à mon bureau, ajustant mon ordinateur portable pour l'appel quand j'ai entendu la voix de Jake résonner depuis la cuisine.

"Mon amour?"

Je me suis souri à moi-même, tournant légèrement la tête. "Oui?"

"Je t'aime! Profite de ta séance," a-t-il appelé, sa voix chaleureuse et décontractée, comme s'il faisait ça à chaque fois.

"Merci, mon amour!" ai-je répondu, sentant ce délicieux frisson familier dans ma poitrine.

Je l'ai entendu s'affairer à quelque chose dans la cuisine, probablement en train de commencer le dîner, et cela m'a fait sentir ancrée. Jake avait une façon de faire ça—de garder tout stable et calme, comme si la vie que nous construisions ensemble avait maintenant son propre rythme.

L'ordinateur portable a sonné, et l'écran s'est illuminé alors que l'appel se connectait. Il y avait Louise, ma thérapeute, souriant doucement depuis son bureau de l'autre côté de l'écran.

"Comment ça va aujourd'hui, Mia?" a-t-elle demandé, son ton toujours doux, accueillant et patient.

J'ai laissé échapper un profond soupir, m'adossant à ma chaise, un doux sourire toujours sur mes lèvres. "Je vais vraiment bien, en fait. J'ai beaucoup réfléchi à cela récemment, et... je suis vraiment heureuse. Comme, vraiment heureuse."

Louise a hoché la tête, son expression encourageante. "C'est génial à entendre. Qu'est-ce qui te fait te sentir ainsi?"

J'ai fait une pause un instant, rassemblant mes pensées. "Ça fait des mois maintenant que je suis dans cette relation avec Jake. Et, tu sais, je n'aurais jamais pensé que cela pourrait être aussi... paisible. C'est difficile à expliquer, mais il y a juste ce sentiment de repos. Comme si je pouvais me coucher le soir sans m'inquiéter des déclencheurs ou des peurs qui s'immiscent. Pour la première fois depuis longtemps, je me sens en sécurité."

Louise m'a donné ce regard approbateur et compréhensif qu'elle avait toujours quand je faisais une percée. "C'est un endroit merveilleux où être, Mia. Se sentir en sécurité, surtout après tout ce que tu as traversé, est un énorme pas en avant."

J'ai hoché la tête, mordillant ma lèvre pendant une seconde avant de continuer. "Et c'est plus que ça. C'est excitant aussi, de voir comment nous avons grandi. Je pensais autrefois que vivre avec quelqu'un pourrait être comme... perdre une partie de moi-même. Mais avec Jake, c'est différent. Il reste chez moi plus que chez lui, et honnêtement, c'est incroyable. Il n'y a pas de peur là-dedans—juste de l'excitation."

"Oh, super, Mia," a dit Louise, son ton sincèrement ravi. "On dirait que tu as vraiment trouvé l'équilibre, tant avec Jake qu'en toi-même."

"Oui," ai-je dit doucement, pensant à combien j'avais progressé depuis mon déménagement à Maple Ridge. "C'est comme... je vis enfin la vie que j'ai toujours voulue mais que je ne savais pas comment atteindre. Et Jake a été une grande partie de cela. Il s'intègre à tout si naturellement."

Louise a souri chaleureusement, et pendant un moment, il y a eu un silence confortable. "Tu as travaillé dur pour arriver ici, Mia. N'oublie pas cela. Tu as construit ce bonheur pour toi-même, et il semble que Jake soit quelqu'un qui le complète magnifiquement."

J'ai hoché la tête, sentant une vague de gratitude m'envahir. "Merci, Louise. J'ai l'impression de pouvoir enfin respirer, tu sais? Comme si j'avais trouvé ma personne, ma place, et pour la première fois, je n'en ai pas peur."

L'appel a continué, mais au fond de mon esprit, je pouvais entendre Jake se déplacer dans la cuisine, fredonnant une douce mélodie. Et c'était juste. Tout semblait juste.

Le sourire de Louise s'est élargi alors que je continuais. "En fait, il y a quelque chose dont je suis vraiment excitée. Jake et moi allons en Europe la semaine prochaine."

"L'Europe?" Louise s'est penchée en avant, ses yeux s'illuminant. "C'est incroyable, Mia. Quelle est l'occasion?"

"Eh bien, c'est un mélange de travail et de plaisir," ai-je expliqué, m'adossant à ma chaise et croisant mes jambes. "Nous allons visiter quelques galeries d'art dans différentes villes. Je veux voir ce qu'ils font, m'inspirer. De plus, ce sera notre premier voyage ensemble, donc c'est excitant à tant de niveaux."

Louise a hoché la tête, visiblement ravie par la nouvelle. "Cela a l'air incroyable, et c'est un grand pas pour vous deux."

"Je sais, n'est-ce pas?" Je n'ai pas pu m'empêcher de sourire. "Le voyage va m'aider à prendre un rôle plus important à la galerie, peut-être même à travailler sur l'ouverture d'une nouvelle galerie en ville. J'y pense beaucoup ces derniers temps, et Jake a été tellement soutenant. Il m'aide à planifier, et nous avons même parlé de comment nous pourrions combiner nos compétences pour y parvenir."

L'expression de Louise a légèrement changé, curieuse. "Les choses ne se passent pas bien avec Lila à la galerie? Est-ce pour cela que tu penses à te lancer seule?"

J'ai secoué la tête rapidement, ne voulant pas donner la mauvaise impression. “Oh, non, pas du tout. Les choses avec Lila sont en fait super. Elle a été plus ouverte à mes idées, et la galerie se porte mieux que jamais. Mais Jake m'encourage à penser plus grand, à me créer mon propre espace. Je pense qu'il voit quelque chose en moi que je n'étais pas sûre d'avoir—comme, je peux avoir ma propre réputation et construire mon propre revenu sans m'appuyer sur Lila pour toujours.”

Louise a souri, s'adossant à sa chaise alors qu'elle réfléchissait à ce que je disais. “C'est merveilleux, Mia. On dirait que Jake croit vraiment en toi, et plus important encore, que tu commences à croire en toi-même.”

J'ai hoché la tête, ressentant une vague de gratitude pour Jake. “Oui, il le fait. Et pour la première fois, j'ai l'impression de pouvoir faire ce pas. Le voyage en Europe va me donner l'occasion de voir ce qui est là-dehors, de rassembler des idées et de l'inspiration. C'est un grand pas, mais cela semble être le bon.”

Louise a souri chaleureusement, sa voix douce et encourageante. “Je pense que c'est le prochain pas parfait pour toi, Mia. Tu as parcouru un long chemin, tant sur le plan personnel que professionnel. Et maintenant, tu te permets de rêver plus grand. Je suis vraiment fière de toi.”

“Merci, Louise,” ai-je dit, souriant. “C'est un peu écrasant, mais je suis prête. J'ai hâte de voir ce qui va venir.”

Louise a jeté un coup d'œil à l'horloge, son sourire s'adoucissant alors qu'elle revenait à moi. “Eh bien, Mia, nous sommes presque à la fin de notre temps pour aujourd'hui. Y a-t-il autre chose que tu veux aborder avant de conclure?”

J'ai hésité un moment, ressentant le poids de ce que j'étais sur le point de dire. Puis, après une profonde inspiration, j'ai hoché la tête. “En fait, oui. J'ai beaucoup réfléchi à cela dernièrement... et je pense qu'il est temps pour moi d'être plus indépendante. Je vais mettre fin à ma thérapie aujourd'hui."

Louise a légèrement levé les sourcils mais ne semblait pas surprise. Elle a hoché la tête, son expression réfléchie. "Je vois. Si c'est ce que tu ressens, alors je suis complètement de ton côté, Mia. J'ai vu combien tu as grandi depuis le début de nos séances, et c'est merveilleux que tu sois prête à voir à quoi ressemble la vie après tous les changements dont nous avons discuté. Tu as fait beaucoup de chemin, et il est naturel de vouloir faire ce pas suivant seule."

Ses mots m'ont semblé comme une couverture chaude et réconfortante. J'ai souri, ressentant la vérité de ceux-ci s'installer. "Oui, je me sens vraiment heureuse. Je suis dans un bon endroit maintenant, et je pense que j'ai besoin de ce temps pour juste expérimenter la vie sans constamment guérir ou trop réfléchir à tout. Cela semble être le bon moment pour prendre du recul et voir comment je gère seule."

Louise a souri avec fierté. "Je suis tellement contente d'entendre cela, Mia. Tu as travaillé dur, et maintenant tu te donnes la permission de juste vivre—de profiter de toutes les choses pour lesquelles tu as travaillé. Et si jamais tu sens que tu as besoin de revenir, je serai toujours là."

"Merci, Louise. Pour tout," ai-je dit, ma voix pleine de gratitude. "Je n'aurais vraiment pas pu arriver à ce point sans toi."

Nous avons échangé quelques mots de plus, et avec cela, la séance a pris fin. C'était un peu amer, mais aussi libérateur. J'ai quitté l'appel et je me suis assise là un moment, prenant tout cela avant de descendre.

Quand je suis arrivée dans la cuisine, elle était vide. Jake n'était pas là, et pendant une seconde, je me suis demandé où il était allé. J'ai regardé par la fenêtre, et là il était—en train de nettoyer le jardin, s'essuyant les mains sur son jean. Il a levé les yeux, a croisé mon regard, et a immédiatement fait un signe de la main avec un grand sourire, abandonnant ce qu'il faisait pour courir vers la maison.

En quelques instants, il a franchi la porte, m'enlaçant dans un câlin, son énergie contagieuse alors qu'il demandait, "Alors, comment était la thérapie ?"

Je lui ai souri dans sa poitrine, respirant son odeur familière. "C'était super. En fait... j'ai décidé que c'était ma dernière séance."

Il s'est légèrement écarté, me regardant avec un mélange de curiosité et de surprise. "Attends, quoi ? Vraiment ? Pourquoi ?"

J'ai haussé les épaules, me sentant plus légère que je ne l'avais été depuis longtemps. "Je pense juste qu'il est temps pour moi de me tenir sur mes propres pieds, tu sais ? J'ai fait le travail, et maintenant... je veux vivre sans m'appuyer sur la thérapie pour chaque petite chose. Cela me semble juste."

Le visage de Jake s'est illuminé d'excitation, et avant que je puisse dire quoi que ce soit d'autre, il m'a attrapée, me soulevant du sol dans une danse joyeuse. "Mon amour, c'est incroyable !" a-t-il ri, me tenant près de lui alors qu'il nous faisait tourner. "Je suis tellement fier de toi !"

J'ai ri, mes pieds pendant dans l'air alors que sa joie m'envahissait. "Jake, repose-moi !" ai-je dit en riant.

Il m'a remise au sol mais a gardé ses bras autour de moi, son sourire large et sincère. "Sérieusement, pourtant... je suis vraiment fier de toi. Tu as parcouru un long chemin."

Je l'ai regardé, mon cœur débordant de gratitude et d'amour. "Merci," ai-je dit doucement. "Pour être là à travers tout cela."

Il s'est penché, pressant un doux baiser sur mon front. "Toujours."

Il a levé un sourcil, un sourire espiègle se dessinant sur son visage. “Je pense que tu as déjà fait un bon travail à ce sujet.”

Je l'ai poussé playfully. “Tu es biaisé.”

“Peut-être,” a-t-il taquiné, laissant ses mains glisser de ma taille pour prendre les miennes, entrelaçant nos doigts. “Mais j'ai raison aussi.”

Je n'ai pas pu m'empêcher de rire, ressentant la légèreté entre nous. C'étaient des moments comme celui-ci qui rendaient tout cela valable. Tout le travail, toute la thérapie—cela m'avait amenée ici, à cela.

“Quoi qu'il en soit,” a-t-il dit, sa voix s'adoucissant légèrement, “je voulais dire ce que j'ai dit. Je suis fier de toi, Mia. Ce n'est pas facile d'arriver où tu es. Et ce n'est pas à propos de moi ou de la relation... c'est à propos de toi. Tu as fait le travail. Tu as construit cette nouvelle version de toi-même. Je suis juste assez chanceux d'en faire partie.”

Je l'ai regardé, mon cœur débordant d'émotion, mais j'ai gardé cela léger, ne voulant pas trop approfondir un moment qui semblait déjà parfait. “Tu es définitivement chanceux,” ai-je plaisanté, lui serrant la main.

Il a ri, ses yeux se plissant aux coins alors qu'il s'est penché et m'a embrassée doucement sur les lèvres. Ce n'était pas un baiser grandiose, mais quelque chose de simple et doux—un rappel de combien nous avions progressé ensemble.

Quand il s'est éloigné, son sourire est revenu. “Donc, puisque nous sommes tous les deux officiellement libres ce soir, que dirais-tu de célébrer? Dîner? Film? Ce que tu veux.”

J'ai souri, me sentant excitée pour ce qui allait venir. “Que dirais-tu des deux? Je dis qu'on commande à manger, qu'on regarde quelque chose de terrible, et qu'on se détende.”

Les yeux de Jake se sont illuminés. “Ça a l'air parfait. Mais un film terrible ? Vraiment ?”

“Oui, vraiment,” ai-je dit avec un sourire. “On peut se moquer de lui tout le temps. Tu sais que tu aimes ça.”

Il a ri et a secoué la tête. “D'accord, marché conclu. Je vais chercher les menus, tu choisis le film.”

Alors que Jake allait chercher les menus de livraison, je suis restée là un moment, prenant tout cela. C'était ça—la vie pour laquelle j'avais travaillé, celle que j'avais rêvée pendant ces longues et dures séances de thérapie. Et maintenant, me voici, en train de la vivre.

Plus de doutes, plus de surpensées. Juste moi, Jake et tout ce qui allait suivre.

Et pour la première fois depuis longtemps, je me sentais complètement prête à cela.

LA FIN

Don't miss out!

Visit the website below and you can sign up to receive emails whenever Alice R. publishes a new book. There's no charge and no obligation.

https://books2read.com/r/B-A-CHWBC-PXACF

Did you love *Autum Spice: Small Town Romance (Version Française)*? Then you should read *Inked Hearts: Une Bad Boy Tattoo Romance*[1] by Alice H.N!

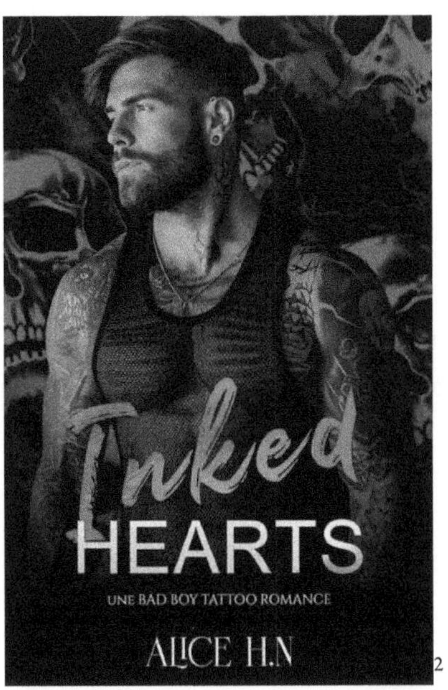

[2]

Chaque fille a une liste de choses qu'elle veut faire avant ses trente ans.

Vous connaissez les choses typiques comme un chien, un bel appartement en ville, une voiture qui ne détruit pas l'environnement, un travail stable et bien... Je voulais étudier les beaux-arts.

En Californie, j'avais presque tout sur cette liste. Certaines filles tueraient pour avoir vécu la vie que ma mère avait choisie avec force pour moi. J'ai entendu ça tout le temps.

Mon travail consistait essentiellement à me dandiner sur la piste que ma mère m'autorisait à faire. Je ne conduirais même pas ma voiture

1. https://books2read.com/u/3yLODe

2. https://books2read.com/u/3yLODe

parce que maman avait peur que je heurte quelqu'un. Maman est spéciale... Je dis juste qu'elle déteste les chiens. Qui diable peut la détester ?

Et le pire de tout ?

À vingt et un ans, ma mère avait encore du mal à me rendre indépendant. J'étais prisonnier dans une cage dorée...

Jusqu'à ce qu'une publicité sur Internet change tout...

Trois cents dollars pour un billet d'avion, deux valises pleines de vêtements et un peu d'argent m'ont emmené directement à Londres.

Je n'aurais jamais pensé que je trouverais un travail aussi cool que celui d'Inkphoric, ni que les amis que je me ferais deviendraient ma famille, mais surtout...

Je ne m'attendais pas à tomber amoureux de hmm... **Matthew**.

Also by Alice R.

Bullets & Thorns: Mafia Romanze
Bullets & Thorns: Romance Mafieuse
Bullets & Thorns: Um Romance de Máfia
Vice & Virtue: Mafia Romanze
Vice & Virtue: Romance Mafieuse
Vice & Virtue: Um Romance de Máfia
Vice & Virtue: Romanzo di Dark Mafia
Vice & Virtue: Un Romance Mafia (Español)
Autumn Spice: Kleinstadtromanze
Autum Spice: Small Town Romance (Version Française)

Milton Keynes UK
Ingram Content Group UK Ltd.
UKHW041822201024
449814UK00001B/58